编余著译文丛

二〇一八年七月 邹家华

萍踪忆语

邹韬奋 著

生活·讀書·新知 三联书店 生活書店 出版有限公司

图书在版编目（CIP）数据

萍踪忆语 / 邹韬奋著 . -- 北京 : 生活书店出版
有限公司 , 2018.10
ISBN 978-7-80768-213-4

Ⅰ . ①萍… Ⅱ . ①邹… Ⅲ . ①杂文集－中国－现代
Ⅳ . ① I266.1

中国版本图书馆 CIP 数据核字 (2017) 第 232146 号

文丛策划　邹嘉骊
责任编辑　刘　笛
封面设计　罗　洪
责任印制　常宇强
出版发行　生活書店出版有限公司
（北京市东城区美术馆东街 22 号）
邮　　编　100010
经　　销　新华书店
印　　刷　河北鹏润印刷有限公司
版　　次　2018 年 10 月北京第 1 版
2018 年 10 月北京第 1 次印刷
开　　本　787 毫米 ×1092 毫米 1/32　印张 12.625
字　　数　200 千字
印　　数　0,001-4,000 册
定　　价　56.00 元
（印装查询：010-64052612；　邮购查询：010-84010542）

韬奋在长沙时留影

韬奋在看守所中阅读写作

韬奋与夫人在看守所木栅门前

《萍踪忆语》书影

韬奋回国在轮埠和亲友合影（1935 年）

写在前面

“韬略终须建新国，奋飞还得读良书”，郭沫若为韬奋图书馆拟写的嵌名联，今天仍挂在韬奋图书馆的门口。今年适值三联书店成立八十五周年，经邹嘉骊先生提议，我们合议出版一套“韬奋著译文丛”，以纪念三联书店创始人韬奋先生。

韬奋先生倡导的“竭诚为读者服务”宗旨，开创的书刊互动的事业格局、前店后厂的经营模式，既是当年生活书店的特色，也是三联书店延承至今的传统。我们相信，纪念韬奋先生最好的方式莫过于读他的作品，传承与弘扬韬奋精神，最好的方式莫过于为广大读者提供一套能展现韬奋先生著译实绩和基本面相的代表作品。因此，我们精选其生前编订的别集，辑为这套文丛，希望既能反映韬奋先生文字生涯的基本面貌、韬奋思想的主要脉络，又适合普通读者购藏阅读。

综观邹韬奋的一生，“独立”是其毕生追求的一个核心品格。在他的新闻出版事业上表现为，始终追求所办刊物的独立、报人身份的独立和言论的独立。早年的邹韬奋受资产阶级学说的影响很大，梁启超、黄远生、胡适、孙中山等的理念与主张都对他产生过重要的影响。邹韬奋早期对蒋介石政府领导下的中国社会一直抱持积极的改良主义态度。“九一八”事变后，他逐渐对国民党政府和资本主义制度感到失望，与此同时，开始接触中国共产党和共产主义思想。后期对后者发生了认同，认定其为当时的先锋力量与思想，继而萌生了入党的念头。无论是对任何党派、任何思想采取何种态度，都是邹韬奋经过长时间考察、独立思考的结果，绝不是投机、盲目、谋私利的行为，所以后期选择加入中国共产党，不仅与他毕生追求的独立精神并不相悖，反而是其身体力行的证明。

邹韬奋思想上的转变，与他的六次流亡经历密切相关，其中，第一次流亡经历——带有一定主动性地游览考察欧美大陆——对他思想转变所产生的影响最大。1933年7月，邹韬奋乘船去往欧洲，在欧洲一待就是一年多。先后考察了意、法、英、德，将考察心得整理成文章，逐一寄回国内在

《生活》周刊、《新生》周刊上发表，后汇集成《萍踪寄语》初集、《萍踪寄语》二集出版。1934年7月，邹韬奋从伦敦前往苏联，进行了为期两个月的考察，全面了解了苏联的政治、经济、社会生活等方面，认为苏联社会正处于“社会主义的社会的开端”。对苏联的考察文章后集结成《萍踪寄语》三集出版。

1935年5月开始的美国考察之旅，是邹韬奋欧美流亡之旅的最后一站。因为行程匆忙，在美国得到的素材，直到回国之后邹韬奋才有时间将它们整理追记下来，所以之前的结集称“寄语”，而美国游记的结集却取名《萍踪忆语》。

韬奋的美国之行，因曾与美国全国学生同盟所领导的旅行团同游苏联，结识了不少美国进步青年，所以在到达美国后，邹韬奋得到了他们有力的介绍和热心的指导。重点考察了东海岸的代表城市纽约、东北部的首府华盛顿、南部“黑带”的代表城市伯明翰和塞尔玛。在旅行的后半程，同友人驾车从中北部横穿美国。沿途考察了底特律、芝加哥、明尼阿波利斯、黄石公园等地，最后由旧金山乘船返回中国。回国以后，用37篇文章记录下了这次视察旅行的所见所闻所感，

《帝国主义麻醉下的种族成见》《从伦敦到纽约》《物质文明与大众享用》等29篇曾在《世界知识》上发表,《由大瀑布到大工厂》《美国农民的怒潮》等8篇是“七君子事件”之后，邹韬奋在江苏高等法院看守所完成的。

《萍踪忆语》介绍了当时美国这个资本主义最强国的政治背景、劳工运动、农民运动、青年运动、杂志新闻事业以及黑人惨遭压迫等情况。美国南部“黑带”的特殊经历，苏联社会和美国社会方方面面的鲜明对比，使邹韬奋更深刻地认识到了资本主义的本质：外强中干的经济、虚伪的民主政治、日益严重的阶级矛盾、尖锐的黑人问题……同时预言了资本主义制度的没落，让他更加确定了社会主义道路是中国未来的唯一出路。可以说，邹韬奋至此完成了思想上的大转变。

《萍踪忆语》最早由上海生活书店于1937年5月出版；1940年重庆的韬奋出版社重新出版，之后又再版加印过多次；中华人民共和国成立后，三联书店分别于1950年2月、1958年6月、1987年9月出版过《萍踪忆语》；2000年7月,《萍踪忆语》以作家出版社的“百年百种优秀中国文学图书”系列之一出版；2014年，世界知识出版社的“庆祝世界知识出版社成立80周年影印早期经典丛书”收录了《萍踪忆语》。

本书以生活书店初版本为底本，并参校以《韬奋全集》（上海人民出版社1995年10月版）第7卷中收录的《萍踪忆语》，删去了“弁言”前的文字。正文中关于国外地名的中文翻译多且凌乱，为避免读者困惑，决定取该地名或第一次出现，或出现频率最高，或者较贴近现行译名的翻译进行统一。

在“文丛”的编辑过程中，编者以保持作品原貌为基本原则，参照各版本厘定文字差异，订正文字、标点错误，同时对全书体例进行统一。编者对原文内容不做任何改动，只做技术性校注。作者本人的注释按原样保留，删去原编者所加注释，“文丛”编者所加新注注明“编者注”。由于彼时各种原因隐去的内容，均用×表示。

本文丛和本集的编选成书，得到了韬奋先生的亲属，全国人大原副委员长邹家华、资深编辑家邹嘉骊的亲切关怀和大力支持，上海韬奋纪念馆、出版博物馆慷慨援手提供图片支持，在此表示由衷的敬意和感谢！

生活·讀書·新知 三联书店
生活書店 编辑部

2017年9月

目　录

弁　言

这本书是我于一九三五年夏季在美国视察所得的结果。我以前在欧洲观感所及，曾著有《萍踪寄语》初集、二集和三集；那都是在欧洲的时候就动笔写，写后寄到国内来，所以叫做“寄语”。这本书的材料虽是在美国所得到，但是回国以后才把它整理追记下来，只得称为“忆语”了。有一部分曾在《世界知识》上陆续发表过，现在经我再加修订一番；最后八篇是在江苏高等法院看守分所里写的。这本书原可早些完成出版，因为我于去年十一月下旬在上海被捕，羁押苏州八个月，所以延搁到现在，这是对读者诸君深为歉然的。

世界上有三个泱泱大国：一个是美国，一个是苏联，一个是中国。这三个国家的土地特广，人民特多，富源特厚：它们对现在和将来的世界大势，都有着左右的力量！不仅如此，这三个大国，在太平洋的关系上更有着重大的关系！我对苏联已根据视察所得，有过较详的记述（《萍踪寄语》第三集）；现在对美国也根据视察所得，写成这本书来贡献于国人，希望国人对于这三大国之一的美国能有更深刻的认识。

这本书对于美国的政治、经济、社会、文化各方面，如政治背景、劳工运动、农民运动、青年运动、杂志和新闻事业等，都根据种种事实，有所论述；尤其注意的是旧的势力和新的运动的消长，由此更可明了资本主义发达到最高度的国家的真相和它的未来的出路。这里面有着种种事实和教训，给我们做参考。所以我们研究美国，从美国是一个资本主义发达到最高度的代表型的国家看去，从国际的形势看去，从太平洋的风云看去，都有它的重要的意义；就是从中国取长去短的立场看去，也很有它的重要的意义。

韬奋记于江苏高等法院看守分所。

廿六年三月廿六日夜十点钟。

一　帝国主义麻醉下的种族成见

记者于一九三三年七月十四日出国，最近于八月廿七日回国，光阴似箭，转瞬间已过了两年。关于海外的观感，曾经略有记述，以告国人；已出版的有《萍踪寄语》初集和《萍踪寄语》二集两种。去夏有美国全国学生同盟（National Students League）所领导的旅行团，赴苏联研究游历，途经伦敦，记者临时加入，同往苏联视察约两个月，回伦敦后，草成《萍踪寄语》三集，全书约十八万字，对于苏联在物质和文化方面的建设，有颇详的评述，不久希望有机会就正于读者。今年五月间由伦敦赴美视察约三个多月，因在苏联和美国旅行团中的旅伴相处了许多时候，在那里面交到了不少思想正确的好友，所以这次在美国视察，很得到他们的有力的介绍和热诚的指导。现在“萍踪”略定，很想就记忆所及，记些“忆语”出来，陆续在本刊上发表，很殷切地盼望读者诸友教正。

在国外研究视察，在私人方面，虽随时随地可遇到诚挚的友谊，但一涉及民族的立场，谈到中国的国事，乃至因为是做了“材纳门”（Chinaman），就一般说来，随时随地可以使你感到蔑视的侮辱的刺激，换句话说，便是种族的成见（racial prejudice），把中国人都看作“劣等民族”的一分子。除了思想正确，不赞成剥削的社会制度的一部分人外（在这里面我要承认有不少是我要诚恳表示感谢的好友），受惯了帝国主义统治阶层的麻醉的一般人，对于种族成见，根深蒂固，几已普遍化。在这一点，各国对中国人的心理，原都没有什么根本上的差异，所不同者，有的摆在面孔上，有的藏在心里罢了。在欧洲各国里，以英国人的种族成见较深。当然，你和他们的知识阶级中人谈谈，你到商店里去买东西，或和你所认识的英国男女朋友来往等等，并不感觉到有这样的刺激。你如遇着他们里面的老滑头，还要对你满口称赞中国五千年的老文明。但你如能冷眼旁观一般的态度，便常能发现种族成见的存在。试举一件我所亲历的小事做个具体的例子。记得在伦敦有一个星期六的下午，和一位中国朋友去看一出开演的苏联的著名影片，跑了很远的路，才到了目的地，不料到时才知道改期，只得打算回家。刚从那处走出几步，看见附近有一处开着跳舞会。这位朋友说，跑了这样远的路，未看着什么，似乎不值得，何妨跑进去看看。我们进门之后，见有一人在一张办公桌旁主持登记和收费的事情；询问之后，才知道这个跳舞会是多半住在附近的职工所组织的，有的是店员，有的是机关里的职员，男女都有。会员没有限制，只须缴纳若干会费，每逢星期六都可来参加，并说我们倘欲参加也可以。我同去的这位朋友建议进去试试看，借此见识见识。我说我们未带有女朋友来，没有舞伴。那个执事说，来的人有男有女，不全是带有舞伴，尽可临时凑合的。我又对我的朋友说，除非我们带有女友，或是参加所认识的团体或所认识的英国朋友的交际舞，恐怕要感到不愉快罢，因为一般英国人的种族成见特甚，我是早有所闻的。他说，就是有种族成见，我们也不妨乘此机会进去看看他们的成见深到什么程度。我看他那样的好劲儿，便缴了会费（每人似为两个半先令），一同跑进舞厅。参加的男女已有四五十人。我们两人也照例约请舞伴，她们虽没有什么无礼的表示，但总是说句“I am sorry.”，婉辞谢绝。我从来没有干过这样“自讨没趣”的勾当，其窘可想。可是我的这位朋友却富有试验的精神，他在美国和英国都有了好几年的经验，比我老练得多，向这个女子约请吃了一鼻子的灰，便改向那个女子约请。试了三四个之后，居然有一个被他请到了。我觉得他那样“迈进”的精神却也不无可取，说来好笑，竟唤起不甘落后的情绪，也鼓起勇气（其实也可以说是厚着脸皮！）依法炮制，结果在硬着头皮碰到几次钉子以后也得到一个舞伴。我们虽都算“排除万难”达到了目的，但是看去对方仍似不很自然。猜想对方的心理，也许自己即觉得不在乎，还不免顾虑到旁人说闲话，以为你怎么肯和“材纳门”——这名词在他们是觉得包含着一切可厌可贱的意义——周旋起来呢！我饱受了一肚子的闷气，不久便溜。出来以后，我的朋友见我好久静默无语，好像受了电击，失却了知觉似的，他说你不要以为这是不值得观察的，至少可使你深切地知道“材纳门”在海外所受到的待遇，可使你深切地知道他们对于“材纳门”的种族成见的一斑。

不久以后，有一位从美国经伦敦回国的中国留学生某君，彼此原不相识，有一次在一个餐馆里因座位拥挤，偶然同桌，略略接谈，知道他是要乘回国之便，到欧洲玩玩的，在伦敦只有几天耽搁，承他交浅言深（他只问了我的姓，我的名字职业他都不知道)，他所最急切关心的是要寻得玩玩英国女人的门径，我深愧对这门学问未曾用过研究工夫，很使他失望；他降格以求，叫我介绍有舞女可雇的英国跳舞场，我说曾在几条马路上看见有跳舞场在门口高悬着招牌，可惜我自己没有工夫，也许是没有心绪，到里面去尝试，只不过把地名和怎样走法告诉他。过两天又无意中碰到他。承他很坦白地告诉我，说他已到过几处有舞女的跳舞场；但是她们都把冰冷的面孔对待他；对她们谈几句话，她们也像要理不理的样子；他觉得很不舒服，所以不想再去了。原因当然是因为他是“材纳门”，虽则他的衣服穿得很漂亮。

在欧洲各国中，英人的种族成见比较地厉害，我曾和好几位由欧洲大陆到英国的朋友们谈起，他们都承认。我未往美国以前，正在打算赴美的时候，常听人谈起美国人对于种族的成见比英国人更甚。我在国内读英文的时候，教师多半是美国人，我在国内所曾经肄业过的南洋大学和圣约翰大学，不但有不少美国的教授，而且这两个学校的毕业同学大多数都是美国留学生，从他们听到不少关于美国的情形，却不大听见“材纳门”在海外所遭受的不平的待遇；去夏在莫斯科认识了不少美国朋友，除极少数硬死派外，给我的印象都很好：所以我对于美国的印象原来并不感到有什么不愉快的意味。但在未渡大西洋以前，在伦敦也就受到两次美国人待遇“材纳门”的刺激。

一件事是这样的：我在伦敦所住的一个英国人家（我曾经迁移过寓所，不是《萍踪寄语》初集里所说的），主妇是一位很慈爱诚恳的六十八岁的老太太（健康如四五十岁），她家里是第一次租给中国人，我也是她家里的唯一的中国房客。我们很谈得来，相处很相得。她和她的丈夫，一个女仆，她的一对另居的时常来往的儿子媳妇和外孙，对于中国人原来没有机会接触过；他们从我所得的印象，似乎觉得和在惯于糟蹋“材纳门”的报章杂志上所得的不同，所以他们这一伙儿对于“材纳门”很有好感。（在各国除硬死派和曾经久住中国的牧师、教士、商人以及其他为帝国主义在殖民地张目的人们，其余一般人，只须我们和他们有相当接触的机会，往往可以消除或减少他们对“材纳门”的成见。）有一次有一个美国中年妇人带了一个小女儿到英国旅行，经友人介绍，向我住的这个人家租了一个房间，说明住一星期。她和她的女儿来住以后，我因事忙，早出迟回，并未见过面。当晚房东老太太偶然和她谈起我，承她（房东）满口赞誉，而这位美国妇人听见有一个“材纳门”住在这家里，虽则她从未见过面，谈过话，即毅然决然地对她（房东）说道：“我不能和‘材纳门’住在一个屋子里！”第二天一早就匆匆忙忙地搬走！在当时，房东老太太并不将这件事告诉我，她只是暗中诧异，觉得“材纳门”何以这样使人避若蛇蝎，使人这样地厌恶！痛恨！

过了几时，有两个中年姊妹（英国人），从卜来顿（Brighton）到伦敦来游历，也经友人的介绍，到这家来暂住。来的时候，房东老太太鉴于前次的麻烦，首先声明在她的家里已住有一位“中国的君子人”（这是她这样说，原文是Chinese gentleman）。她的意思是：事实如此，你们愿住就住，不愿就拉倒，免得怪麻烦。出乎她意料之外的是那两位姊妹很高兴地回答道：“好极了！我们要约个时候和他谈谈。”原来这两位姊妹是喜欢研究中国艺术的，所以是个例外。有了这件事以后，房东老太太才连带把前次触霉头的一件事告诉我。

还有一件事可以谈谈。由欧洲赴美国游历的中国人，所受的待遇，比别国人也有些不同。别国人只须有本国护照经过美领事的签字，就算了事；中国人还另有专为“材纳门”

而设的所谓“第六项”（Section Six）的规定：经过伦敦的美领事的严格查问（假使是由英国去），认为无问题后，原带的中国护照不够，要另备单张护照，并要先由他用公文通知纽约（假使你是在纽约登岸）的移民局备案，然后这个“材纳门”到时才准登岸。我到伦敦美领署时，因为有得力的证明书，跑了两次，第二天就领得护照，事后据朋友说，这已算是最迅速而予以便利的了。美副领事问的许多话里面，有一句是问我有没有极端的政治见解和会不会有危害美国政府的行为。

我未往美领事署办护照手续以前，先往通济隆公司定舱位，据说有美国船名叫门赫吞号（Manhattan）于今年五月九日由伦敦开往纽约，有空余舱位，我便定了一个“旅客舱”（依例买有折扣的通票至少须乘“旅客舱”）。到美领署办护照时，照例要说明乘什么船赴美，这船到美的日期等，美领事在通知美国移民局的公文中都须一一详细注明。不料我的护照手续已经办好，美领署的公文已寄往纽约移民局之后，通济隆忽由电话告诉我，说美国船舱位已满，只得请我改乘五月十一日开行的德国船欧罗巴号走。我定舱位时，该公司很无疑地答应有，何以忽然说已满，我已不懂。但时日已迫，来不及先往该公司办交涉，而且也没有想到这所谓“已满”是另有其特别原因（见后），所以就赶往美领署叫他们再替我向移民局去一道公文，因为倘若船名不符，船到美的日期不符，虽有护照，移民局还是不准登岸，要把你捉到实际等于牢狱的“天使岛”（Angel Island）上去吃苦头的。那位美副领事听说我要改乘他船，又须改船期，面孔顿时放下来，大不高兴说：“我们的公文已发寄了，你是太噜苏了！”我说这不是我的噜苏，是通济隆的噜苏。他不相信，立刻拿起电话机，问那个美国船公司，回话说舱位并未满。他听了更不高兴，叫我自己再往通济隆接洽。我以时日已迫，叫他立刻打电话向通济隆一问究竟。后来他在电话里听该公司的职员讲了许久的话，才把态度换过来，对我说门赫吞号的舱位有没有，一时说不定，只得让我乘德国船走，他们只得另去一道公文给美国移民局。这样一来，这件事总算解决了，但却使我如陷入五里雾中：通济隆在先很不踌躇地说一定有舱位，何以忽然说已满？美副领事在先听我要改船及船期，很不高兴，形诸辞色，后来经电话里的一顿叽里咕噜，忽然又改换态度？我终觉不懂，所以又跑到通济隆去问个明白。该公司的那位职员，因我屡次由英国赴欧洲大陆游历，来往车票的事都由他办理，所以我们两人因渐渐相熟而有了相当的友谊，经我究问原因之后，他竟局促嗫嚅，现出不便解释的样子，只说“美国船公司对于中国人另有他们的规则，我们虽觉得没有道理，只得照办……”我说我不会怪你，却要听听所谓“规则”究竟是什么，他说：“如你不见怪的话，我可以告诉你。”经他说明之后，才知道美国船向例把“材纳门”隔离，不许和白种人同舱房；所以要末有单独一人的舱房，不妨住一个“材纳门”，要末有几个“材纳门”一同住入一个几人的舱房。这次门赫吞号的单独一人的舱位已没有余剩，所剩的只有数人同住的舱房，其先他们未注意我是“材纳门”，后来忽而发觉，所以把已答应的舱位临时取消。这个职员大概因为和我有了相当的友谊，说明之后，颇表现替我难过或不平的神情，连说“没有道理”。

以上随意谈到的是帝国主义麻醉下的种族成见的几个例子，诸如此类的事实当然不少，我相信在海外旅行过的我国人，如肯静心默察，当有同感。

平心而论，我们对于这种族成见，如作进一步的分析，明白它的来源，对于有这样成见的一般人的本身，却也用不着怪他们，因为他们只是受了长时期的帝国主义的麻醉作用。帝国主义者利用他们所直接间接控制的教育、书报、电影，以及其他种种方式的宣传机关，把被压迫的民族——尤其是“材纳门”——形容得如何如何的卑鄙、龌龊、野蛮！同时可以反映出他们自己的“文明”，以“证实”他们的“优越民族”确有侵略剥削“劣等民族”的当然权利，使久受他们麻醉的本国民众俯首帖耳做他们的侵略剥削的工具。关于这类事实，举不胜举。像英国的小学里，教师对小学生谈到“材纳门”，还是灌输妇女缠脚、溺女孩、抽大烟的印象。像美国在新闻界占很大势力的赫斯特报纸（Hearst newspaper）就利用他分布全国的数十种日报和刊物，尽量糟蹋“材纳门”，把中国人写成卑劣不堪的该死的民族。又像我国有一部分人所崇拜的希特勒，在他所著的传播很广的《我的奋斗》一书的原文里，就把中国人和“黑奴”连在一起，尽情丑诋。

但是世界向着光明的新运动是一天一天地向前猛进着，已有一部分的人们不再受帝国主义的麻醉作用而醒悟，向着剥削阶层进攻了！种族成见的消除，和光明的新运动成正比例，是必然的趋势。所以我们徒然怀恨或怨怼是无益的，要知道努力奋斗的正确途径。

二　从伦敦到纽约

记者于今年五月十一日由伦敦乘德船欧罗巴号赴美，五月十六日到纽约。德国船很清洁，仆欧都是用德人，服务都很周到，都很有礼貌。在欧遇着惯于旅行的朋友，都说清洁和有礼貌，以德船为最，依我此次所经历，觉得不错。同船的中国人，只记者一个。船上有三个日本乘客，总是三个人在一起，从未看见他们和其他乘客谈过话，或参加任何社会性的聚会或游戏。除在餐厅里看见他们外，不很看见他们的影踪。我本想不妨和他们谈谈，但他们每次遇到我的时候，总是用斜眼睨视，那一副面孔表现着拒人于千里之外的神气；在餐厅的时候，他们三个人占着一桌，仍是用斜眼远远地向我睨视，同时鬼鬼祟祟地说长论短，那一种情形，断绝了我要和他们谈谈的念头。

和我在餐厅里同桌的有三个人：一个是久住英国的美

国人，他是个机械工程师，年已在五十以上了；一个是由纽约往欧洲接洽营业完毕回去的美国人，他也是个机械工程师，却是个近三十岁的青年；还有一个是久在纽约经商，由希腊回纽约的希腊人。那位老工程师鉴于所亲见的英美两国失业问题不但无法解决，而且日益尖锐化，认为旧社会制度已确然破产，无可挽回，只有实行社会主义能解决，但他的觉悟就至此而止，问他怎样可以实行社会主义，他却含糊不能自圆其说地坚执和平的办法——也就是维持现状——所以他尽管满嘴大提倡其“旧制度破产论”，而他的主张在实际上却是在积极维持这个“破产”的“旧制度”，这种显然的矛盾，在他并不感觉到，或虽感觉到而亦不愿或不能作再进一步的分析。那位青年工程师的认识却比较地进一步，以为非根本把障碍物除掉，要实行社会主义是梦想。他认中国革命的成功，影响于全世界的局势非常重大，所以他对于中国前途的热望，也异常地殷切。同是工程师，而在认识上有这样的差异，仔细一想，却也不无他们的颇堪玩索的经济背景。原来那位老工程师多少是一位功成身退的工程师，这所谓“成功”当然是从他个人着想；他已有了相当的盈余，在英美两国都有他所开的工程公司，他自己已不必多管事，只须随意看看，过他的舒适的晚景；那位青年工程师却是个初出茅庐的脚色，在经济上对旧制度无所依恋。诚然，也有人不因地位的关系而仍能加入革命战线的，但这究是例外，就一般说，经济的背景决定个人的意识和认识的力量是很大的。那位经商的希腊人，还够不上做资本家，多少还只是小商人的地位，他只是唯唯诺诺，不加可否，意思是只守中立的态度；其实中立的态度就等于参加不合理的社会制度的挣扎，在形式上尽管好像中立，实际上还是等于“助桀为恶”。时代的巨轮一天一天更猛烈地向前推进着，只有革命和反革命的两条战线，没有什么中立的余地了。我们在船上共餐了五六天，谈话的机会自然很多，在认识上和信仰上的分野，无意中流露的，已显然有截然的界限。除公然倡言维持不合理的社会制度的特权阶级的死硬派外，上面所谈到的三个人的态度，很可代表现社会中的三种人的态度。

在船上看书的时间居多，有一次在吸烟室里看书，无意听到隔桌有两对夫妇在谈话；一对的口音像美国人，一对的口音像移居美国而仍未脱去原来口音的德国人。前者年龄约在四十以上，后者约为三十许人。听他们的谈话内容，知道那纯粹美国人是久在印度干什么职业而因例假回国旅行的；

那美籍德人是已获得一种印度位置，不久要往印度去的，很恳切地探问关于印度的生活情形。最可注意的是那位“老印度”告诉他的一段话，他说欧人（他说european，其实他的含意就是指白种人）在印度的生活不得不阔绰，因为必须这样才能维持欧人的尊严；他有一妻一子，须用园丁、阍人、厨子、女仆等等，并告诉每月须支付各个的工资若干。这“老印度”侃侃而谈，说明维持欧人在殖民地的尊严的必要，那位未到过印度的后进凝神屏息静听他的经验之谈；一面言之谆谆，一面也听得津津有味。他们未曾梦想到用阔绰生活来维持尊严的时代已经过去了，利用剥削所得以实行阔绰生活，正是自掘坟墓的行为，正是引起鄙贱的行为，还有什么“尊严”可以“维持”呢！但这位“老印度”的“人生观”却很可以代表所谓“优越民族”对待“劣等民族”的心理。

当然，反过来看，我们的意思也并不是说穷苦生活的本身有什么可以尊尚的价值，而且在人剥削人的制度未消除以前，徒然提倡“安贫”，正是替剥削阶层放烟幕弹！我们看到欧美各国的一般人的生活，拿回来和中国人的生活比较比较，没有不感觉到大多数中国人的生活简直不是人的生活。我们倘不努力使一般人的落伍的非人的生活改善而为健全的合理的人的生活，这是我们的莫大的耻辱，这种耻辱决不是把古人的死尸抬出来，提倡什么“安贫”的“道德”所能掩饰的。我们要铲除剥削多数人而造成少数人享用的不平等制度，树立共劳共享的平等制度；目的还是在积极方面，不是在消极方面。

五六天的大西洋的海程很快的过去，五月十六下午三点钟便驶进了纽约的哈得孙河（Hudson），渐渐地靠近纽约的码头。据由美国到欧的中国朋友谈起，在西雅图或旧金山上岸的黄种人，上岸前由移民局人员问话的时候，向例黄白分成两队，不许混杂，白队享着先问的权利，黄队却须等在后面。我后来到美国旧金山的时候，遇着一位到美刚两个多月的中国留学生某君，据说他到美在旧金山上岸时，日本人得夹在白队里同享先问的权利，中国人还是另列一队在后面“恭候”着。从欧洲赴美的中国人不多，就是要另列一队也列不成功，所以记者这次到纽约上岸前，还得随便夹在乘客中经移民局人员问话，又因为伦敦美领署的公文已到，所以略谈几句便算了事，未曾受到什么留难。

驶进纽约，最初印入眼帘的是自由神像（Statute of Liberty）

和四五十幢好像成群结队似的矗立着的摩天高屋（skyscraper）。这个自由神像是在纽约海港离门赫吞岛（Manhattan Island）约一英里余的柏得罗小岛（Bedloe Island）上面，由底到顶，高一百五十五尺，高撑火炬的右臂达四十二尺，头上可立四十人，火炬上可立十二人。这神像是法国赠与美国的。自由诚然是人类所渴求的宝物，但在这金圆帝国的自由属谁，到如今还是一个问题，所以我们遥望着这个高撑火炬的自由神像，所获得的感想，似乎要替这“自由神”觉得惭愧了！

许多摩天高屋确是很奇突的现象，从欧洲来，尤其是从守旧著名屋宇陈旧的伦敦来，使人感到伦敦无所不小，纽约无所不大的印象。（这当然是比较的，伦敦的房屋当然有它们的古香古色，也不很小。）在百老汇路的Woolworth，六十层，高七百九十二尺，以前已算是世界上第一高的高楼了；而现在最高的却要推第五路第三十四街的Empire State，一百零二层，高达一千二百五十尺。高达一千尺以上的还有勒辛吞路第四十二街的Chrysler（七十七层）。此外有八九百尺高的，有七八百尺高的，有五六百尺高的。这却是纽约特有的现象。这不仅是由欧洲到美游历的人所注意的现象，即美国各处的人民到本国东方游历的也要看看纽约的摩天高屋。在美国繁盛的时代，像最高的Empire State，每日游览者平均达四五千人（这高楼第八十六层和第一百零二层都有瞭望的设备，四面有石栏，全城一望无余，其余为各种店铺），租户达两万户。但自一九二九年经济恐慌之后，大半空着，没有人租，游客也寥寥无几。可是这种大规模的房屋，维持费很大（像Empire State仅游客乘的电梯有六十四架，运货物的电梯还不在内），便陷入很困难的地位。这种摩天高屋的可能，是由于钢骨建筑和电梯造法之精进，依记者所见到的内部建造情形，都是用很精美的人工大理石造成地板和墙壁，乘着一千尺高度上下的电梯，只须三分钟的时间，而且非常安定平静，毫不使人感到不舒服。科学技术的进步，实可惊羡。莫大的缺憾是这些摩天高屋都在华尔街的少数金融资本家的掌握，用剥削所得的大量资本（像Empire State一所高屋的价值就达三千万金圆之巨），建造这类高屋，目的仍在获得更多的利润，所以到了资本主义制度没落的时期，摩天高屋也随着萧条下去了。我们若仅从外表看去，摩天高屋仍然巍峨宏丽，好像金圆帝国仍在那里顾盼自豪，但稍稍研究其实际，便知道是外强中干，时在飘摇中过日子。其实在猛烈转变过程中的全世界，在资本主义制度仍在挣扎图存中的各国，都有这同样的象征，不过在资本主义发展得尤其蓬勃，大量生产哪，高大建筑哪，无所不大，倒起霉来，也就愈益显露罢了。

我们寻常所称的纽约，在美国有纽约州（New York State）和纽约城（New York City）之分，他们在文字上尤须写清楚，虽则在口头上他们通常提起纽约这个名字，都是指纽约城而言。就是这纽约城，最热闹的中心还只是一个小岛，名叫门赫吞岛，摩天高屋以及重要的金融业和商业等区域都在这个岛上。纽约（指纽约城，下同）包括五个郡（borough）：第一是最重要的门赫吞岛，这个岛好像一把中国老式菜刀的形式，向西的刀背方面由一条哈得孙河和纽杰西州（New Jersey）隔离，向东的刀锋方面由一条东河（East River）和长岛（Long Island）隔离，向北的刀柄由一条哈尔冷姆河（Harlem River，这是接连哈得孙河和东河的一条小运河）和大陆隔离，向南的刀头便是由大西洋进口处。第二是在门赫吞之南隔着水的司推吞岛（Staten Island）上的立屈孟郡（Richmond）。第三和第四是在门赫吞之东隔着水的长岛上的卜鲁克林郡（Brooklyn）和奎因斯郡（Queens）。第五是门赫吞之北隔着水的在大陆上的卜浪格斯郡（Bronx）。纽约包括这五郡，但是在一般美国人心目中所说的纽约，实际却只是门赫吞，这大概是因为最热闹的部分都集中于门赫吞。且说这几乎取纽约而代之的门赫吞，它的面积，南北的长只有十三英里，东西的阔只有两英里。这小小区域，却是握着全美国经济权，统制着全美国经济生活的金融资本家的大本营——华尔街（Wall Street）的所在地。关于华尔街的内幕情形，说来话长，当另文记述，现在仅想先谈谈关于纽约在表面上看得见的一些状况。

纽约的繁华是有名的，而最繁华的街道要推百老汇路（Broad Way）。有人说只有两件东西造成百老汇路，一是戏院，二是“霓虹”（neon）光。尤其是在第四十二街以上到第五十几街，在那广阔的马路和广阔的人行道旁，无数摩天高屋上装满了形形色色的霓虹光，在夜里辉煌如昼，人行道上来来往往着无数的男女。听说这段街上所用的霓虹光达七八万尺，每小时用电达二百三十余万瓦特。有许多“自助菜馆”（他们称cafeteria，也是美国社会的一个特别情形，将来再详谈），在外面所装设的霓虹光装饰，所费比里面的装饰和设备还要多。有的在外面的霓虹光的招牌及其他装饰所用的墙上面积，其租费比全屋的租费高两三倍。据说在这段街上的屋外的招牌装饰所用面积的租费，每年装入地主腰包的近四十万金圆之巨。在这样电光辉煌的夜里，你也可常常看到男女追逐勾引的怪现象。不过在柏林伦敦等处的热闹街市上，在夜里常可看到无数对人做媚眼叫“达灵”的女子，在美国却很少看见，这也许是因为受经济恐慌的时期较短，但虽没有那样公开，据“老纽约”的朋友所谈，私娼人数的逐年增加，却有加速率的进步，听说在百老汇路最热闹的一段的旁路里就有五十多处“秘窟”。在欧洲都会的“街女”（streetgirl）对东方人也常叫其“达灵”，在美国却不常见，大概就是“街女”，在公开的表面上还要保持着“优越民族”的“尊严”罢。

在戏院方面，歌舞戏院、影戏院，是普通都知道的，也许有人还听到纽约的“大腿戏”，这在他们称为burlesque，沿着百老汇路或附近有几处。在这里面，你可以看到在不合理的社会制度里性的诱惑之尽量的被人作为剥削的一种工具。在这里你可以看见成群的年青女子几乎是完全裸体，在台上做各种舞蹈，还有单独的女子最初穿着舞衣在台上依音乐步行，逐渐把衣服脱去，脱得几乎一丝不挂。这些女子为着生计，每天自午时到深夜要很吃力地舞蹈歌唱无数次，你可看出她们的憔悴的容态，强笑的哀音，涌流的热汗，使你感觉到她们是在悲惨的情况中受人利用为谋利的工具——在经营这种戏院的老板们当然要认为千该万该的！这样的歌女所得并不足以维持生计，所以常须零星把自己的身体“出卖”，以资贴补，有不少资本家是以玩玩歌女为一种不可少的娱乐的（Upton Sinclair所著*Book of Love*亦曾说到）。在不合理的社会中，女子被人当作商品出卖，这是一般人所司空见惯熟视无睹的现实。在惊慕纽约繁华世界的人们，也许还认为这是纽约的一个特色，我看后所得的印象，是好像处身屠场，和我以后在芝加哥所看见的杀猪宰羊的屠场，竟不觉得有什么两样！

但是在另一方面看，纽约却是美国革命运动进行最猛烈的区域，在南方的反动区域的反动分子，倘若听见你是从纽约来的，往往对你要另存戒心！所以关于纽约，还有些情形可以谈谈。

三　物质文明与大众享用

从伦敦到纽约的情形，记者在上次已谈过一些，现在要随意谈些到纽约以后的见闻——有的是在欧洲不常有的现象。

原有一位美国朋友预先有信给我，说要亲到码头来招呼，我到的时候，他因临时有重要会议，不能分身，派他的一位女书记来接我，可是她和我未见过面，码头上的人又多，彼此竟相左，幸而我的行李很简单，只带了一个随身的衣箱，便叫一辆“特格西”，乘到一个小旅馆里去。坐在汽车里，耳朵听到无线电播音的音乐，以及当天新闻的报告，原来是汽车里装有无线电收音机，这倒是我在欧未见过的，可说是美国在利用机器方面特别发达所给我的第一个印象。讲到利用机器，在纽约所见的，可说是一个特色；后来在各处所见的，亦多能表现出这个特色。他们利用机器来大量生产，这个美国所尤著的特色，是大家所久闻大名的；但就小的事情说，却也很有趣味。例如你在小咖啡店里，可以看见他们售卖一种颇像中国烧饼一类的食物，名叫doughnut，在柜台里的一角放着一个白亮清洁的机器，专煎这种饼，有自动机件把面粉液料送入油锅，煎好后又有自动机件将饼送到机器内的另一部分，把它列排起来！用不着有人在旁看着，只须隔若干时有一个人过去把列排满的油饼另置一处罢了。这机器是用白铜造成，巧小玲珑，不但排在柜台后清洁美观，简直好像是个活人在那里工作。回想到我们的油条烧饼店，油锅旁的龌龊，一塌糊涂，虽在炎夏，赤膊流着汗的工作者要一天到晚立在酷热逼人的炉旁苦干，情形相去真是太远了。又例如我在一家“自助菜馆”里看见一个女堂倌，把一叠一叠客人用过的杯盘，从墙上的一个方洞里放入，这方洞里好像有个小电梯，继续不断地自动地把这些待洗的杯盘送下去，瞬息间又自动地把这些杯盘从隔壁另一个方洞里送上来，便是已由蒸汽洗得干干净净的杯盘，拿出来便可应用。几千人用膳的大菜馆，如用人工来洗碗，怎样地费时间费工夫，可以想见，但是有了这样的机器，不但有消毒的功效，而且迅速简便得多了。又例如他们有所谓“自动菜馆”（automat），在墙上装有许多白铜制的小格橱，外面装有玻璃，你可以看见里面排着的食物，有的是一盘布丁，有的是一盘三明治，有的……里面有电光烘托着，小格橱旁面列有价目，并有放入“尼枯”（nickel，美国最小的镍角子，值五仙）的小洞。你要吃什么，只须把一个或几个“尼枯”放入，用手把格子旁的一个小柄子一拉，那小玻璃门即豁然展开，你把那盘菜拿出来，自己拿到一张桌上去吃。那个小格橱空了之后，橱内会转动的后壁拍达一转，又有一盘食物放在格子里面，那小玻璃门也会自动地关上，等第二客人来选取。（这是限于冷盘，关于烧热的菜肴，办法不同，兹避烦不赘。）像牛奶或咖啡等饮料也有相类的装置，不过不是小格橱，却是在墙上装有好像自来水龙头（构造讲究，好看得多），你只须把“尼枯”放入这龙头旁的小洞内，把龙头上的小柄一拉，一面拿一只杯子盛着（这杯子是排置好，任你取用的），那牛奶或咖啡会汩汩流出，流到你投入的价值所能买的分量，便突然中止（大概可盛满一杯）。倘若你要再来一杯，便须再投一次“尼枯”。总之利用机器以省却人工，这种“自动菜馆”亦可作一个例子。（在这种“自助菜馆”或“自动菜馆”里用膳，都无须小帐。）

上面提起“自助菜馆”，我想附带说明这种菜馆的大概情形，所谓“自助菜馆”，在伦敦只见过一家，在纽约却随处都是。这也可说是纽约特有的情形。其中的情形大概这样：你进门之后，看见一只小箱子，好像邮政信筒似的，上面有一张像电车票的小纸片从一个小长方洞里露出一半，你把这张小纸片抽出时，这洞里会“铛”一响，自动地从里面又露出一张小纸片来。这小纸片上印有数目字，大概自5、10、15等等至100，表示自美金五仙至一圆。你拿着这张小纸片后，自己到一处去取一个大木盘，再到一处取了刀叉匙及“纳拍卿”（食时放在膝上的手巾，用纸做的），放在盘上的一角。然后自己把这木盘捧到一个长柜上，这柜是用玻璃镶好的，你可看见你所要吃的东西。沿着这一排的玻璃柜，里面放置着许多食物，由小菜、鱼、肉、青菜等等至面包奶油。你要什么，柜里的堂倌（大多数是女子）就给你什么。等到捧着这个木盘走完这个玻璃柜，木盘上的食物当然摆得不少了（多少随你自己的便），那里另有一个女执事看一看你的木盘上的东西，很迅速地知道共价若干，在你所拿着的小纸片上戳成小孔；倘若你拿了三十仙的东西，她就在这小纸片上30的数字上戳个小孔，余类推。经过这个手续之后，由你自己捧着这一木盘的东西到一张桌上去大嚼一番。吃完就听任用过的杯盘留在桌上（另有女堂倌来收去），只须拿着原来的小纸片到出口处的收款处照付价钱。这样的“自助菜馆”虽只是进口处的票箱（即装小纸片的小箱）是有自动的作用（较大的“自助菜馆”也用机械来洗碗，前已谈及），但大半都是客人自助，人工可减至最低限度，价钱也可比较地便宜。这种“自助菜馆”多少含些大众化的性质，阔人很少到的。

让我们回转来再谈到机器在美国日常生活中的利用。像上面所谈到的汽车里装置无线电播音，小咖啡店的油饼机，“自动菜馆”的小格橱，“自助菜馆”的票箱及洗碗机等等，事情愈小，愈足见利用机器于日常生活的程度。此外在他们的交通方面，也很可见到。柏林的交通以悬空电车为主要，巴黎的交通以地道车为主要，纽约的交通，两样都占着主要的地位，地下和悬空，都有电车来往。像门赫吞和长岛之间，隔开一条哈得孙河，河底下也开着地洞，有地道车在河下面穿来穿去。在地道车的站上，不用人卖票，也不用人查票，只在进口处有个小机，你把一个“尼枯”投入一个小孔里，就可推开那进口处十字交叉形的铁架子。出口是另一处，该处的装设，只能出而不能进，也用不着有人工在那里照料。

科学进步，尽量利用机器以代人工，一方面可使人类的幸福增加，物质享受丰富；一方面可以减少工作的需要，使人们得多多剩出时间，多多增加文化上的享受。就第一点说，既能利用机器来作大量生产，物质的享用应能愈益普遍于一般人民，因为生产既多，照理消费也随着容易。就第二点说，既能利用机器于日常的生活，一般人的劳力照理可以减少，原来要每日工作八小时的应可减为七小时，七小时的应可减为六小时，后来乃至各人的工作时间都可减为二三小时，大家可以剩出许多时间来研究自己所喜欢研究的学问，来游山玩水，来听音乐，来欣赏文学。以及其他种种文化上的享用。就我们所看到的欧美的生活状况，固然觉得利用机器的程度，以美国为最显著，但是关于上面所说的两点，仍然相差得很远很远，这里面的原因很值得我们的注意。在资本主义发展特甚的美国，他们一般人的生活，当然比半殖民地"注定苦命"的人民好得多。尤其是在资本主义繁荣的时代——这当然是已过去的时代，资本主义的国家固然不能再希望有这样时代的重演，半殖民地的国家更没有重演资本主义繁荣历史的可能——资产阶级还能于大量的利润之外，分些余沥来施舍给劳动阶层，使维持劳动力来供他们的更进一层的剥削。可是重要的目的还是在维持资产阶层少数人的利益，机器的利用是为着资产阶层的牟利，其根本动机原不是为着大众的享用。英国为世界工业国的先进，这是我们所知道的，但是英国利用机器以作大规模的生产，其程度终不及美国，这是因为美国是比较新的国家，一切好像从新做起，没有旧的东西值得他们的顾虑，要用最新的机器就用最新的机器，这在当时是和资产阶层牟利的目的没有妨碍的。英国便有些不同，工厂里既装设了某种格式的机器，一旦要大量改换最新机器，这却先要在私人的算盘上算一算；倘若在私人的营利上不合算，还是作为罢论罢。自一九二九年世界经济恐慌既成“不速之客”以后，英国固然和美国同样地闹着不景气，但是在英国因为利用大规模机器的大量生产不及美国的“大”，比美国多少易于维持一些；你可在英国的刊物上（当然是资产阶层的刊物）看出他们对于此点的沾沾自喜！为一般人的福利计，本应该尽量地利用机器来从事大规模的生产（像现在苏联就是这样），生产多了，消费的东西也可以多起来，一般人的需要当然也可以比较地易于满足起来。但是在英国和美国，我们虽都看见劳苦大众缺乏消费的东西，而在英国则以大量生产不及美国的“大”自幸，在美国则以大量生产而反陷入了困境！到了这样矛盾的境地，资本主义国家不但不能尽量利用进步的科学所能贡献的最进步的机器，来增加人们物质的享用，反而是在阻碍科学对于人生的尽量贡献！大众在需要上要求尽量利用机器的大量生产，而日暮途穷的社会制度却在竭力妨碍尽量利用机器的大量生产！

试再就纽约说，以该城利用机器于日常生活的程度，屋子里在冬季有热水汀，有热的自来水洗澡，这应该是很寻常的事情罢，但是你如到纽约的“东方”（East Side，东伦敦是伦敦工人区域的贫民窟所在地，纽约的东方却也是纽约工人区域的贫民窟所在地，可谓凑巧），你便知道他们到了冬天往往要挨冻，因为热水汀虽是“文明”社会的很寻常的文明设备，但享用得着的却只是另一部分的人；在这纽约的东方，你也可听到有许多人一个月洗不到一次澡，这不是因为他们不了解洗澡有益于卫生，却是因为没有热水用！我们听到屋子里没有热水汀，在我们过惯半殖民地的落伍的奴隶生活的人们，似乎要觉得没有什么大不了的事情，而且觉得没有热水汀，烧烧火炉也未尝不是办法。我起先听到纽约的黑人区域（叫做Harlem），因抗议房屋的不堪，提到有百分之几没有热水汀或没有热的自来水，也觉得这在我们中国人是司空见惯的事情，有什么大不了！但是在纽约从没有看见过那一家店铺出卖火炉（即铁制的烧煤取暖用的），你要末装热水汀，否则便不免挨冻。像我们在上海随处可以看到的所谓“老虎灶”，他们固然未曾“发明”，就是烧柴的大灶大锅可以用来烧大量热水来洗澡，在我们也许不是一件很麻烦的事情，要在他们的新式的巧小玲珑的煤气灶上烧大量热水，却是一件怪麻烦而不经济的事情。所以他们要末有热的自来水用，要末没有热水用。这问题当然不是没有热水汀可装，或没有热水可得，却是这些住在贫民窟里的大众所享不到的罢了。

尽量利用机器以代人工，照理不但可以增富一般人的物质生活，而且可以减少各人的工作时间，多多享受文化所给与的种种愉快生活。照上面所说的情形，在“物质文明”那样发展的纽约，还有许多人在冬天要挨冻，一个月洗不到一次澡，物质生活能丰富到什么地步，不言而喻了。至于减少工作时间吗？有！不仅减少时间，而且使你时间完全没有！这不是别的，就是在现今的世界上一个很时髦的玩意儿——

失业！在合理的社会制度里面，大众的工作时间愈减少，享用文化生活的机会愈加多。在资本主义没落的社会里，有许多人的工作时间完全没有以后，物质生存已早不保夕，至于文化生活的享受，更不必作此梦想了。像从前曾任美国复兴管理处（即执行罗斯福总统就任后所标榜的美国复兴计划，所谓N. R. A.）的领袖章生（Hugh Johnson），近被美国总统特任为纽约的失业救济专员，他最近公开宣言，说："住在纽约——不但是美国而且是世界上最富有的城市——的每五个人里面，便有一个人不能赚得他的每天的面包。"（关于这个事实，最近九月廿八日的上海英文《字林西报》纽约专电里也曾提到，并述及章生的宣言。）换句话说，据这位亲任纽约救济失业专员的经验，在世界最富有的城市纽约的居民中，每五个人里面便有一个人失业，这时势的严重，可以想见。他在这同一宣言里并有几句很有意味的话，他说美国政府关于救济失业的制度在目前是过于耗费了，但是假使就把这个制度废除，"叛乱和革命在两星期内就可在美国爆发起来！"在利用机器最显著而成为世界上最富有的纽约，五人中竟有一人失业，而要凭借救济失业来暂时抑制"叛乱和革命"，这是很值得我们玩味的现象。有些人不愿想到社会制度的根本缺憾，只在空喊着振兴工业的重要，他们并未想到在现状下振兴工业是否可能；即退一万步认为可能，是否与一般的民众生活的提高有何裨益？振兴工业谁都赞成，但同时却不要忘却振兴工业——尤其是半殖民地位的国家里——有它的重要的先决条件。美国资本主义还有过一度的繁荣时期（即在此繁荣时期内，也还有三百万人左右的失业），这一度的繁荣时期还是它的特殊环境和特殊时代给它的机会，这已不是半殖民地的国家所能望其项背的了，而况即此有过一度繁荣幸运的美国，到如今仍不免一天一天地钻入牛角尖里去——这当然是指资产阶层方面，至于新运动方面，据记者在美的观察，近两年来实有长足的进步，容当另述——这种当前的事实，应能使我们睁睁眼睛，不要再胡闹了！

因谈到纽约利用机器于日常生活的特著的现象，推论到美国制度上矛盾的尖锐化，不觉已写了这一大堆，其实上面所谈到的一些琐屑的事实，还只是其渺焉小者，以后还想就尤重要的方面，提出来研究研究。

四　掌握全美国经济生命的华尔街

美国是资本主义国家的巨擘，而纽约的华尔街却是美国资本主义的大本营所在地，所以记者到纽约后，为着好奇心的驱使，有一天特为抽出时间到那里去看看。一看之后，才知道这条操纵全美国经济生活乃至伸展势力到国际的华尔街，却是一条狭而且短的马路。这条马路在纽约（门赫吞）的南部，从百老汇路到东河；我略为计算一下，两边的屋子合起来不过四五十家。在这个全美金融中心的华尔街上，尤其煊赫的当然是摩根银行（J. P. Morgan & Co.），但是摩根银行尤其特别矮小而陈旧，在华尔街和百老汇街（Broad Street是一条小街，不是百老汇路）的转角，屋仅两层，大门在转角上，大门两边的墙上不过有四扇窗。还有一个特点是门口没有招牌，我跑过了两趟，找不着什么摩根银行，后来问了警察，才找到。我立在外面仔细看一下，还不能相信，跑到门口，向玻璃门内穿黑呢制服的一个卫士问了之后，才确然知道这果是所谓华尔街。

颇滑稽的是在华尔街的西边尽头，近着百老汇路的地方，有个古色斑斓的三一礼拜堂（Trinity Church），而这礼拜堂的本身也无异于一个百万巨富的大公司，因为由地租房租，及大厦的租金，坐享源源而来的不劳而获的大收入。

华尔街除本条街外，朝南和朝北两方向还延展几家的区域，在西边接近百老汇路处也延展几家的区域，这全部分便构成所谓华尔街的金融区（Wall Street financial district）。在这个金融区里，拥挤着美国最有势力的大银行，大托辣斯的总机关，各大工业的大公司的总机关。华尔街这条短短的街道，有人说它是世界上最长的街道，因为它的势力不但由亚美利加洲的东岸直伸到西岸，由北直伸到南，而且直伸到美洲以外的各国里面去！

华尔街在金融上执全美国经济生活的枢纽，其主要的原因是工业和金融打成一片。因为大规模工业的发展，在大公司的资本集中，金融资本家的威权随着突增，华尔街便成为可以左右全国经济生活的中心机关。就原来的界限说，金融资本家似乎仅有权于操纵证券和公债票，允准或拒绝借款，和企业家竞争利润的获得，但在实际上已分不清这个界限；重要的企业家都已变成了金融资本家，而所谓银行家也者，也和工业发生直接的关系。华尔街的绝大势力就根据于银行业和工业的混合，使掌握几家关系密切的大银行和大公司大权的少数人掌握着全美国的经济生活。他们凭借着经济的无上威权，控制着共和和民主两个政党的机构，指挥着全国的政治策略，所以号称“公仆”的德谟克拉西的大总统，以及无数的大小官吏，都不过是这些“大亨”们的在后面牵着线的舞台上的傀儡罢了！

其次我们可以谈到华尔街的统治者——也就是美利坚合众国的后台老板。美国的资本主义的名律师，曾任美国驻德大使的格拉得（James W. Gerard），曾于一九三〇年开列一张五十九人的名单，称这五十九人是美国的统治者，在这五十九人里面，只有梅隆（Andrew Mellon）是当时的财政部长（梅隆是美国“倍数的百万富豪”之一，也可说是美国可作代表型的资本家之一，我很想另作一文谈谈这位可作代表型的资本家的经历），此外有两个电影业大王，五个新闻业大王，其余都是华尔街的台柱子。后来格拉得又加上三个财政家和两个“劳工领袖”——一个叫格林（William Green），是美国全国劳工总会的正会长，还有一个是乌窝尔（Matthew Woll），是同一总会的副会长。（这并不是表示美国劳工的抬头，美国全国劳工总会还落在腐化的官僚式的领袖的掌握，关于美国劳工运动的情形，当另文叙述。）

在这五十九人的“大名”里面，有些是尤其耳熟的，例如摩根、洛克佛勒（John D. Rockfeller, Jr.）、梅隆、福特（Ford）、杨格（Owen D. Young）——虽远在远东挂着共和国招牌而实际已是任人宰割的半殖民地的中国，这些名字也是怪耳熟的。有人觉得格拉得所开的这个名单，太长而又太短。说它太长，因为全国大权在实际上实操于华尔街的尤其集中于少数人的掌握；说它太短，因为如把仰承少数“大亨”意旨而负责执行的人们计算在内，那又太少了。

在华尔街资格最老而最有势力的一派是摩根银行的一班人。他们当然是国外投资的“领袖”，同时在美国的银行业、保险业以及许多各种各类的工业公司，都有他们的最巩固的势力。摩根自己虽仅在五个大公司的董事部里占着一把交椅，但是他有二十个合伙者——即靠着他的大资本而合股经营的大公司领袖，每个领袖都各有其特殊部门的活动——银行、公用事业、铁路、零售商业、重工业乃至国际外交等等。据说他的合伙者至少在一百廿一个大公司里占着一百六十个董事的重要位置；除了这许多在各业里占着重要位置的董事以外，在各银行和各大公司居重要首领地位的，至少有一百五十人，都是在各业里代表摩根的利益。有人估计，在一九二九年美国资本主义的各公司财富的全部，竟有六分之一是和摩根公司或摩根派所包办的银行有直接的关系。

次于摩根派的势力，要轮到洛克佛勒。他的财富，依数年前的估计，超出一万万金圆以上。我们知道洛克佛勒的财富是由剥削煤油矿工人和用残酷方法得到专利而来的；可是拥有巨资以后，他的家属也转向着注意到银行业，以及其他更宽阔的剥削范围里面去。例如美国的Chase National Bank不但是全世界最大的商业银行，而且由于它所统治的各公司，在美国经济界也有无孔不入的势力。洛克佛勒和他的儿子所直接参加的工业，范围也很广，煤业、化学工业、铁路以及其他重要工业，都有他们的势力侵入。洛克佛勒的弟弟威廉是美国National City Bank的大股东，也是华尔街的一个要人；威廉的儿子波西（Percy A.）所占据的工业也不少，包括铜矿、钢铁、化学工业以及在古巴和波兰等处的许多工业。

在华尔街占特殊势力的第三位置要轮到古因洛爱柏公司（Kuhn, Loeb & Co.）。这一派和摩根一派相同的是他们也是所谓国际的银行家，同时在美国的铁路上占着很大的势力。在美国占着很重要位置的本薛文义亚铁路和西方合众电报公司（Western Union Telegraph Co.），就在该公司的掌握。这一派和洛克佛勒派常是和摩根派激烈竞争着统治大资本集团。

诚然，在华尔街以外的地方也有大量的利润的堆积和大规模公司的涌现——尤著的梅隆家属在匹资堡（Pittsburgh），因银行业、铝、煤油和公用事业而大发其财，德拉瓦（Delaware）的杜邦（Irenée Du Pont）家属，由爆炸药、化学品、人造丝和汽车业而大发其财；又如底初洛意（Detroit）的福特，因汽车业而大发其财。这都是“倍数的百万富豪”，但是在纽约以外的巨富和奇大的公司也都和华尔街结不解缘。例如梅隆和杜邦和摩根都有很密切的联络和合作；福特最近和洛克佛勒的公司也结成一种“同盟”。所以华尔街仍然是美国的实际统治者。

华尔街怎样实行统治呢？

在经济方面，他们操纵着全国的信用借款和新资本的支配；他们统治着各种基本工业的生产；他们完全专利着全国的铁路、船业、电话、电报以及电力；他们统制着农民和工人彼此需要着生产品交换的市场；他们的触角且深入到零售商业的旧机构里去，也一古脑儿包括在他们的统制之下。

但是华尔街虽掌握着全美国经济的生命，他们内部却不是一个团结巩固的势力。他们不但不能有巩固的团体，而且常常因为彼此利益的冲突，勾心斗角，斗得四分五裂，在他们自己里面为着抢夺铁矿、钢铁、炼铜、制钢以及其他工业部门的统治权，各派彼此斗争都很激烈。这种斗争，因世界资本主义的经济恐慌而更为尖锐化。但是他们的唯一目的在求利润，有的时候，只要能彼此利用来赚钱，却也能合作起来，在表面上好像要好得很，竟像成了什么好朋友似的！例如在一个公司里，竟有两派或两派以上的资本家一同加入，没有那一派有显然的统治权。摩根和洛克佛勒同时都在National City Bank，也是这个缘故。又例如有时有彼此原为敌对的公司，原由敌对的金融集团所统治着，一旦觉得交换专利品，分摊这一门的生意，可以得利，也会合作起来。古因洛爱柏的西屋电气公司（Westing-house）和摩根的奇异电气公司（General Electric）所以会有密切的关系，也是这个缘故。但是在骨子里却各在积极扩充各人自己的私利，他们各在积极扩充各人自己的私利，成绩总算不坏！虽在经济恐慌那样严重的时期，生产继续地衰落，大众更多地被迫于求怜于慈善的施与，而资产阶层的利润却仍然是很多的。

但是在经济方面剥削大众当然要引起被剥削者的反抗，于是要保全华尔街统治者的利益起见，不得不极力把持着政治的实权：在间接方面是由于贿赂舆论机关，以麻醉民众；而在直接方面是丝毫不放松地利用着两个资本主义的老政党的全国机构。在美国的“政治游戏”（political game）的本身原是一种牟利的勾当，吃党饭的共和党员和民主党员原是为官职的分赃而勾心斗角。但是这两党的队伍每四年出来为着总统选举而大显身手一次，平常为着比较小的事情而小显身手若干次，都被金融资本家利用来作为他们的更大的“牟利游戏”（profit-making game）的一部分的工作。说来好笑，华尔街对于两党的“运动费”（campaign funds）都供给，有的时候，一个金融资本家津贴两个敌对党员的运动费。有的时候，一个大公司里的各头儿分别在两党里同时活动。例如在摩根的电力托辣斯里面，重要人物密策尔（Sidney Z. Mitchell）是个很活动的共和党员，而另一重要人物杨格却是个很活动的民主党员。杜邦家属里有几个替民主党大出其运动费；同时这群金融资本家里却另有几个替共和党大出其运动费。结果无论那一党登台，华尔街都可稳得着唯命是听的可靠的官吏，乖乖地替他们的主子——华尔街的统治者——定下合于他们需要的各种法律。这里面当然还有整批和零卖的不同的手续。当竞争总统选举的时候，可称为整批。等到他们所要得的傀儡们送进办事处以后，对于各种政策还有随时监督的必要，于是国会走廊上的大人先生们都由华尔街卵翼下的基本工业的公司豢养着，遇着特殊事件，还有临时的“外快”，替他们的主子“发表民意”！无论是整批，或是零卖，美国的“德谟克拉西”政府是华尔街资本专政的假面具，已是千真万确的事实。

华尔街对于美国的外交政策的影响也是很显明的。他们极力宣传“爱国主义”，随着这个宣传所造成的观念是美国必须用海陆军来保护和他国金融资本竞争的美国的“理财家”。美国曾派军舰到海地（Haiti）、赤道国（Santo Domingo）

和尼加拉瓜（Nicaragua），所为的无非是保护华尔街的投资利益和殖民地的剥削。华尔街的各派对于美国的大海军政策也督促不遗余力，因为建造大批战舰，也是他们利润的一个大来源。美国在一九一七年的参加世界大战，也是出于华尔街的发踪指使的。在这次世界大战的最初几年，美国工业得到极大的发展，华尔街因出卖军火，大发其财，尤其是英国和法国定货更多。摩根公司便是英国政府在美国的正式购买代理人。战事既延展，协约国由于摩根和其他华尔街的银行家的居间，借得美国的大宗资本，借以继续购买美国的出品。所以当协约国将要筋疲力尽的时候，美国政府赶紧送出被征兵的工人们去打德国，使美国借给协约国的二十万万金圆的美国资本获得保障——在表面上却说是为着保障正义和德谟克拉西！死在疆场的健儿还以为是为着什么正义和德谟克拉西而死，那里想得到是为着华尔街的金圆呢！

但是现在美国的大众已渐渐的醒悟了。不但受剥削的工人说到华尔街就痛心疾首；记者到美国中部或中西部农村的时候遇着不少美国的农民，提到华尔街这个名词，他们也切齿痛恨，因为华尔街的资本势力早侵入了农业的范围，农民受尽银行的剥削，倾家荡产，艰苦备尝，因为切肤的苦痛，并不必有什么革命理论来做他们的参考，一听到华尔街，就要开口大骂一顿！华尔街的运命无疑地是要随着美国的，继长增高的革命运动而日趋绝路。

所以掌握全美国经济生命的华尔街，它的黄金时代是已经过去的了，它的前途只是一团漆黑！

五　梅隆怎样成了富豪？

记者上次已和读者诸友谈过掌握全美国经济生命的华尔街——美国资本主义大本营所在地——现在要想谈谈美国天字第一号的大富豪梅隆，因为他是美国大资本家的代表型，是美国资产阶级的象征。

在中国久已著名的美国大富豪，大概要算洛克佛勒和福特；前者我们知道是所谓煤油大王，后者我们知道是所谓汽车大王。据估计所示，洛克佛勒在一九三二年的时候，除了已用去的几千万的金圆不计外，他的财产还值一万五千万金圆（$150,000,000）。福特的财产，在一九三三年值六万二千八百万金圆（$628,000,000）。但是梅隆只要拿他的许多大公司里面的一个，格尔夫煤油（Gulf Oil）公司的财产来比，这一个——只是一个——公司的财产，就值七万四千三百万金圆（$743,000,000），很容易地超过那两个大富豪里面的任何一个的全部分财产！他的许多公司的财产总计约达一百零五万万金圆（$10,500,000,000）！我们中国素以地广人多自豪，讲到人口，一开口就是四万万，而梅隆所控制的财产竟有一百零五万万金圆之多，不能说不是一件可惊的事实。

梅隆的财产是由剥削铝（aluminum）矿工人而来的，故有铝大王的尊号。诚然，他因为对于铝的专利，获得了不少的利润。铝质轻而有美丽的光泽，不但家用器具用铝做的极多，就是其他部门的工业，也不得不仰给于梅隆的美国铝公司（Aluminum Company of America）：电力公司需要铝来制造长途传电的铝线；建造家需要铝来制造轻量的栋梁或其他美丽装饰；汽车和飞机的制造家也需要铝来制造汽车或飞机的部分。可是这种应用极广的铝，却已成了“梅隆金属”，成了他个人的私产。你随处用着了铝这样的东西，就是对于他个人的财富尽着一分的效劳！他仅仅由铝获得的利润，自一九二六年至一九三一年的六年里面，就达一万万金圆。

但是梅隆的财富，却不仅从专利铝业而来，他的“发财之道”所侵入的工业部门之多，实亦可惊。这一点和福特之靠汽车发财，洛克佛勒之靠煤油发财，却又进一步。他所榨取来的财富，由地产、银行、钢、铁路设备、煤油、煤和无数由煤得来的附产物、铝以及其他种种公用事业。你的厨房，你的家具，你的汽车油，你乘火车，你乘街车，你买汽车，几乎你随便动一动，用一用什么，都有替这位富豪的财富增加一些的机会！几乎随便你举出任何工业，那里面的工人都有被这位富豪榨取的机会！有位美国朋友说句笑话，说你由汽车钻进街车，也许要帮梅隆财上加财，由街车钻进火车，也许仍要帮梅隆财上加财！

梅隆也是工业的资本家和金融资本家混合的一个完全的例子。他的拥着二万五千万金圆（$250,000,000）资本的大银行，叫做联合托辣斯公司（Union Trust Co.），控制着不少基本工业的金融权，所获得的现款红利，为全世界的银行业所望尘莫及，竟达二百分的利率。他还有一个拥着二万五千万金圆的银行叫做梅隆全国银行（Mellon National Bank），也操纵不少工业的金融权。此外还有二万五千万金圆的金融资本，散在本薛文义亚州西部的一大串的银行。最后他和华尔街的摩根和洛克佛勒的银行业，也有很密切的联系，对于这两系的银行业所控制的许多公司，也有着不少的资本参加在里面。

梅隆的发财，在工业各部门中发挥他的集聚财富的艺术，无孔不入地处处利用发财的机会，这是他比其他美国富豪尤其利害的一点。此外他在工业上的利上加利，便靠着他的专利。他有着专利权，能自由操纵出品，自由抬高价格。像他所凭借着大获其利润的铝业，便是所谓“完全的专利”（perfect monopoly），铝和梅隆成为一而二、二而一的名词，或统一起来称为“梅隆金属”。天然的富源和劳动力所创造的价值，都成为他个人的私有物，没有人能和他竞争的私有物。他的专利的“完全”，好像铜墙铁壁，所以在胡佛做总统时期的后几年，市面的不景气恐慌尽管闹得不可开交，而他所专利的铝的价格并不受到一分钱的百分之几的差异。当美国不得不抛弃银本位的时候，有许多参议院议员开玩笑地宣言，他们应该用铝本位来代替金本位才好！

梅隆自己对于金属学一点没有什么知识。美国炼取铝的方法，是距今四十八年前奥柏林（Oberlin）大学一个毕业生叫做荷尔（Charles M. Hall）所发明的。奥柏林大学没有大的炼炉的设备，他不能再进行实验。有几个波斯顿（Boston）资本家帮他的忙，但是六个月之后，觉得于牟利的目的相差太远，反而怪这位青年科学家叫他们上当。后来荷尔经过不少挫折，得到金属专家汉特（Alfred E. Hunt）的赞助，凑足二万圆办了一个实验厂。经一年后，荷尔每天已能炼取五十磅的铝，每磅售价两圆。但是经费仍然不够，于是汉特便求助于梅隆。发达科学的念头不是梅隆的脑袋里所有的东西，但他却很灵敏地觉得铝可以用来发财，虽则在当时他也许还料不到这个小小的金属叫做铝的，后来竟会使他发着那样一笔大财。于是他便组织一个百万圆资本的公司，大赚其钱。不但专利了炼取铝的方法，而且用种种威吓利诱的手段霸占铝矿和营业，造成唯我独尊的局面。后来到了世界大战时，更是资本家千载一时的发财机会，梅隆的美国铝公司靠着它的坚强无比的组织对战争大大热心地“服务”，在美国和加拿大所附的工厂都全部加工制造，据估计当时出品中有百分之九十是用来帮助所谓“文明的国家”彼此厮杀，他老先生却很安适地大装其腰包，金圆源源不断地往他的联合托辣斯公司里用铝制成圆顶的宝库里送！由该公司试验室的发现，据说特别炼成的铝，可代替铜来制造枪弹，因此在美国就用了大宗的这种金属，应制造枪弹的需用。不但枪弹里用得着铝，就是“冷空气的机关枪”也须用铝来制造“散射器”（radiator）。有一种化学混合物称为ammonal的，是用铝粉和阿莫尼亚硝酸（ammonia nitrate）合制而成的，是战争中所需用的爆炸药。含有百分之九十二至九十七的铝混合物，可制兵士用的战帽。战斗飞机上用到铝的部分也很多。所以战争愈惨，他的发财机会也愈好。他的那样几于无限量的发财，当然不肯对社会作什么公开的报告，但据金属业年报的估计，梅隆的铝公司在一九一七年的资产已达八千万金圆，而其成货的市价竟达一万五千万金圆之巨。所加的资产都是由利润得来的。不但无数万工人的血汗是这大富翁的成分，而且那无数万死在帝国主义战争中的无辜群众，也做了这大富翁的牺牲品！（梅隆所经营的钢铁业，在世界大战中当然也是一个发大财的工具，现在只得举一反三，不能详述了。）

梅隆的财富好像滚雪球，越滚越大。但是他所玩着的最初的雪球却是他的老子替他准备好的。他的老子虽是读法律的，在他的故乡匹资堡却是一个高利贷者。又娶了一个大地主的女儿，在匹资堡的郊外获得很重要的区域，叫做东自由（East Liberty），后来城市发达推广，地价暴涨，他便坐享其成。最初他做着好几个大公司的律师顾问，后来他自己也组织公司。有钱和做官往往发生连带关系，他还做了十年的法官。在一八一七年他开了一家银行，名叫梅隆银行（T. Mellon & Sons Bank），由高利贷者而加上一个银行家的尊号。他的儿子小梅隆十八岁就随着他的父亲做地产生意，银行既开，他便加入他的父亲的银行，学得利用金钱来发财的技术。

梅隆的财富和战争发生密切关系，上面已略为谈及。美国的南北战争使老梅隆一跃而置身百万富豪之列；西班牙和美国的战争，又因大运用其金融来大做军火生意，使小梅隆成为华尔街银行家里面一个要人，匹资堡的主子。说也有趣，老梅隆只喜欢在战争中发财，却不喜欢参加打仗。在美国内战时期，他曾有信教训他的儿子，这样说过："只有毫无经验初出茅庐的小子才去当兵。你在军队里学不到什么有用的东西……将来你总能了解而且相信：一个人尽可无须冒险他自己的生命或损坏他自己的健康，可以做成一个爱国者。有许多较少价值的生命，或其他因爱当兵而去当兵的人们。"这几句话真是妙不可言。但老梅隆总算说老实话！资产阶层统治的国家，要提倡爱国主义以便保护他们自己的利益。"冒险生命"或"损坏健康"的"有许多较少价值的生命"或"因爱当兵而去当兵的人们"去替他们打仗，使具有"较多价值的生命"的人们一方面可保全他们的生命和健康，一方面又可以大发其财，这真是再妙没有的上上策了！

小梅隆在世界大战时候，财富的突进的增加，可谓不辜负老梅隆的这番“庭训”了。

铝和钢铁等产品在世界大战中帮助梅隆获得大量的利润，那是很显然的事实。关于大战中所用的爆炸药的利润，还有一件颇有趣的事情。

柯迫斯博士（Dr.. Heinrcich Koppers）是一个德国科学家，在大战前到美国创办一种焦炭炉（coke oven）；他所创制的这种焦炭炉，在煤炭炼成焦炭的时候，能利用所发生的煤气造成副产物，不像旧式方法要耗废掉这煤气。当一九一四年世界大战发生的时候，梅隆觉得爆炸物又是发大财的东西，而制造这种爆炸物的原料，恰是柯迫斯博士所创制的焦炭炉里所省下的煤气副产物。于是他引诱柯迫斯和他组织一个资本一千五百万金圆的焦炭公司，即称柯迫斯焦炭公司，把新公司的股本三十万金圆给柯迫斯，算为买了他的专利权的代价，此外一年给他薪金一万金圆，叫他在公司里工作。梅隆自己便和协约国代理人大订其一本万利的合同，不知给他赚了多少去。但是柯迫斯拥有三十万金圆的股份，为数虽还不及梅隆的资本，在梅隆仍觉怏怏不乐。

一九一七年美国加入世界大战，通过法律没收德奥两国在美的财产，连专利权在内。梅隆的掠夺机会又到了，他立即报告政府，说柯迫斯焦炭公司有德人的股份和资产，结果被没收后拍卖，当然一切都是他做的鬼。他只费了很便宜的价格买了，以后便是他独占的发财的机关了。大战结束之后，他仍继续办那些煤气工厂，号称公用事业，有许多办工业的，家用的，都是他的消费者。这公司在一九三一年的资产已达一万七千七百万金圆。他又扩充地盘到纽英格兰，另设一个东方煤气烧料公司，资本二万零三百万金圆。这个新公司在一九三一年一年中的利润就达五千七百七十五万金圆之多。所谓柯迫斯博士者，只有眼巴巴地望着了。

梅隆还做过多年的美国财政部长，这是大家知道的。他捐助了一百五十万金圆做共和党的运动费，共和党上台后便拥他出来做财政部长。他做了部长的最重要的成绩是不但使他自己更发财，而且使美国的其他资本家也更发财！他到任以后，就主张要使美国经济恢复常态，须把在大战时期政府所收的“公司利润税”归还给各公司，而且要大减“所得税”，结果由他归还的“公司利润税”三十万万金圆，这里面当然包括了他的许多公司收入。其实就美国工会和农民的立场看去，世界大战已使各资本家大发其横财，据估计自一九一六年到一九二一年（这年即梅隆开始做财政部长），美国各公司所获的利润竟达三百八十万万金圆，美国人弄出一个“财神菩萨”来任财政部长，结果是给他自己一个更发财的机会！

梅隆这位大富豪的富，上面已说个大概了，他对于工人的态度是极端主张长的工作时间和低的工资。在一九三三年，据本薛文义亚州的“苦工调查”所露布，梅隆的许多铁工厂里的工人夜班要做十一小时半，女工的工资每小时只有一角八分。依罗斯福的什么复兴计划，他至少要付每小时三角的工资，但他有广大的神通，用种种方法躲避隐瞒。工人要罢工吗？要反抗吗？国家的警察和军队都是立在梅隆的方面，你又奈他何呢？他的钢铁业、煤业和铝业的无数的工人所居住的小镇，都是贫民窟，这无数贫民窟的后面便是他的计算不清的财富之所由来。在这些城镇里面，他有私人雇用的侦探和警察，有机关枪、泪弹以及其他的战器，一切的重要机关都在他的手里。在这样压迫之下，还是时时有着工潮。他常常整批地开除工人，换用更便宜的黑种工人。国家权力的机构保护着他个人的尽量牟利！

当然啰，富豪的阔是可以想见的，他的离婚费用了二百万金圆，他的女儿爱沙（Ailsa）出嫁时是盛极一时的"百万金圆婚礼"（million dollar wedding），她所戴的一条珍珠颈饰就值十万金圆，分给她女儿的财产是一千万金圆。有的资本家有时也肯拿些钱捐助所谓慈善事业，梅隆除捐些款子给教堂外，此外却是很吝啬的。

我们略讲了梅隆怎样成了富豪之后，可以看出在剥削和个人牟利的组织里，他可说是无孔不入地努力着抓住任何可以发财的机会，他不曾创造财富，只是利用所得的利润再得更多的利润。这是他个人的历史，也可看作美国资本主义的历史。

但是创造财富的工人阶级一天一天地抬头，历史是在剧变的时代了。

六　世界上最富城市的解剖

我们看着关于纽约——所谓“世界上最富的城市”——全景的相片，尤其是有鲜艳的颜色点缀着的。只见着一群一群的摩天高楼和其他外观也像很宏丽的洋房矗立着，从这表面上得到的印象，也许要使人觉得这真是一个世界上最富的城市！但是我们真到了纽约里面细看之后，才恍然明白，在这全景相片上有许多房屋，在外面看去，虽有洋房的形式，好像和别的洋房差不多，在实际却夹着贫民窟的区域，内部是简陋不堪，许多人拥挤在一个房里住，一所破旧的公寓里就拥挤着几十个人家。龌龊和贫穷是结着不解缘的，这些贫民窟里面的龌龊，是不消说的。但这些内部的情形却都不是在相片上的那些房屋的外表所能看出的。

要谈谈纽约的贫民窟，先要略谈纽约的街道的分布情形。纽约（门赫吞）的街道，除少数部分的例外，很容易认识。他们把南北的街道称为“路”（avenue），由东算起，第一路、第二路、第三路等到第八路。（这里面也略有例外，如第六路和第七路的中间有个Lenox Avenue，第八路之后还有其他不用数目称名的几条路。）东西街道称为“街”（street），由南而北，第一街、第二街、第三街等，直到二百余街。所以在纽约寻路，仅仅知道第几街还不易找，最好要知道近第几路。重要的几条地道车和悬空电车都在这几条“路”上。例如第七路和第八路都有地道车；第二路、第三路、第六路，有悬空电车。且说沿着第二路由南而北的两旁，都是贫民窟所在地，这部分的地方统称为东边，和东伦敦齐名。此处所谓“名”，虽也是著名的意思，但却是以穷苦著名！你要看这个“名”区，有两种看法：一种是设法寻得劳工界朋友的介绍，到这里面一二人家去访问，借此视察一下，可看见椅桌不全，拥挤不堪和内部破烂陈旧的情形。一种是“鸟瞰”，可乘第二路的悬空电车，由南而北，若干英里的遥远地带，左右顾盼所望见的都是贫民窟的房屋，由窗口望进去，也可以瞥见内部的苦况。处身次殖民地的我们，想起“洋大人”，总以为他们都是最讲究清洁的，但是在这些贫民窟的破旧屋里看看，却可以看出他们的穷苦阶层也无力顾到什么清洁。尤可注意的，是当你乘着悬空电车“巡阅”这好像“一片汪洋”的贫民窟的时候，同时可以望得见第五路和公园路（第四路的上半段的名称）的富豪的高耸云霄的宏丽大厦，和贫民窟的破烂房屋相对照，可作为资本主义社会的代表型的写真。你听说美国人的地址是在第五路或是公园路，便知道他家里是很阔的了。（富豪住宅区是在第五路的上段，下段是充满着纽约最阔的大店铺。）像我这样的穷小子，虽能到贫民窟里去钻进钻出，原来却没有资格到第五路或公园路的阔人家里去瞻仰瞻仰。但事有凑巧，在莫斯科参加美国全国学生同盟所领导的旅行团时，所认识的很相得的许多美国男女朋友里面，却有好几个是纽约百万富豪的子女。他们都是受过最前进思想洗礼的大学生，观念已和他们的父母背道而驰，说也有趣，他们有的竟利用他们父母的富丽堂皇的大客厅，给“同志”们举行大规模的聚会（大多数是替最前进的组织捐款）；或利用他们父母的精致讲究的书房，给“同志”们开秘密会议！这是题外的话，且说记者和他们既有“旅伴”之雅，所以竟得参观了好几个公园路上很阔的人家，那内部设备的华丽，起居饮食的舒服，我没有闲笔墨替他们描述，而且也难于描述其万一，所可比较的是这些阔人家的享用和在贫民窟所瞥见的凄苦状况，一是天堂，一是地狱。这两方面的人，一方面是靠着剥削他人血汗所获得的利润；一方面是靠着出卖劳力来勉强过活。第二路一带的破陋房屋里拥挤不堪，第五路公园路的大厦不但是很宽舒，而且到了夏季有许多是空着，因为阔人们还嫌不风凉，还要离开这些大厦到更风凉的名胜之区去避暑。其实纽约最大的公园——中央公园（Central Park）——所占区域之广，由第五十九街到第一百零十街，就紧贴着公园路和第五路，占着最好的区域，可是贫民窟的人们苦了还要苦，阔人舒服了还要舒服。

纽约东边的贫民窟，还是穷苦的白人的区域，比这些白人的贫民区域还要苦的是纽约的黑人区。这黑人区叫哈尔冷姆，所占区域颇广，由第一百零十街起到第一百三十街，东边达第二路，西边达第七路和第八路的东边。哈尔冷姆的黑人居民约三十万，可算是世界上最大的一个黑人区。这些黑人穿的也是西装，说的也是英语，一切都极力摹仿西方的所谓“物质文明”，但是处在这样生活程度很高的社会里，越穷的就越苦，现在他们有百分之八十以上是在失业队伍里面，其窘状可以想见。有好几条开着各类商铺的马路，我仔细看看，虽然满街来来往往的都是“黑炭”，但是商铺里的商人却都是白人（除有极少数的饮料店尚由黑人经营的），据说黑人大都是穷乏的，出不起较大的资本开店，所以只得让白人来开店，他们自己就只知道消耗，这样更使白人多着尽量剥削的机会。你望望马路上驶来驶去的电车，里面坐着的是许多“黑炭”，而开车的却全是白人。店铺的规模和货物，都不及纽约其他白人的区域的好。横插在各马路间的较狭的横街，便都是黑人们的住宅区。这些街上常常散播着垃圾，有数十成群的黑孩子，衣服褴褛，面孔龌龊，打架的打架，掷球的掷球，把街道做了他们的斗力场或运动场。各家门口常站满着闲散无事的黑人，妇女们便靠着沿街的窗口看街，你由这些窗口向内望望，可看见里面的拥挤龌龊比东边纽约的贫民窟还要厉害，这并不是黑人一定不及白人的清洁，却是因为他们更穷，也就是被剥削得更厉害。

在美国北方的黑人虽有些事情比南方的黑人自由些，例如在地道车里或悬空电车里，黑人也可以坐，和南方黑人和白人要分开坐的已不同，但是白人对黑人分畛域的事实仍然很多。你在一般的社交场所，菜馆里、戏院里，都极少遇着黑人。尤其是住房子，黑人就只有往黑区里钻。哈尔冷姆的商铺都是白人经营，已如上面所说，房东当然也都是白人（虽也有极少数的黑人做地主），他们便利用这种情形——即黑人只有黑区可住——对黑人作加紧一步的剥削；黑区的房屋尽管比东边纽约的还要坏，而租金却比较大得多。据调查的结果，黑人所得的工资比白人少百分之七十，而房屋租金却要比白人多出百分之二十。因此他们往往要用收入的一半到租金上面去。在别的地方，房屋坏了，房东有修理的责任，在哈尔冷姆却不然，房东只知道坐领租金，房屋需要修理的时候，完全不关他们的事情！据说这黑区的房屋有一半是没有浴室的，还有一半虽有浴盆，却非经修理不能用，而房东却永远无意修理。他们很聪明，知道黑人除了住在黑区，搬不到什么别的地方去，而黑区的房屋却是“一丘之貉”，没有什么分别的。在“世界上最富有的城市”的黑人，付最贵的租金，住最坏的房子。黑人既住在最不卫生的最拥挤的区域里，死亡率当然要特别的高，试以肺痨病为例，在哈尔冷姆黑人的死亡率就约等于五倍于白人的死亡率。因贫穷的缘故，黑女卖淫的遍地都是，黑人患梅毒的竟九倍于白人的数量！

我们常听说纽约是世界上最“文明”的一个大城市，谁料得到在这“文明”的大城市里有着这样一个“人间地狱”！

但是这个“人间地狱”，在纽约可以买到的一本《纽约的完备指南》(*Complete Guide to New York*)里面，却把它列为“有趣的地点”(points of interest)之一！

在这本《指南》上陪着哈尔冷姆一同列入“有趣的地点”，还有一个值得我们注意的，那便是在纽约的唐人街——中国人聚居的一个区域。我到纽约不久，即特为到这“有趣的地点”去看看。原来只占着两条街道，一条是莫特街(Mott Street)，是安良堂的势力范围；一条是皮尔街(Peel Street)，是协胜堂的势力范围(都在第二路贫民窟的南段)。安良堂和协胜堂之所由来，据说最初中国人因穷困已极，不远数万里跋涉到海外来谋生，又因移民律的限制，都是独身而来的，无家可归，工作余暇便赌博嫖妓，往往吵闹打架，便由其中较有势力的一派人(做生意多赚了几个钱的)，组织一个安良堂，一面可以借此剥削会员，一面可以包庇烟赌。后来又有一派人组织协胜堂以谋抵抗，各据一条街，不但包庇烟赌，开烟馆赌场的都须纳费，就是四五十个由中国设法输入的妓女，也受他们的包庇。这两条街虽有美国的警察统治着，但金圆帝国要的是金钱，两堂的土劣可和警察勾结着牟利。听说有一个时期，有一位纽约的新市长想取缔唐人街的赌窟，掉换全班警察，但警察很容易用钱买，尤其可笑的是当“取缔”时期内，赌场“掮客”不得不有相当“掩护”的办法，臂下夹着一大叠中国报纸，嘴上用中国话大喊“楼上开摊”，中国字外国人固然看不懂，就是大喊着的中国话，他们也莫名其妙！此外各“堂”的“当局”还能暗中雇用“打手”（当然只用来对付本国“同胞”），树立“土劣”们的威权；打死了人又可利用“堂斗”来大大地“中饱”一下，因为进行“堂斗”以及“进行谈判”等等把戏，都是“堂”的领袖们随意支配费用以入私囊的机会。许多在海外的劳苦侨胞从血汗里赚到的几个钱，竟受着这些“镀金的土劣”多方榨取。受着很大的压迫。

这唐人街约有五千人，失业的已有百分之三十左右，街道有一点和哈尔冷姆相同的，是常可见到满地散布着垃圾，闲人很多，在两旁人行道上三五成群的闲散着。你可以遇着有些人向你说着广东话，告诉你“楼上开摊”，那便是赌场派在马路上的“掮客”。我遇着一个在这里行医的中国西医某君，他说到他那里看病的侨胞有百分之九十五以上是花柳病。

据熟悉纽约情形的朋友某君说，有广东的某女子年约二十几岁，颇具姿色，在唐人街做私娼，盛的时候，每月可得数千元，每两年回乡一次买田产，买后再来。不久以前被一个美国流氓绑去，一夜强迫接客七十余人（夜度资当然全归这个流氓），痛苦不堪，有一天从窗口跳下逃去，脚已跌断，幸而后来医好，冤则无处伸，这也算是文明世界的法律保障？我到纽约时，这个妓女还在，本想找她谈谈，问问当地做妓女的详细情形，可惜终于没有工夫去。

有一小部分侨胞已渐渐地移到哈尔冷姆，因为可避免“堂”的勒索。记者曾在哈尔冷姆看见好几家中国人开的店铺，店口玻璃窗内稀稀地排着一些中国的国货——如中国的罐头食物等，——楼上不是烟馆，便是“开赌”的胜地。妙在中国的文字特别，在店门玻璃窗上尽管大写着中国字：“楼上开皮”，或“宁波床七架”（这句子很奇特，据说是烟榻的意思），美国人就是看了也莫名其妙，“同胞”看了便知“问津”。（警察当然还是勾通的。）

在纽约的中国人居然也有一个李某成了百万富豪，但就一般说，中国人总是和他们的贫民“为伍”的。可是中国人只是做做小贩或小商人，并未能真正参加他们的劳工界，这是在美华侨前途发展的一个大障碍。说来话长，以后谈到旧金山更大的唐人街的时候，当更详尽地分析在美华侨的前途。

我和诸位谈过世界上最富的城市的华尔街，天字第一号的美国富豪，现在又略略解剖了这个最富城市的几个可以特殊注意的区域，诸位想可恍然于资本主义社会代表型的城市的大概了，但是还有一点也很重要的，那便是美国社会革命运动的推动力，也是以纽约为最紧张。他们的大本营都在东边纽约南段第十三街和第十四街一带。例如他们的机关报《每日工人》，他们的书店工人书店，以及其他机关，都在这些地方。近第十四街的联合方场（Union Square）是他们示威运动的大广场。这种示威运动几于每星期六有。他们的最前进的组织的分子，在纽约的虽然不过几万人，但是同路人和同情者竟因一二年来的飞跃进展而在百万人以上。所以每遇重要示威运动，往往数万人或数十万人，具着满腔热诚来参加。那声势的浩大，好像海倒山崩似的！遇着这种时候，你倘有机会亲到联合方场去看看，便可以知道他们新运动的澎湃汹涌的气概。我也常去旁观，觉得他们那样团结的奋发的精神，实令人受到很深刻的印象。有一次和一位美国朋友一同去看看，他认得参加示威运动的一个十四五岁的美国小姑娘，她的父亲是个前进的工人，她自己是一个“先锋队”的队员，对于美国的革命运动当然是十二分的热烈。这位美国朋友顺便把我介绍给她，说“这位是从中国来的新闻记者”。出我意料之外的是这位小姑娘听了之后，精神为之一振，很急切而殷勤地问我：“你是从我们的中国（our China）来的吗？”我听了发怔，因为不懂她为什么这样说。她看见我呆了一下，也许发觉我有些不解，很和爱地笑着说：“我的意思是指我们的 ××× 中国。”我才知道她的意思；那时的我，实充满着兴奋和惭愧的情绪。

很有趣的是有些资本家遇着重要些的这类示威运动，乘着非常讲究的汽车到联合方场来凑热闹，汽车停在那里，他们就坐在汽车里远远地听着示威运动者在空场上的激烈演说，倾听那些热心革命运动的人们翻箱倒箧地痛骂资本家的种种罪恶！我看这些“面团团腹便便”的人物，外面虽装作镇定的模样，心里也许在那里感到发抖罢！

尤其使我得到非常深刻的印象，是那些热心革命的男女青年和壮年对于有关革命运动的各种事务的“服务精神”。无论是在《每日工人》报馆里做编辑、做访员、做女书记；或在工人书店里做职员；或在其他附属机关里做职员，比起其他资本主义性质的机关，薪水尽管少得多，而工作却反而劳苦得多，大家却非常兴奋地干着，都当作自己的事情很认真地不顾辛苦地干着；有的家况好些的，就自愿地完全尽义务（像我在上面所说的在莫斯科认得的几个美国富豪的子女，就完全尽义务，非常热诚勤奋地替革命运动干着许多劳苦的职务）。就把推广革命的机关报——《每日工人》——来说吧，你在街上可遇到不少男女学生，穿得很体面，却夹着一大堆《每日工人》，夹在报贩里兜售着。这都是在校课余暇，自愿替前进的组织尽义务的。我在美国最被这种精神所感动，所亲见的事例很多，以后还要更详细地谈到。

七　金圆王国的前途

美国是资本主义国家的巨擘。对于挽救日趋没落中的资本主义，它的努力的程度，在欧美各资本主义国家中，亦可算是一个“巨擘”。我们记得，在世界大战以后的几年里面，经济恐慌的形势已渐露着端倪，为着要想挽救危机渐显的资本主义，所谓工业“合理化”的运动盛极一时，而这个运动的第一先锋要推美国。所谓“合理化”，是“用最低限度的努力，获得劳动的最高限度的效率”，也就是在美国至今尚在盛行的所谓“加速度”（speed up）。在资本主义的制度下，资本家愈讲究“效率”，劳工被榨取的程度也愈尖锐，这且不去说它。若说借此来消除经济恐慌，却是药不对症，因为生产力尽管大大地增加，而大众的消费力（或购买力）一天减少一天，反而增加资本主义的生产和市场间的矛盾。

可是在一九二九年以前，即世界经济恐慌爆发以前，美国还自诩是“新资本主义”。所谓“新资本主义”，是根据于“大众消费”和“高的工资”。他们以为美国工人所赚的工资比任何国都高，工资既高，大众消费的能力也随之而高，而且他们还有许多便于购买的新花样，如“分期付款的购买”（installment buying）等办法。在一九二九年大难到临的前几个月，在美国还出版有一本书，叫做《使个个人都发财——工业的新目标》（*Make Everybody Rich: Industry's New Goal*）这真是经济著作中的一种“奇书”！它的主要内容是：“今日美国的工业领袖都明白工业的目标是要使个个人发财。发现这个事实……发现在经济上实有采用高工资的必要，就是这些领袖自己……不但繁荣可得安定下来，而且在人类历史上，第一次使阶级的统治完全消灭于无形了。”但是才过了几个月以后，工业的“目标”竟由“使个个人都发财”一变而为开始使个个人都贫穷了！据美国全国经济研究局（National Bureau of Economic Research）所报告：自一九二九年至一九三二年，全国的生产总量减低百分之三十七；各工业部门的工人的全部收入减少百分之四十（有些工业部门的工人，仅工资一项减少至百分之六十）；至于物价的低落，更不可胜数（物价因不景气而低落，仍为大众购买力所不能消纳）。到一九三三年的三月，失业人数估计达一千七百万人，各地公家的救济机关已无法维持；工业的生产指数低落至五十九（以一九二三至一九二五年为一百作根据），建筑低落至十四，工厂雇用的指数低落至五十九，工厂所付工资的指数低落至三十七，运货火车的运量指数低落至五十；农民的一块金圆的购买力仅值半圆，总之，美国资本主义的危象可谓已有了露骨的表示。这已很明显地不是什么“合理化”所能补救，也不能再把什么“新资本主义”的自尊衔头所可解嘲的了。

罗斯福总统和他的“头脑托辣斯”（brain trust）于一九三三年起所苦心设计的“复兴计划”即所谓N. R. A.，便是要努力拯救在这样没落中的美国资本主义。记者于今年五月间到美国的时候，他们还在闹着N. R. A.，一直到现在，还闹不清。他的这个复兴计划倘若果有“起死回生”的功效，那末资本主义大可“万寿无疆”，社会革命未免多事，所以这是视察美国的人们所十分注意的一个问题。

据罗斯福自己所说，复兴计划的目的是“要增加工人和农民的购买力，由此使农产品和工业制造品能得到市场，工业（按即指资本家）、劳工和公众（即指一般的消费者）都获得利益。雇主、工人和消费者，在政府所设的各部内都有代表；这三方面的团体和政府，都须顾全全国人民的利益，把此事看作他们的主要的责任”。

怎样可以增加工人和农民的购买力呢？该计划首先注意于增加农民的购买力。在他们看起来，这件事似乎很简单，农民占全国人口四分之一，只要农民的购买力能够恢复起来，繁荣的恢复是不难的。怎样能增加农民的购买力，以集中人才的“头脑托辣斯”想出的办法却也简单。他们认为只要由政府给农民以津贴，叫他们减少耕种的亩数，由此减少农产品的产量；农产品的产量既减少，农产品的价格便可增高，农民的收入可由此增多（？），购买力不是可以增加了吗？

讲到美国的农业，它更是近五十年来——自美国内战发生到世界大战的结束——非常发达的事业。美国东部的资本家要使西部的农业区域和工业化的东部成为相当的联系，利用他们所左右如意的政府极力允许宏量的农业计划，加以种种提倡，尤其是共和党政府当权的时候。后来在世界大战期间，因协约国，后来也参加战争的美国自身，都需要大宗的食粮和毛棉织物，所以更发达，自一九一三年至一九二〇年的七年间，加入耕种的新地达五千万亩之多。因为数十年来特别提倡农业的结果，生产的效率大增，生产量当然也随着大增。据美国农业部长瓦雷斯（Wallace）一九三三年的报告，倘若利用耕种曳引机和收获机，一个种麦的农民能耕种一千亩地，供给两千人的食粮；倘若利用新的谷种、肥料以及有效率的轮流收获的办法，那末要供给全国现在粮食的需要，可将耕地从十万万亩减少至七千万亩就够了；倘若普遍地利用收拾棉花的机器，那末现在一人能照料的二十亩至四十亩的地可增到一百亩至二百亩（生产力可增加百分之四百！）。其他部门的农产品的出产效率，都有相类的突增，这里不想多说了。

但是因为大众的购买力锐减，生产效率愈大，愈不得了！农产品尽管大跌其价，还是卖不出去。在罗斯福的复兴计划中特有“农业调整律”（即所谓A. A. A.），设立“农业调整局”，重要的办法即是上面所说的，给农民以津贴，叫他们减少农业的生产！（这津贴的经费也并不是政府掏腰包，是另行征税，还是由消费者担负的。）其实农产品价格虽因出产量减少而有相当的增高，但经过金融资本的剥削，农民得不着什么好处，且因日用品的价格也增高，农民的生活水平仍然一天天地低落，要使他们的购买力增高，仍然是个梦想！半饥饿的劳苦大众实需要更多的农产品，而政府却奖励农产品的减少，为的也不过是要使金融资本家多获些利润罢了。（美国农民的田地都押入银行，无异做了金融资本的卖了身的奴隶，说来话长，这里不多讲了。）

罗斯福的复兴计划，除了想“复兴”农业的繁荣外，还想“复兴”工业的繁荣。他用减少农产品的产量来增加农民的购买力。事实上是没有办到。讲到工业，他也是要使工人增加购买力，怎样可以增加工人的购买力呢？他想用什么“计划的经济”来规定各业的“最多限度的工作时间”（maximum working hours）和“最少限度的工资”（minimum wages），意思是要使工人的工作时间不要过多，可以使其他失业的工人得到工做，并使工人的工资不要过少，由此可增加他们的购买力；同时禁用十六岁以下的童工。关于这些，都有所谓“法规”（code），由各业和政府商定好的。这在表面上看去，似乎不算坏。但实际上全不是这回事。复兴计划办事处所借重的顾问部便是工商界的“大亨”，所谓“法规”

都是这些“大亨”手订的，劳工方面没有插嘴的余地。他们在这些“法规”里加上许多“但是”，例如童工可以不许用，“但是”在某种情形下可用。最大限度的工作时间和最少限度的工资，在实际却成为最小限度的工作时间（即至少须作这许多时间的工）和最大限度的工资（即至多只有这么多的工资）！有的连“法规”所定的条件都完全不顾，向政府作虚伪的报告（这种规避“法规”的大亨，他们称为chiseler，已是很流行的名词了）。工人敢告发吗？老板可借其他口实打破他的饭碗，求业不易，有碗苦饭还是暂时吃的好，只得“埋头苦干”！在“先进的国家”，各资本家的工厂或大公司都有严密的侦探组织，专门用来对付工人的。政府机关得到他们的报告，大做其统计，其实是在那里耗费着时间！大家也许要问，政府就不敢干涉吗？这答案也很简单，因为这些“大亨”们便是政府的“后台老板”！

他们最初都表示赞成这复兴计划，一部分是“有恃无恐”，一部分也还有一个很大的作用。那就是有些资本比较小的厂家，所以能和大厂家竞争着，或勉强并存着，是靠着更长的工作时间，和更少的工资，小规模地“苦干”着，各业有了所谓“法规”之后，“小亨”无法规避，不得不关门大吉，剩下的就只有横行无忌的“大亨”了。所以复兴计划在工业方面的成就是玉成了不少“专利”的大资本家。等“专利”已到手，他们便向罗斯福捣乱，说复兴计划应该取消。

复兴计划实行后，失业工人得到位置的诚然有百余万，但都是把原有工作的工人时间腾出一部分（工资当然也依比例减少），给失业工人去做。结果是大家吃不饱。至于“大亨”的利润，那却是丝毫不许动的。美国名律师达罗（Clarence S. Darrow）曾对此事作详细调查研究，他的结论是：“政府对利润的获得加上一层保障，这不是计划的经济，这只是替剥削行为加上更巩固的强迫的组织。”

但是说来有趣，罗斯福的工业复兴计划里一方面固然巩固了资本家的组织，一方面却于无意中引起劳工对于他们自己的组织的奋斗。因为在这计划里，有一条很著名的规定，那就是“第七节A项”（原文为Section 7“A”，这已成了研究美国劳工运动最可注意的一件事情）规定工人有“集体交涉”的权利，他们有自由权选举他们自己的工人代表组织工会。当时各“大亨”何以允许有这条的规定，我曾问过好几位对此事有专门研究的美国前进的经济学者，他们以为当时因全国银行倒闭风潮，各工厂及大公司都日在风雨飘摇之中，工潮澎湃，各“大亨”心惊胆战，不得不暂时有些让步，因为他们也怕横决不可收拾，于他们是究竟更不利的；一部分也因为他们已打算组织什么“公司工会”（company union，亦可译意为“御用工会”，将来谈到美国劳工运动问题时，当再详细提出研究），以为抵制，所以觉得无妨试试看。但是无论如何，在以前工人要组织工会，总是受到很大的磨折，自有这规定后，工会组织竟如雨后春笋，蓬蓬勃勃起来。因为工人就利用这个机会，纷纷组织工会，据美国全国总工会的报告，在一九三三年十月，该总会已发出七百张新工会的执照。加入国际工会的人数也突然增加，在从前组织工会极困难的工业如钢铁业、汽车业、纺织业、车胎业、煤油业和铝业等，到此时都纷纷组织工会了。有些“大亨”还敢倔强反对，工人们就不客气，用罢工的手段来对付。加入这些新工会的会员大抵都是青年的、热烈的、勇敢的工人，他们不知道老工会的领袖们的忍耐的妥协的方法；对于雇主的不法的举动，非达到改正的时候，决不轻易放过。他们的斗争不再受老工会领袖的领导；遇有事故的时候，全受着他们自己所举出的罢工委员会来主持。总之，美国劳工的团结精神，比以前进步得多了。

这样的趋势，不但“大亨”大惊，就是复兴计划办事处的要人们也非常担心！所以当时执大权的约翰逊将军（General Johnson）对总工会演说，反对得很激烈，他说：“在罗斯福计划之下，工人们用不着采用罢工的手段。”但是依热心劳工运动的人看来，他的态度大有意大利和德国的法西斯对劳工的气概！所以后来约翰逊被人看作美国有组织的工人的敌人。

其实在罗斯福和约翰逊等也确是为难，因为一面要顾到“大亨”们的利益，提高他们的利润，同时便不得不牺牲工农，降低他们的购买力了。复兴计划的全部分，在本文里虽然还未完全谈到，但就所谈到的要点看，至少可以概见这计划的捉襟见肘，走投无路的窘况了。

最有趣的是罗斯福的复兴计划原要调和美国社会的敌视，而出于他的意料之外的是反而大大地增加了美国社会的鸿沟，一方面有着有组织的资本家，一方面有着有组织的工人，两面的对峙，好像两个对垒的阵营。这在美国的前途是有着很重要的关系。美国的前途怎样？劳工运动的怒涛一天一天地在继长增高着，没落中的资本主义者是否能起来作最后的挣扎，挽救没落中的资本主义，对劳工的组织作尽量的压迫，利用国家的机构以求保存日暮途穷中的资本主义制度？倘若是这样，那是有一个时期必然要走上法西斯的路。即使法西斯的运动不能在短时期内抬头，而劳动阶层的抬头的客观条件还未成熟，那末资产阶层还要利用他们的资本主义的组织向外争夺市场，对远东和南美都必须作一步的掠夺，以维持他们的残喘。倘若他们的劳工运动在政治经济上的领导工作有飞跃的进展，那又是另一种局面了。美资本主义的前途，大概不出于这三条路吧。

八　美国劳工运动的大势

记者在上节《金圆王国的前途》一篇里，曾经提起罗斯福的“复兴计划”里有所谓“第七节A项”的规定，这条规定和美国劳工运动的最近趋势，有着很大的关系，所以我想现在就接着从这一点谈起。这一条的重要内容，可用一句话来包括它，那就是“雇工有组织的权利，有由于他们自己选择的代表从事集体交涉的权利”；换句话说，工人有组织工会的自由权利，有选举自己所要选的代表替他们向雇主作集体交涉的权利。这一条规定是在法规上公然承认工人享有这样的权利，所以有人认为这是“劳工的新的大宪章”（new Magna Charta of Labor），尤其是官僚化的美国总工会的领袖们，更口口声声说这是他们的大胜利。我在前次已说过，以前工人要组织工会，总是受到很大的磨折。自有这规定后，工人们便利用这个机会，纷纷把工会组织起来。就这一点说，似乎可以说是工人的大胜利。但是我们如仔细研究美国劳工组织的实际情形，便知道这条规定仅仅是劳工借为斗争的工具，他们能否获得这样自由权利的真正享受，还有待于他们的更进一步的斗争，并不是有了这个条文，他们便得和和平平地，安安稳稳地享得到这条所规定的权利。关于这一点，需要较详的说明。

我在上次也曾经说过，当罗斯福提出这条规定的时候，各“大亨”所以肯允许，一部分因为当时全国银行倒闭风潮汹涌，各工厂和大公司都日在风雨飘摇之中，工潮澎湃，各“大亨”心惊胆战，不得不暂时放松一些；一部分也因为他们已打算组织什么“公司工会”，译意也可称为“御用工会”，作为抵制。所谓“御用工会”，它的最普通的组织是由雇工的代表和厂方的同数量的代表，共同组织所谓“联席会议”，这“联席会议”的主席对会议有很大的权力，总是由厂方的人来担任的。对于这样的工会，工人方面说不到“加入”工会，往往是由厂方出一个布告，说自从某月某日起实行“联席会议”制度，这样一来，凡是这里面的雇工，都成了当然的“会员”，你“加入”不“加入”根本就不成问题的了！这种工会的选举是由厂方召集几个“公认的领袖”，其实就是特别“忠”于厂方的“公认的走狗”，组织选举委员会，包办一切，厂方当局为避免工人成功“联合阵线”计，就用心把工人们分裂开来，不许一致有选举权，有年龄的限制，有国籍的限制，有服务时期的限制，有的还加上教育程度的限制。至于被选举为“代表”的，那限制就更严了，例如服务的时期就还要加长；因为新来的工人，他们可审慎视察一番，如认为有激烈倾向的，在有资格被选为“代表”以前，就先被开除掉。经过这种种的限制后，厂方所得到的工人“代表”都是些“公认的走狗”，在美国人所谓“真正的唯唯诺诺的脚色”（real yes-men）。厂家所以苦心孤诣地组织这种好像悲喜剧的工会，当然有很大的作用：一方面可以压迫劳工，尽量地剥削榨取；一方面可以傲然宣示于社会，说这个工厂或公司也是很忠实地遵守着政府提倡劳工运动的法规——所谓“第七节A项”。现在美国究竟有多少这种“御用工会”，还没有正确的统计，因为有些厂家是讳莫如深，不愿意受人调查的。据一九三五年最近的调查估计，全美工会会员四百二十万人中，有二百五十万人是属于“御用工会”的会员。这样看来，全部工会会员中，竟有过半数的会员是被“御用工会”所操纵，这个事实在美国劳工运动中不可说不是一件很可注意的情形。据美国全国工业研究部所报告，在有一次所调查的六百五十三个“公司工会”中，有四百个是在罗斯福“复兴计划”实行后才成立的。在法规上公开承认劳工有组织权，有自选代表执行集体交涉权，这原是罗斯福“复兴计划”最得意的一个特色，同时也是和政府狼狈为奸的官僚化的美国全国总工会的领袖们替政府歌功颂德的一件事，而一仔细研究其实际，却是这么一回事！在旧社会制度下，要想实行这个有益劳工的计划，要想实行那个有益劳工的政策，说来尽管好听，在实际却只是纸上空谈，甚至在表面上使人看看“像煞有介事”，而骨子里却完全是个道地十足的骗局；因为“大亨”们所牵着线的政府，根本要仰着“大亨”们的鼻息，所谓“桀犬吠尧”原是一件不足怪的现象；只有劳工者群自己手里的政权，才能真正实行有益于劳工的计划。我们一方面看着有些人替罗斯福“复兴计划”大锣大鼓地吹着，一方面再看看所谓“御用工会”的潜势力，应该更得到一个有价值的教训罢。

其次和美国劳工运动有着很重要关系的是美国全国总工会（英文原名为American Federation of Labor，通常简称为A.

F. of L.)。这个总工会，一向是落在官僚化的领袖们的手里。该会的前任会长甘迫斯（Samuel Gompers）就高唱“工业民主”，他所谓“工业民主”，说来很特别，是主张工会和厂主合作，希望由此替工人们建立一个天国！他于一九二四年死去的时候，厂主们得到他合作的利益不少，工人们的天国当然还未曾建立起来！接他的手做会长一直做到现在还占着那把交椅的，是一位叫做格林的。格林在美国已是一位妇孺皆知的名人了。他走马上任的时候，有一位“大亨”宣言：“格林先生是一切人民的代表……他并不激烈。他是为着一切人民的利益而工作的。我们在他手里，可以觉得安稳无患的。”这位“大亨”确有先见之明，因为格林和他的一群自从把持着全国总工会十多年以来，最大的功绩便是努力帮助“大亨”们压迫罢工，使得他们“安稳无患”。其实这班所谓全国总工会的领袖们并非有所爱于那些“大亨”，根本是把劳工界做自己的“资本”，有时也要发出即将罢工的宣言以为恫吓，发着一大笔财，便乘风转舵，劳工界的“下层群众”愿意与否，在他们并不重视的。（关于劳工“领袖”的贪污行为，简直不可胜举，William Z. Foster著有*Misleaders of Labor*，叙述颇详，可供参考。）我在上面用着“一群”的字样，又用着劳工界的“下层群众”，这是很含有重要意义的说法，美国的政治内幕，原是由“一群”人把持着，在后面牵线的是若干“大亨”，在前面露脸的是若干有意识或无意识中供奔走的大小人物。他们这“一群”在政治上所造成的铜墙铁壁，确好像不易攻破的城堡。我仔细研究美国官僚化的全国总工会的领袖们，也发现他们在劳工界的把持一切，也有他们的“一群”，也有他们这“一群”所造成的不易攻破的铜墙铁壁，和资本主义的政治真相简直如出一辙。他们的包办选举，有他们自己的操纵一切的特殊组织，有他们压迫反对者的秘密组织，有他们自己的侦探和打手，有他们的麻醉“群众”的巧妙笔墨，真是具体而微，和金圆帝国的政治内幕可以分庭抗礼。同属劳工界，所以又有“下层群众”之分者，是因为在官僚化的劳工组织里面的领袖们和他们的左右的亲信者，领着巨额的薪俸（像格林的会长薪金，每月听说有四五千美金，“外快”还不在内），来往的都是阔官僚，生活的豪奢阔绰，已成了“劳工贵族”的另一阶层，和一般工人在生活的享用上简直是完全脱离了关系。所以在美国的劳工运动中，竟产生少数的“劳工贵族”和多数的劳工“下层群众”的区分。现在美国的统治阶层对付劳工运动中革命的倾向，最重要的政策，就是利用这少数的“劳工贵族”所把持的劳工组织，抑制多数的劳工“下层群众”，好像仿照某帝国主义想尽方法利用“以华制华”一样，他们是在想尽方法，利用“以工制工”！

照上面所说的情形看来，好像美国的劳工运动简直是漆黑一团，在很悲观的环境中旋转着。这又不然，我们在上面所看到的是他们的黑暗的方面，而且是已在一天一天加速没落中的黑暗方面，因为数年来美国劳工界“下层群众”的积极斗争，光明的方面已在很迅速地显露出来了。这光明方面的情形，是我这次在美国最觉得感动的一件事，也可以说是印象最深刻的一件事，现在不妨大略地提些出来谈谈，借此可以看出美国劳工运动的最近趋势。

由于前进的组织对于劳工运动的努力，又因为世界经济恐慌发生以后，“大亨”为着要保持他们所得的利润，对于劳工的待遇一天苛刻一天，以前受着麻醉的工人也渐渐觉悟了，于是其中比较有奋斗精神的工人便利用原有的“公司组织”的机构，同时受着前进组织的指导和种种协助，居然要实行他们的从前等于虚设的“代表权”了。“大亨”当然不答应他们对于工作待遇改善的要求，这样的失望便使他们感觉到有自己组织工会的必要。因为只有自己组织的工会，才能用斗争的方法来求得工人的利益，才能用集团的力量来实行集团的交涉，他们在事实上感到这样的迫切需要时，便要英勇地用全体罢工等等手段来奋斗了。结果便产生真能代表他们自己利益的工会，而“御用工会”便自然立不住了。现在的趋势是“御用工会”一天一天地退却，确能代表工人自己利益的工会一天一天地增多。这种借实际的斗争，来暴露“御用工会”的真相和欺骗的行为，他们称这方法为“由内拆穿”（boring from within）。他们并不是开始就另外组织一个工会，却是利用原有的工会——虽则是“公司工会”——来斗争，用实际的斗争来打碎这虚伪的组织，用实际的斗争来暴露这虚伪的组织给一般工友看，再由实际的斗争中产生真能为劳工谋利益的组织。

关于对付官僚化的全国总工会的办法却也很巧妙。自从“第七节A项”的法规条文宣布之后，新工会的组织纷纷地大增，这里面有一部分是“御用工会”，和全国总工会是不相联系的，但也有一部分是和全国总工会发生联系的新工会，有一部分是加入原有的老工会（即各业的分工会），也和全国总工会发生了关系。这样一来，老的工会和总工会里面却添了不少的新的血液，因为新加入的青年会员是充满着生力军的力量，前进的组织便利用这个机会在原有的工会里，集中前进的分子组成左翼，领导着全体伙伴为劳工利益作积极的斗争。一九三四年竟成为“罢工年”，一年中罢工事件竟达一千三四百起，劳工用斗争的手段来求得组织的绝对自由和待遇的改善。格林在以前对于发动罢工或收回罢工，原可以叱咤风云，伸缩如意，现在就很感困难了。当我在纽约时，各报正载着格林对新闻记者宣言要肃清工会里的前进分子，大有怒气冲冲的气概，但是大引起各分工会的反响，说他如果这样胡闹，大多数都要退会，看他怎样！结果这位不可一世的格林大有周转不灵的苦衷，只在嘴上说说，终究不敢下“肃清”的毒手。更有一层使他为难的，从前统治阶层所以极力拉拢他，是因为他们还能利用他和他的“一群”来操纵劳工的“下层群众”，因为他有所要挟；现在他一再地发空头支票，不能兑现，统治阶层对于他渐露着厌倦的意思。对于他已渐渐地表示失望，所以这个“工业民主”和美国“政治民主”同样地一天一天在那里捉襟见肘，露出马脚了。

在已有组织的官僚化或“御用化”的工会，前进的组织正在多方运用“由内拆穿”的方法；对于还未组织的工人，前进的组织便努力于建立新的工会，主持的总机关是工会统一同盟，它和全国总工会最不同的地方，是它公开地领导着工人为着他们自己的利益很英勇的奋斗，从不像全国总工会的领袖们总是私自和雇主们关着门讨价还价，用“秘密外交”的手段，弄些什么把戏，根本不让工人们知道。

除工会统一同盟所领导的最前进的劳工运动外，近两三年来还有一个趋势，那便是“独立的工会”也很快地加多。这种独立的工会不属于全国总工会，也不属于工会统一同盟。有许多是反对全国总工会而改组的。有不少这种独立的工会，是受着工会统一同盟所鼓励协助而成的，渐渐地都有加入工会统一同盟的可能。

以上关于美国劳工运动最近的大势已说得差不多了。简单说一句，御用的工会和官僚化的工会是一天一天地没落，确能代表劳工利益的组织却一天一天地加速地发展着。其中尤以美国西岸码头工人的劳工运动为目前美国劳工界的急先锋，我到旧金山时曾加一番视察研究，感觉到异常浓厚的兴趣，当另作一文报告。

九　美国的失业救济

失业原是资本主义的必然的副产物。在美国就是在华尔街最繁荣的时代，据最低的估计，至少也有两百万的失业者。那个时候，因受着资本主义宣传的麻醉，大多数的工人还相信个人因失业而遭受的窘境，全是由个人的不勤于工作，或至少是由于个人的倒霉，绝对想不到这凄惨的现象后面，实伏有社会制度的大缺憾。那时对于失业的救济仅是属于私人的“慈善”事业，实行其所谓“个别事件”（Case Work）的理论，这个理论的要旨是主张当前的美国社会制度根本没有什么错误，只不过有些个人不能使他们自己适应于当前的“完善的”社会制度罢了。再说得明确些，这意思就是：因失业而穷困，是由于个人的过失，除怪他自己外，不能怪别人，于是他对于利用他而获得利润的阶层，以及维持资本主义的政府，都没有要求救济的权利。这样一来，失业的救济只能仰着所谓“慈善机关”的鼻息了。在实际有许多慈善机关对于失业也不肯救济，例如美国的红十字会有几百万金圆的存款，对于失业的救济就干脆地谢绝，理由是该会的救济只限于“上帝的行为”（an act of God）所造成的天灾！前总统胡佛宣言失业救济是地方的问题，应由地方政府的机关设法，和中央政府是不相干的；而在地方政府方面，却宣言破产，无力担任：这样你推来我推去，而一千六七百万的失业者和三千万的倚靠他们的家属，继续地在饥饿线上滚着。这些失业者和倚靠他们的家属，总计起来，约在四千五六百万，占美国全国人口约三分之一，这已不能不算是严重了，此外还有无数虽勉强有着职业，因工资锐减，生活标准因之大大地减低，还未算在一起。

直至一九三三年的五月，美国中央政府才第一次被迫实行失业救济计划。这里所谓“被迫”是很有重要意义的，因为一国全部人口中有三分之一在饥饿线上滚，劳工阶层的狂潮是迫在眉睫，是一件很显然而可虑的事情。于是统治者为避免更大的危机，不得不勉强实行失业救济的办法。自一九三三年五月至一九三五年三月，共用去了三十亿金圆，充作失业救济之用。在统治阶层的代言人固已振振有辞，说

“全美国的失业救济金每秒钟要费五十八元，每分钟要费三千四百元，每小时要费廿万零八千元，每月平均要费一亿五千万元”。他们提出这样的话，目的在表示：如果救济的经费能减少，或不再继续，那省下来的一笔款子也就可观。但是我们如作较详的分析，便知道这笔款项是二千二百三十余万的成人、妇女和孩童的生活的唯一来源。（还有相等数量的失业者和他们的家属，因种种苛刻条件而被拒绝于救济之外，换句话说，这笔款项所顾到的，只是因失业而遭难者全部人数中的半数。）这样说来，就是那些幸而获得失业救济的人，每月平均只分派着六块美金，每日为着粮食、衣服、住宿、医药费等等，平均只受到两角钱！在美国南部劳工运动较弱的地方，平均每个工人全家每月只得到七块零九分金洋。这在美国的生活费用，仍然是在半饥饿中过活。我们常听见有人极端赞美“文明国”对于失业救济的可佩，调查实际的情形，原来是这么一回事！

而且就是在这已往二年中所用去的三十亿圆的救济金里面，因在罗斯福“复兴计划”之下，生活费用突增，有工无工的工人所付的种种“讨厌”税（nuisance taxes）表面上说是补助失业救济之用，实际上无异仍从失业者的腰包中再挖出来。(美国购物要付这种附加税，故担负仍在一般消费者身上。)不但如此，三十亿金圆的数目似乎不小，但在此同时期内，美国工人因工资减少以及工资全失所受到的损失却达四百五十亿金圆之多！三十亿金圆和四十五万万金圆比比看！资产阶层的聪明总算不可及，俗语说羊毛出在羊身上，资本主义对于失业的救济，总是把负担加在一般大众的身上，他们自己还是不拔一毛的。

就是这“羊毛出在羊身上”的一些半饥饿的救济，比之资产阶层的利润，以及上面所已说过的，劳工方面因工资减少或失业而受到的巨大损失，固然已令人感到相差那样远，但是仅仅这些，如果认为是“大亨”牵线的统治阶层自动地拿出来，那还是很大的错误，因为就是这一些的获得，也是出于斗争的结果。这一点实在是值得研究劳工运动者的特殊注意。当世界经济恐慌开始发生以后，在美国并没有政府主持的救济失业的机关，只有少数慈善机关的偶尔施与，这是上面已提到的。后来经济恐慌愈益尖锐化，失业人数一天一天地增多，向来做点缀的慈善机关也不再“慈善”下去了，而政府和地方政府方面也你推我辞，莫衷一是，便由前进的政党来在各地组织“失业会议”（unemployment council），领导着工人们对于失业救济作积极的斗争，举行无数的“饥饿队”（hunger march），每次示威，多到十来万人，少亦一二万人，借集体的力量作大示威运动。在“失业会议”组织下的工人常常要和警察冲突，被捕入狱的往往以千计，打伤的更不可胜数。尤其是领导这种运动的领袖们，受着种种威胁和蹂躏，仍冒险进行，毫不退却。例如在一九三〇年二月和三月间，在纽约因参加失业示威运动而被拘入狱的就有一千余人之多。同时在加利福尼亚州，因同一事件而被拘入狱的亦达九百人左右。在同年三月六日举行国际失业运动大示威以前的一个月中，纽约当局防卫异常严密，屡用武装军警的痛击和流泪弹的乱射，繁重的罚金和拘捕监禁的严厉执行，可是参加这示威运动的工人群众，还达一百万人之多。直到了一九三二年，经过屡次的积极斗争，工人对于失业有要求国家救济的权利，才算建立了起来。凡是组织有“失业会议”的城市，都不得不允许有失业救济制度的存在，就是在有些地方虽然还没有“失业会议”，当局者也受到影响，先实行“预防的计划”，免得在该地又要发起英勇的失业运动！当然，失业救济既是资产阶级所牵线的统治者出于不得已的办法，他们时时想取消，或是再把经费减少，使他们可以更多榨取些。所以各处“失业会议”所领导的失业运动需要继续不断地斗争，否则就是已争得的一些失业救济，仍随时有失去的可能。这种斗争先发动于各别的事件，渐渐推广于一城，由各城推广于一州，现在已推广到全国的范围了。每次斗争的目标都集中于全国的失业和社会保险的要求，使中央政府不得不注意到失业救济的严重性。罗斯福选举的时候，这运动已风起泉涌，统治阶层知道终须实行一种由中央主持的救济办法，无法再闪避的了。

现在美国的失业救济固然是很不彻底的，但还是由于劳工界团结着起来斗争取得的。

有了失业救济的机关，在表面上看来，似乎你只要是失了业，就可以到那里去登记拿救济金，但在实际上并不这样简单。我在纽约的时候，对于失业救济局曾作较详的视察，并得友人介绍，和好几位在救济局工作的美国朋友详谈过几次。这类事情，他们本来不愿对外国人托出和盘，幸而是由思想相投的好友介绍，所遇着的这几位工作者也是思想比较前进的青年，所以能尽所欲言。据说失业者要得到救济金，真够麻烦！在你去登记以前，第一步要做的事情，是要证明得出你已真正到了饿荒的境地，要做到你所有的钱都用得精光，你所有的帮助都完全消亡，你没有任何保险，如果有，也要先以贱价把保险单出卖，把卖来的钱用光再说；你如有一个亲戚有事做，那也是个问题，因为你先要求他的帮助，例如倘有一个阿哥有事做，做妹妹的就很难得到救济，至于阿哥肯不肯救济，那是不关救济局的事，总之你非真是到了绝路的时候——有时你真到了绝路，在救济局方面是否认你确已到了绝路，还是个问题——你没有到救济局去接洽救济的资格。这第一步已够麻烦了，而且即是做了，究竟能否得到救济局的认可，究竟能否得到救济金，还是不敢说有什么把握！

其次便是到救济局去晤谈，在那里等候的就是一两百人，每人谈话，由职员登记（每个救济局里大概有三四个职员问话，女的居多），至少在半小时以上，你要一天一天地等下去，也许要等三四天才轮着。登记表的繁屑，问话的噜苏，可使你七窍冒烟！她问你一切的问句，问到你的宗祖，问到你的父亲或母亲的亲戚的亲戚。有一天我和几位在救济局工作的美国男女朋友谈到这样的情形，有一位女友笑着说："真够麻烦！简直好像要追问你为什么要从你的娘胎里生出来！"据他们说，美国人都认为这类麻烦的诘问是侮辱人格，为着饥饿所迫，充满着一肚子的气愤，仍不得不去受这种侮辱；有的情愿饿死，不愿去！在这些和我谈的几位朋友里面，有一位还建议，说我如有意尝尝这种问话的滋味，可装做一个已"到了绝路"的可怜虫，到救济局夹在那许多可怜虫里面去听听，才领会得到真正的苦味。他叮咛我，说真要去尝试的话，要注意穿上一套破烂不堪的旧衣服，增加你的寒酸无告的穷态，否则连问话的机会恐怕都不给你！

这样地烦闷的等候和"侮辱"的问话费了你好几天的时光，幸而你得到救济局的考虑，才由该局派出调查员从事调查，遍访你的雇主，你的近亲远戚，并须证明你在该区住过两年的时间等等。这调查须经过两星期，然后你才知道究竟是否有被救济的资格。如果有，你可以得到若干不死不活的救济金；如果得不到，那末以前所经过的一切麻烦，都是白做的。颇有趣的是女子可得的膳食救济金比男子的少（男子每两星期可领三元五角，女子每两星期只领三元三角），似乎很能肯定地断言女子都比男子吃得少！

但是这样经过麻烦的“侮辱”的手续才可得到（有的也还得不到）的一点不死不活的救济金，在资本主义的统治阶级仍时常觉得不合算，罗斯福在去年一月里就在国会宣言：“政府必须废除这样的救济把戏。”我去年五月里到美国的时候，他们正在努力“废除这样的救济把戏”，代以在大众的舆论方面认为“新的罗斯福的饥饿方案”，这“方案”的内容，非本文所能详述，其中最重要的一项是“工作救济”，现在就把这一点再提出来谈谈。

所谓“工作救济”，即由政府拨款实施公用事业的设计，由此使失业的人们能得到工做，把以前的救济金取消。我到美的时候，报上登的，各人嘴上谈的，正是罗斯福批准拨款四十八万零八千万圆，充作“工作救济”的经费。这样大的气魄，在我们穷措大的国家看来，似乎不得不为之一惊！但是如仔细研究一下，也可以知道实际却不是这样简单的一回事。

第一点，美国政府便可因此卸脱对于失业救济的一切责任。政府根据这个新的方案，宣言只能替失业中一部分有业可得的人们（即在新方案中所能给与的职业）负责，其他不管。据这个新方案的“工作救济”，就是全部实行，至多不过能使三百五十万人有工可做，其余的一千二百万的失业者便被归入“无业可得”之列，可谓生死由他生死，政府我自为之！

第二点，在新方案里最注重的“设计”是所谓C. C. C.（原文为Civilian Conservation Corps，性质略似德国希特勒所设立的“集中工作营”）。这种工作营在表面上是参加建筑公路开辟荒地等等工作，在实际上却是把许多青年聚拢来施以军事训练，以作世界大战厮杀的准备。原有一千四百六十八个这样的营幕，现有加到二千九百十六个，人数加到六十万人。

第三点，在表面说，这个“工作救济”能容三百五十万人，使一部分失业者存着立可得业的幻想，在实际上只把有关于备战的工作尽先实施，所以劳工方面的失业救济，并不能得到什么裨益，解决更无从说起，而且关于工作上的经费，是由“大亨”们所办的公司向政府包办，物料的购买和贱价劳力的利用，最大部分的经费还是装入“大亨”们的腰包里去。

第四点，这个新方案里所定的工资是所谓“生存工资”（subsistence wage），平均每月不得过五十元，最低的每月只有十九元，每小时只有一角二分。这在美国的生活程度，又是半饿中的生活。同时是替“大亨”们“代雇”贱价劳力，而且使各私人所开的公司厂家也可借口减少工资，破坏劳工运动，莫此为甚。结果一句话：救济失业吗？越离越远，反而替资本家大开方便之门罢了！

“工作救济”这名词多么好听！一分析其实在的内容，却又是那么一回事。这倒合于中国俗语所谓“换汤不换药”！

一〇 “赶快”

常听见有人谈起美国人的讲究效率，总引起人们的歆羡，以为这真是一件再好没有的事情；但是经过一番视察研究之后，才知道在资本主义社会里，引人歆羡称道不置的效率，也只是一种剥削的利器。

一般称为“效率”的这个名词，在美国劳工界有个很普遍而非常耳熟的代名词，叫作speed-up，意译“起来”，也许可以叫做“赶快”。这个名词，你和美国工人谈起，他们是最切齿痛恨的。“赶快”是“资本主义合理化”（capitalist rationalization）的核心。所谓“赶快”，是由雇主所聘用的专家依着所计划的方法，在机器上增加种种特制的机件，在工厂的布置上增加种种紧凑的安排，使工人的工作速度非常地增加，也就是使工人对工作特别“赶快”。这样的“赶快”法，使每个工人都得不到丝毫的松懈，使每个工人都在极快的速度中做得筋疲力尽，劳瘁到死。这样的“赶快”法，能用高速度尽量榨取工人的劳动力。这在雇主方面是可以获得更大的利润，更多的财富。在工人方面呢，所得的结果是更艰苦更迅速的工作，更多的危险和更短的生命，更多的减工和更多的失业，更长的工作时间，更少的休息期间，工资的更甚的减少和生活程度的更甚的减低。

自“赶快”法替雇主增加不少利润以来，工人的生命随着缩短。据统计所示，美国工人的死亡率比普通人的死亡率高得多。在四十五岁和五十五岁之间的年龄，几高一倍半；在五十五岁和六十五岁之间的年龄，高一零三分之一倍。雇主一方面用加紧工作的种种方法，实现其所谓合理化，一方面也尽力使工人加长工作的时间。因为工作的过于紧张，体力的过于疲劳，工人每天所能做的时间原不得不有限制。但雇主仍然尽力使工人所做的工超出这种限制。遇着工人做到吃不消这种速率，或是身体做坏了，常常易于疲倦，那在雇主方面的解决办法很容易，把他辞掉，换一个新人来就是了。雇主可雇用青年工人；当他们正在年富力强的时候，他借最紧张的工作来利用他们的劳动力，由此大大地增加他的利润。等到他们在这样高速度的紧张工作之下经过几年而身体虚弱起来了，他们便被他一脚踢出，毫不费事，因为做雇主的原不负顾全他们身体或生活的责任的。劳工运动费着九牛二虎的大力，争得较短的工作时间，而雇主们却利用资本主义合理化的办法，“赶快”起来，使劳工运动所争得的结果，大为减削，工人的切齿痛恨，是当然的。

“赶快”的方法，除利用运送机（conveyor），运送原料的设备，以及更紧凑的联动机等等的工具外，也利用件工或其他方式的引诱方法，使工人“赶快”。做多少件，拿多少工资，似乎是公平的；但实际上雇主决不肯让你便宜，只要他算一算你由件工积得的工资比前多一些，他便把件工的每件工资减少。工人要想维持他们的收入，不得不更拚命地“赶快”。你越“赶快”，老板越得其所哉，而你的工资因“赶快”而略高的时候，他又可以用减少每件工资来暗中制裁你。所以终究一句话，工人们就只有为老板的利润拚命的份儿！

在皮带和运送机用得普遍的地方，连这样的件工引诱法都无须用，因为这些皮带和运送机的迅速流动不息，就自动地强迫着工人不得不按照高度速率做，自然地限定在每小时必须做完若干件工，否则只有滚蛋。

“赶快”法和失业的增加也有着重要的关系。雇主们既实行“赶快”法，利用工场的合并，紧张机械的设备，工作程序的紧凑，便有大批的工人被解雇了。从前一百五十人做的工作，因“合理化”而特别紧张以后，一百人就够了，当然有许多人是用不着了。同时生产既比以前大大地增加，大量的生产品卖不出去，为顾全利润计，又不得不大大地裁人，失业的危机更形尖锐化了。现在美国的大量失业，和“赶快”法既有这样显然的联系，所以经济学专家便加上一个特别的称呼，叫做“技术的失业”（technological unemployment），意思是说，由于技术的进步，反而增加了失业！

自世界大战以来，美国工业的合理化有着长足的进展。最显著的是在大规模的制造工业方面。自一八九九年至一九一九年的二十年间，每个工人的生产量的增加，只较前多百分之四点七；而在一九一九年后的八年间，竟较前多至百分之五十三点五。就平均说，在一九二七年每个工人的生产量要比一九一九年的时候增加半倍以上。这种统计数字虽然已可惊异，但还只是“赶快”的开始，自从不景气愈益尖锐化后，“赶快”法也紧随着开始它的更残酷的力量。

资本主义的“赶快”法，汽车工业是一个很好的例子。这一部门的工业被称为“青年的工业”（youngmen's industry），因为只有青年能一时抵挡得住那样飞速的工作。汽车工业的老板们尽量雇用年青的工人，用飞速的工作榨取他们的劳动力；一到了四十岁或四十五岁以上的，便被榨得干瘪无用，被无情地辞歇。在这类汽车工厂里，有的是残酷的皮带和凶横的工头。只要由工头轻轻地用手指在开关机的扭扣上一触，皮带转动的速率立刻增加，在受着这些皮带所推促的工人们便疲于奔命地工作着。有些地方，皮带的转动飞速地进行着，工人要聚精会神，一秒钟都不能离开，一秒钟都不能略略随便一下。据丹因（Robert W. Dunn）在他所著的《劳工和汽车》（*Labor and Automobiles*）一书里所报告关于汽车工厂的情形，在一九一九年的时候，每小时经过一根皮带的马达有四十个之多；在一九二五年的时候，每小时经过一根皮带的马达有六十个之多。你可以想象，站在这类皮带旁边做工，有着怎样手忙脚乱的紧张情形！在福特的一个汽车工场里，曾把三条皮带并成一条迅速的皮带，以前每分钟要九个人造成十二个汽缸，这样一来，只须六个人。在一九二〇年，一个福特汽车工场每星期可造成两万五千辆汽车；在一九二五年，用同样的机器，每星期可造成三万一千二百辆汽车。凡是福特所设立的各厂，都是要尽量榨出工人最后一滴的劳动力。别的工厂的招工人员曾这样宣言过：他们不愿招用曾在福特工厂里做过工的工人，因为他们在福特工厂里做过五年到八年的工，总要送去了半条命，不能再担当得起什么较重要的工作了。汽车工业的“赶快”突增，也是在大战后的现象。在一九一四年至一九一九年间，每个工人每小时的生产量较前增加百分之四十一；在一九一九年至一九二五年间，竟较前增加到百分之一百二十。在同时所用电力的增加却较前来得慢。在后来几年里，工资减少，工作时间反而加多。

钢铁工业是另一个例子。在一九一九年至一九二七年间，每个工人每小时的生铁生产量较前增加至百分之一百三十九之多；而在一九一九年以前的二十年间，只增加百分之九十三。在钢铁工场和轧床工场，每个工人每小时的生产量，在一九一九年至一九二七年的八年间，和在一八九九年至一九一九年的二十年间所增加的一样。在好些工作方面，现在两个工人做的工作，在几年前要十四个工人才做得完；现在七个工人炼的生铁产量，从前要六十个工人才做得完；炼钢炉旁的工作，现在一个工人做的，抵得过从前的四十个工人；卸下生铁的工作现在一个工人可抵得过从前的一百二十八个工人。这种种速率的增加，有几种工作，一部分虽也由于机械的更大的利用，但同时也用种种“赶快”的方法，使工人的工作特别较前紧张。

此外关于纺织工业、矿工、运输工业等等，都有很显著“赶快”的例子，现避烦，不多举了。这在老板们往往美其名曰“劳工效率”（labor efficiency），但在以血汗换面包的工人们，当然很明白究竟是怎么一回事！

合理化的运动也是资本主义没落期中的副产物，因为资本主义的逐渐没落，老板们为着自己的利润起见，对于劳工不得不想出种种加紧剥削的方法，所谓“赶快”的妙计，也只是加紧剥削的一个方法。在美国原有所谓“科学管理法”，在资本主义社会里，原就包含着加紧剥削劳工为老板增加利润的妙用。后来又发明“涌流工作”（flowing work）的“运送机制度”（conveyor system），于是更大大地增加了千百倍的加紧剥削劳工的妙用。在世界大战后，合理化运动盛极一时，尤其是在美国，在资产阶层的人们，原想利用这个方法来使没落中的资本主义可以“借尸返魂”一下，但是资本主义内在的矛盾却使这个希望终成幻想，因为生产力虽在积极地增加，而随着来的是失业人数的增加和劳工阶层的穷困深刻化。老板们从利用“赶快”法，榨取工人的最后一滴血来增加生产量，生产是增加了，但大众却失业的失业，穷困的更穷困，买不起许多由劳工阶层自己加工造成的商品，于是愈“赶快”，各部门工业的生产量愈多，老板愈没有办法。在劳工阶层方面，因奴役于“赶快”制度之下，愈苦就愈恨“赶快”的残酷，于是便常用罢工的斗争手段来替自己争取生活的自由。他们并非反对可以增加生产的机械和发明。其实工作效率的增加，照理应该能增加劳工的福利，但是在以个人利润为中心的社会里，工业愈合理化，机械和发明反被用来加紧剥削工人，结果是加强失业的危机，损坏工人的健康，短促工人的生命，降低工人的生活程度：这种种都是劳工阶层所要用死力来斗争反抗的。所以“赶快”的方法，在老板们原要用来挽救资本主义的垂危命运的，在实际却引到另一个更尖锐的经济恐慌，增强了劳工运动对于争取解放的更激烈的斗争！

现在美国前进的组织所领导的劳工运动，反对“赶快”，是他们所坚决反对的一个重要目标。你如和美国劳工界里比较前进的分子谈谈，常可听到他们提到“赶快”，便要攘臂挥拳，睁圆着眼睛要痛打一番似的！

你很羡慕美国的讲究效率吗？你可以想象在这个好名词下面有着整千整万的美国工农奴隶正在作英勇的解放斗争，要去掉他们的锁链！他们的这种解放斗争，在最近两三年来有着异常的进步，有着蓬蓬勃勃的朝气，有着无限的前途光明。我在美国各地视察时，因得到不少美国好友的介绍和指导，和他们的斗士有着不少的接触，使我感到异常的兴奋，甚至常觉自恨没有机会加入他们那样热烈英勇的队伍里面去，随着他们一同去冲锋陷阵！

话又要说回来。美国的劳工运动对于美国现在合理化的坚强反抗，这当然不是反对合理化的本身，却是反对资本家利用合理化来加紧剥削劳工，增加他们自己的利润，工人的死活不是他们所顾到的；所以美国的工人组织，一方面坚强反抗美国资产阶层所利用的合理化，而对于苏联工人所积极进行的合理化，却津津乐道，因为在苏联的合理化，能使工人缩短工作时间，增高工资，改善工人和农民的生活环境，于劳工阶层是有很大的贡献的。

他们会告诉你，苏联的各部门的工业也尽量利用科学的管理法，目的在用最经济的方法来使用劳动力，同时来增加生产。因为这个缘故，他们采用资本主义各国所有的最新式的机械和最新发明的方法。但是社会主义的合理化和资本主义的合理化有着根本的差异，因为前者根本就不在剥削劳动力，不是为着什么老板增加利润，却是为着满足大众的需要而努力的。由工人阶层自己所管理的“赶快”劳工，和由资产阶层管理的“赶快”劳工，显然是有着很大的不同。

他们知道苏联的工业生产量的加速，五倍于美国。但是在苏联并没有像在美国那样闹着“过多”的危机，这理由很简单，因为没有老板从中取利，工人的工资随着生产的发达而俱增，所以他们有力量购买并应用许多产品。有人估计，苏联的工业生产，依现在的速率进步推算去，十五年后要比现在速率增高二十八倍；十八年后，要比现在速率增高一百倍！但是在苏联一方面增加生产，同时却注意到男女工人的健康与一切福利，许多宏大规模的试验室里都在研究怎样改善工作的历程，使工人不致过于疲劳。比较迅速的工作，更有相当的休息期间。现在每日七小时的工作已普遍了，六小时的工作亦已采用于较繁重的工作，将来要把六小时的工作普遍起来，据说在一九四三年可一律采用每日五小时的工作制。至于工人于余暇时间在文化方面的种种享用的增多，也是很显然的事实。

社会主义合理化和资本主义合理化在事实上的对照，也是美国正在积极发展的劳工运动的兴奋剂，几于每一个比较前进的美国工人，都能如数家珍的告诉你这一切。他们那样天真和兴奋的态度，常能使你感觉到异常浓厚的兴趣，使你留着永远不能忘却的异常深刻的印象。

一一　劳工侦探

我在上次曾和诸君谈过素以效率见称于世的金圆王国怎样利用“赶快”的方法来加紧剥削榨取劳工。剥削榨取当然要引起反抗，于是在资产者群不得不想出种种方法来压制反抗，预防反抗，劳工侦探（labor spy）便是他们所用的方法的一种。

劳工侦探的规模大小，要看工厂或商店的规模大小。在资本主义社会里，剥削榨取劳苦大众是一件重大的工作，劳工侦探的需要当然也随着扩大起来了，于是便有人专设劳工侦探的机关，替老板们“服务”。不过有许多规模小的厂店用不起侦探机关的职务，便设法在自己所用的工人里面，暗中安置着几个侦探。这些充当老板的侦探而同时又是工人的人们，也怪可怜，往往为着几块钱的“外快”收入，或是幻想着较好位置的升擢，便把每天在工场里所看到或听到的事情报告给老板；倘若他属于一个工会，也把这工会中的秘密时时报告给老板知道。

在有些规模较大的厂店里，有专为指挥劳工侦探而设的“情报部”。例如在美国有许多地道车或街车公司便设有这一类的“情报部”，专门侦探各雇工的行为和工会的活动。有的公司，例如美国钢铁公司（United States Steel Corp.），指挥他们的侦探是利用所谓“福利部”（welfare department），表面上是为着工人的福利，实际却是干着侦探工人的勾当！福特汽车厂里都设有一个“服务部”（service department），在表面是替工人“服务”，实际上也是干着侦探工人的把戏！在不合理的社会里，有许多好名称都被人利用为“遮羞”或“欺骗”的工具，这些也是现成的例子。

还有许多大厂店，除了他们自己的侦探外，还用着各该业的“雇主联合会”所供给的侦探。这种雇主联合会，对于本会的会员，都有帮忙的职责，美其名为“服务”。这种联合会的规模也有大小，“服务”的范围也随着有广狭。规模最大而“服务”范围最广的，竟有扩充到全国的，例如美国全国金属业联合会（National Metal Trades Association）。这种大规模的劳工侦探工作当然也特别有系统，特别厉害。这类大规模的雇主联合会替该会会员（即同业的各大厂店）“服务”，派到所附属的各大厂店的侦探，对于热心工会活动或是他们所认为激烈的工人，都由侦探详细报告到联合会，由联合会把这些工人的姓名登记起来，成为所谓“黑单”（blacklist）；凡是载在这种“黑单”上的工人，都要打破饭碗，和这个联合会有关系的各同业公司，以后都不再雇用他们。在有几州里，因为劳工运动特别前进，这样造成的“黑单”被认为是违法的行为，但雇主们把工人列在“黑单”里，在各业却是一件司空见惯的事情。要制造“黑单”以压制工人们对于剥削榨取的反抗行为，劳工侦探便是不可少的工具了。这种雇主联合会替会员“服务”的侦探，有的是自己有训练好的侦探备雇，有的是代向私人设立的侦探机关雇用相当的侦探。

美国素以“大量生产”闻于世，劳工侦探的“事业”也因“大量”而成了一种专门化的营业，组织公司，除把“职务”卖给雇主联合会一类的机关外，凡是个别的公司也都可以买到他们的“职务”。这类侦探机关的内部工作，除有关于刑事事件的侦探，离婚诉讼的侦探，窃贼的侦探等等通常部门外，特为雇主们设有“工业服务部”（industrial service），便是劳工侦探的别名。在有些时期，尤其当工人正在组织工会和罢工的时候，这一部门的侦探营业更是大获其利。他们除为雇主们供给劳工侦探外，并在工人罢工时供给“打手”（用手枪的，他们称为gunmen），和“罢工破坏者”。据熟悉这类侦探事业内幕的人说，“在工业侦探所得的钱比在刑事事件侦探所得的来得多”。美国的犯罪的猖狂也是世界上闻名的，他们的劳工侦探的“宏伟”可以想见了。

当然，这些劳工侦探机关也知道“劳工侦探”这个名词不雅观，所以力避这个名称，采用种种名称如“工业服务局”（industrial service bureau），或“人类工程服务社”（human engineering service），或“工业调解事务所”（industrial conciliatory）或“人类关系顾问社”（human relations counsellors）等等。但是无论名称怎样好听，他们的实际工作都是劳工侦探。普通的办法，是叫所雇的侦探混在工人里面作工，他们的工资也由雇用他的厂店直接付给他，这样一来，他的姓名也在工资簿上，在别的工人看来，他也是平常工人里的一分子。但在实际，他除了所领的工资以外，还从侦探机关里领得津贴。当然，这种津贴只是公司付给侦探机关“公费”里面的一小部分。

雇用和训练劳工侦探的方法也有种种的不同，全视侦探机关的规模和性质为转移。但是最普通的方法，尤其是所谓“工业服务局”所常用的，大概这样：先在日报上登载“招工”（men wanted）的广告。这广告只写寄某号邮政信箱，并没有显明的地址（他们叫做“盲目广告”——blind ad）。应“招”的工人写自荐信投寄后，倘这侦探机关认为合格，便叫他去晤谈。侦探机关的职员告诉他，说可介绍他到某厂去工作，但除了工人的职务外，他还另有机会赚些“外快”，而且赚的方法很便当，只要每天送进一个报告，记些关于工场或至少关于他的一部门的情形。最初这种报告的内容很寻常，例如工厂里是否清洁？工作的进行是否顺利？工人们有何改良环境及工作的建议，他们觉得有什么事情使他们不高兴，使他们诉苦等等，报告这种无关重要的事情，居然可得到“外快”的收入，这种巧妙的引诱法，工人往往要上他的当。但是等他“外快”赚上了瘾，侦探机关同时又加以种种的指导，报告的内容也逐渐的要加紧起来了。较大的侦探机关居然还设有函授科，发给“十分秘密”的训练小册子，叫这些被牵着鼻子的“侦探练习生”细心研究，叮咛他们在睡的时候要藏在他的枕头下面。但是有些“侦探练习生”却过于大意，未曾严格遵守这种训词，有时大意了，忘却收拾好，这些小册子，竟落在工会职员或他的朋友的手里，于是内幕便被揭穿了，领导劳工运动的前进的组织，每得到了这样的材料，便尽量把它发表在报上，极力暴露这种压迫工人的黑幕情形。

关于劳工侦探的报告，他们最注意的是工人的组织，未有组织的要阻碍他们的组织，已有组织的要破坏他们的组织所行的种种计划，至于暗探并暗中监视工人中热心于工运的热心分子，更是他们的分内事。据说劳工侦探也有“内部”侦探（inside spy）和“外部”侦探（outside spy）之别。所谓“内部”侦探，是要负责报告关于工场内一切的事情。所谓“外部”侦探，往往假装没有了事情，白天就在工会办事处闲坐闲谈，乘此机会打听工会的种种消息。有许多地方，一个人可兼做“内部”和“外部”两种的任务。他在白天可把厂内的一切情形报告上去，在夜里或在星期日也可参加工会的会议，混在工人里，暗中打听关于工人组织的种种情形。

这种劳工侦探在表面上往往好像是工会里很热心的会员，而且在嘴巴上还装作很“革命”似的，但在实际上却用种种阴谋来破坏工会政策的成功。他们想出种种方法怂恿工会实行费用浩大而不必要的事情，使工会的力量因之疲弱。在工人罢工期间，他们最重要的职责便是极力破坏罢工。他们混在其他工人里面一同参加罢工，表面上好像也是工人们的同志，但是暗中用种种话语打击工人的勇气，用种种手段中伤工会中坚分子彼此间的感情，有的甚至公开组织“斯克布”或“御用公会”和罢工抵抗。“斯克布”英文原文为scab，是美国劳工运动中一个很流行的名词，原义是身体伤口上结的盖。这里是指罢工时不顾集体利益，单独去替老板复工的工人，也可称为“工奸”。“斯克布”当然是工人们最贱视和痛恨的东西。除此以外，机关所供给的“打手”还可枪杀主持罢工的工会领袖。当一九二九年纽约汽油货车工人大罢工的时候，大流氓特费托（Pete De Vito）便是主持破坏罢工的刽子手。他雇了一千个侦探和“打手”，每人每日得到二十五元金洋，由洛克佛勒的火油公司负责支付，特费托本人仅此一项事件，得到三十万元美金的收入。劳工侦探竟成为这样规模的大宗营业，这也可算是资本主义先进国的一个大特色！

民主政治的国家最重视的是法律，这是我们常听见有人津津乐道的。这话诚然不是完全不对，但是有个要点，那便是在不侵犯资产者群的利益的范围内。所以他们对于劳工大众往往不必尊重什么法律，像上面所谈到的压迫行为，简直是无法无天到了极点，似乎很使人怀疑到所谓重视法律作何解释！但仔细一想，却也没有什么希奇。因为在资本主义制度的社会如美国，政府只是“资产者群的执行委员会”，它的全部的机构都是为着雇主们服务：保护他们的财产，增加他们的利润。所以不但资产者群对于劳工用大规模的侦探来压迫；美国政府熟视无睹，而且在美国的中央政府、州政府和各地方政府，有几个部分的职务也在帮助雇主们实行劳工侦探破坏劳工的斗争的组织。例如美国政府司法部所设的调查局便是努力于这类工作的一个机关。不但中央政府，就是在各州和各地方政府，尤其是工业繁盛的区域，也和私人机关所雇用的劳工侦探合作，压迫劳工运动。例如一九三〇年的纽约警察总监惠冷（Whalen）曾公开宣言，说他所用的警察侦探最能干，能钻入激烈的工人圈子里面去，破坏工人的组织，说他根据这些“能干”侦探的报告，曾替纽约的各大公司，尤其是银行，造成很有效力的“黑单”，把有激烈倾向的工人都登记在里面；他并很自豪地说，当纽约鞋业、粮食和衣业罢工时候，他对于激烈工人的铲除，曾和美国劳工部有密切的合作。

劳工侦探的对付问题，和劳工运动中其他的问题一样，都是发源于阶层的对立，在阶层对立的社会未消灭以前，这种问题是要继续存在着的。但是在工人阶层方面能采用相当的对抗的策略，作积极的斗争，劳工侦探的毒害也可以被减低到某种限度的。

我曾和美国热心工运的工人谈话，提到这个问题。据说对付劳工侦探的方法，也要看工会或其他工人组织的实际情形而定。在工会里，他们如觉得有“工奸”混在里面，他们便指定几个亲信的会员暗中监视这个可疑的工人，注意他的行动，调查他住在何处，同住的是什么人，常来往的是什么人，他的经济来源是什么，并在可能范围内调查他和什么机关或什么人通信，写的是那一类的信。此外还可故意派些困难的工作给这可疑的工人做，这种工作他无法拒绝，而却和工会有利益的。细察他对于这种工作所表现的态度和工作的成绩，经过几次的试验后，往往可以发现不少混身工会里的“工奸”。工会对付“工奸”，常组有最可信任的秘密委员会，根据实际情形，计划对抗和消除的具体办法，因为这类办法是要根据特殊情形，临机应变，没有方法列成什么公式的。

据说要发现一个可疑的劳工侦探，最简便的方法是要设法察看他把工余的时间用在什么地方；他在说话中无意表现的兴趣在那里，对于劳工运动注意些什么，和他所常看的是什么报纸或刊物；他是否在工会办事处闲荡着，存心在和工人谈话中打听消息；以及在他从前工作的地方，或所从来的地方，关于他的平日行为，那里有什么人知道得详细，拿来供作参考的材料。

倘若在他的身上搜出了“报告”，或看见他到一个显然属于侦探的机关，那当然是无可疑的了。遇着这种情形，如何处置的办法，也要看工会的实际情形，当前的急切需要和策略。有的只把这侦探开除，有的要公开审问他，在报上大大地暴露一下。有的还替他的尊容拍个照片，钉在工场门上，以供众览。有的要引诱他详细地说出口供来，说出他所替工作的侦探机关的名称，报告他所知道的关于这侦探机关有关系的厂店。就大概说，捉到一个劳工侦探后，暴露得越广，对于劳工运动的利益也越大，工人也越知道怎样自卫。所以他们不但把详细事实，而且把有些“工奸”的“玉照”

登载在劳工界所办的报纸上，以资广大的宣传。

对于劳工侦探的发现和惩办，固然是必须的；但尤其重要的是关于加强和扩大劳工大众的组织方面须有积极的计划，这是对付劳工侦探的基本营垒，非常重要的。劳工大众的营垒巩固之后，“工奸”也不易实行其破坏的阴谋，偶有“工奸”也很易发现而驱除的。所以美国劳工运动对于劳工大众的坚强组织，非常注意，尤其是富有斗争精神的工会。雇主们也知道这个工具的厉害，所以对于劳工组织的摧残阻挠，也无微不至。但是劳工大众的力量，在美国，尤其是两三年来，已有了长足的进步，这事我在以前已有颇详的叙述了。

美国有着那样厉害的劳工侦探制度，但是绝对无法阻止劳工运动的猛进，这是因为劳工方面的组织和集体的斗争力量能击破他们的锁链。我们中国在此国难严重的时期，有人慨叹于汉奸和准汉奸的压迫捣乱，其实这不是中国的特产。要点在于我们能把大众组织起来，用集体的力量来制裁乃至消灭这些民族的敌人。

一二　利润和工资

关于金圆王国的资产者群对付劳工者群的种种伎俩，以及劳工者群的反攻方法，我在前几期里已和读者诸君谈了不少，现在要谈谈金圆王国的利润和工资的大概情形。所谓利润是指雇主们的收入，所谓工资是指工人们所赚得的酬报。

在资本主义制度之下，工业的全部目的是替那些占有生产、分配和金融的机构的人们搜括利润、利息和租金。依资本家看来，工人们不过是供他们剥削的一大堆工具而已。所以他们对于工资，总是千方百计地减到最低的限度，只要能勉强顾到他们所要买的筋力、技巧和工作力，便算了事；工资的数量只是勉强能供给工人在执行工作上所需要的最低限度的粮食居屋罢了。遇着大量失业的时候，资本家有着大量的“后备”工人听他使用，就是这最低限度的工资也保持不住了，于是这最低限度的工资便被减到最低限度的下面去了。工人们要得到超过最低限度的工资，唯一的途径是由于坚强的组织和猛烈的斗争。这便是资本主义下的资方和劳方的阶级间关系的永远的基本事实。美国是资本主义发展到最高度的一个国家，这两方面的对立更是尖锐化了。

即在世界大战以前，在美国所谓繁荣的时代，美国全国里面最富的（连家属）只占全国人口的百分之一，而这百分之一的最富的人却有着全国财富的百分之五十九；其次小资本家（占全国人口百分之十二）有着全国财富的百分之卅一；最后是工业工人、农业工人和小店员的大众，占全国人口百分之八十七，所有的还不及全国财富的百分之十！在一九三三年的上半年，美国资产者群的收入，仅仅股票的官利和债券利息，即达卅万万金圆（$3,000,000,000），这种官利和利息的大量收入，不是由工作得来的薪水，只是由于他们的财产。据统计所示，全美国由于资本的占有而得到的收入（工资和薪水都不在内），有十分之九是被占全国人口百分之一的最富的人所得。上面所说的占全国人口百分之十三的资本家（最富的以及小资本家），都是坐享占全国人口百分之八十七的无产者群的劳力所给的利润。在最富的资本家里面，有五百十三个，称为“超百万”，他们的收入总数等于一百万工人所得到的一般工资的总数！

资本主义的工业和金融的全部机构都以替资产者群装腰包为唯一宗旨。当营业繁盛的时候，资本家从工人们所创造的价值里面榨取高厚的利润。一遇着经济恐慌，营业萧条，资产者一方面仍然可以榨取仍被雇用着的工人，一方面对于因受经济恐慌的打击而失业的工人，他们却可以丝毫不负责任。

我们从前常常听人谈起美国工人所得的工资是在世界上最优越的，但我们仔细看看实际的情形，便知道这是不正确的。据美国中央政府统计处的估计，一个美国工人阶级的家庭每星期的标准收入须有四十圆美金；即雇主私人机关由统计所得的标准，一个美国工人阶级的家庭每星期的标准收入也须有三十三圆美金。所谓标准收入，即他们认为最低生活水准所过得去的收入，在他们称为living standard。但即在美国繁荣的时期里，工人的实际平均工资，每星期也仅仅二十五圆，仍在资产者群自己的机关所认为标准收入之下。而且每星期二十五圆的平均收入，并不是大多数工人所能得到的工资，不过是最高最低的工资之平均数，而美国工人的工资有种种的差异，比任何国都来得复杂。只有少数的熟练工人——不超过全体工人十分之一的数量——在经济恐慌未发生以前，而且做得全部分时间的工作，才能每星期得到四十圆美金或略超此数的工资。而且这少数最高工资的职务包括衣业和建筑业的工人，而这类工人被雇用的时期是有时季的，或是不确定的，所以他们在实际上也并不能都得到全部分时间的工作做。这不过占全体工人中十分之一的算为最高工资的工人，便构成美国的所谓“劳工贵族”。传统的经济学者喜欢替美国高工资吹牛的，也是指着这占着全体工人中最少数的“劳工贵族”而言。但是在这少数“劳工贵族”之外的还有许多非熟练的或半熟练的工人，他们即在繁荣时代所得到的工资也低到饥饿的水准，却不是传统的经济学者所注意的了。至于女工的工资，还要比男工的工资低百分之二十五到百分之四十，有的地方有更大的差异。在男工和女工在一处做件工的地方，往往得到同等的工资，可见女工的成绩并不比男工差些，但是在女工特多的地方，或完全女工的地方，工资便比男工少得多。黑人做工人，无论男女，都比白种工人少。这十分之九的工人大众，即在繁荣时期，大多数的每星期工资都在二十五圆以下的，也就是都在标准收入以下的。这还是在繁荣时期的情形。自从世界经济恐慌发生以后，即属熟练工人，也有许多无工可做，往往不得不不迁就做无须熟练的工作，结果还是拿非熟练工人的工资。

因为有上面所说的那样的实际情形，所以有人瞎吹美国一般工资的怎样高，好像说的是“神话小说”（fairy tale）。还有一个关于美国劳工情形的“神话小说”，那便是喧传美国有很多工人都买了股票，做了公司的股东了，除了他们的工资外，也分享了工业上所得的利润！我们在上面已经说过，即在美国繁荣的时代，还有十分之九的大多数工人所得的工资，还在资产者群自己的统计机关所规定的标准之下，还有什么余力来买股票？至于那十分之一的“贵族劳工”虽有一部分买到所谓“雇工股票”，往往一人买着一股，每年分得六圆到七圆的官利，这样微细的数目，夹在大亨的动辄数百万数千万的收入，算些什么？但是竟有一些经济学者说美国工人也渐渐地做了资本家，这两阶层的界限要含混不清了，其实美国的劳工大众，除了出卖劳力以换得工资外，也没有其他的什么收入。

就是这出卖劳力所换得的工资，自从经济恐慌发生以来，发生所谓“减少工资运动”（Wage Cutting Drive），被一再的减少。一九二九年胡佛总统曾召开经济会议，特提出

“不许减少工资”（no wage cuts），但是资本主义的内在特质既是以雇主的利润为前提，到了倒霉的时候，只有牺牲工人利益的一条路，所以胡佛尽管提出好听的口号，而实际却仍然是免不了风靡一时的“减少工资运动”。最初还用间接的办法，例如加紧利用“赶快”法之类，后来索性放下面孔，公开地直接地大减而特减。据美国劳工统计局的报告，一九三一年九月十五日为止的一年，工人受到减少工资的影响，比前一年几增加四倍。减少的分量，据该局的报告，自百分之三至百分之五十不等。减少工资尽管下狠心地干，而同时对于利润仍然不肯放松。例如美国钢铁公司一方面于一九三〇年替老板获得九千万金圆的利润，于一九三一年替老板获得七千八百万金圆的利润，一方面却自一九三一年起把二十万工人的工资各减少百分之十。别的大公司都纷纷实行“减少工资运动”。他们对于“减少工资”的壮举，居然还有种种好笑的花样。他们强迫工人减少工资，还要硬用一个怪好听的名词叫做“自愿的减少”。有些部门的劳工律（例如铁道劳工律）规定，减少工资若干须经过仲裁的手续，倘若是“自愿的减少”，便不必经过这个迂缓的手续，可以很迅速地实行。工人靠一些工资活命，说他们“自愿的减少”，简直是笑话！尤其可笑的，称为“自愿”，实际上还是出于强迫而来的。例如Baltimore and Ohio R. R.（美国的一个铁道公司）有一次减少工资，先提出恐吓的建议，说如出于“自愿”，只须减少百分之十，倘须经过仲裁的手续，那就非减少百分之十五，绝不甘休，结果工人们两害取其轻，只得忍痛“自愿”了！这样一来，竟从工资里括下了二万万圆，公司公然宣言这笔款子是需要来付给各股东做官利的。

美国工人对“减少工资运动”反抗的重要方法，也是用坚强的组织和罢工的武器来对付。当然，他们的反抗不是一件简单的事情，因为无论共和党的政府，或是民主党的政府，乃至官僚化的美国总工会，都是和他们处于对立的地位。所以美国的劳工运动很注重所谓“坚决的英勇”（deteamined militancy）。

一三　金圆王国的劳动妇女

资本主义的社会本来就要使妇女居于卑下的地位，因为这样才于资本家们是有利的；主要的原因是雇主们要利用贱价的妇女劳动力来打击男子劳动力的价值；倘若妇女的劳动力和男子的劳动力得到同样的待遇，在雇主们当然要失却一种很重要的加紧剥削的机会。在工业上工作的妇女人数特别增加，这是二十世纪资本主义的一个特征。就美国而论，在十岁以上的有职业的（他们所谓gainfully occupied）全数里面，几有四分之一是妇女。在每九个有职业的人里面，就有两个是妇女。这些工作的妇女群众，自一八八〇年以来的半世纪中，在数量上增加了四倍；自一九〇〇年以来的三十年间，在数量上增加了三倍以上。自一九二〇年至一九三〇年的十年间，美国工作的妇女人数从八百五十万增加到一千零七十五万，共计约数几达一千一百万了。就这十年间说，美国的一般人口增加了百分之十六，工作的男子增加了百分之十五，而工作的妇女却增加了百分之二十六。由这些数字看来，女工逐渐取男工而代之的倾向是很显然的。凡是提倡妇女职业的人，对于工作的妇女人数的增加，似乎应该认为是一件可以欣幸的事情，但是在剥削制度存在的社会里，却另有一种意义。工作妇女人数的增加，并非由于提倡什么妇女职业，却是因为资本主义下的妇女劳动力出卖起来，要比男子劳动力的价钱低下，雇主们的唯一目的既是利润，凡是可以增加他们利润的工具，当然要无微不至地利用。

在这一千一百万的工作妇女里面，大概可分为两大类：一类是工资工人（即赚工资的工人，他们称为wage earner）；还有一类是专门职业的妇女，或可称为“高等职业”的妇女。在有职业的妇女里面，大概有十万人是处于经理或管理的地位，她们和资产阶级是特别接近的，有着密切关系的。但有许多教员、看护以及其他的专门职业的妇女，虽被称为“专业服务”（professional service），但在资本主义的社会里，她们在实际上也是属于工资工人的一类。在美国关于这样“专业服务”的妇女，现在约有一百五十万人。

在美国有职业的妇女里面，最大的数量——约有三百十八万人——是被雇用于所谓“家庭的和个人的服务”（除家庭里使用的女仆外，并包括在旅馆里、菜馆里和洗衣作里工作的妇女，原文为domestic and personal service）。据说这个数量比一九二〇年以前增加了一百万人。此外在农村里工作的妇女（这是指有工资可得的农村工作妇女，至于做农民的“家主婆”，虽苦做而无工资可得的，并不包括在内），约有九十万零九千人，这数量比一九二〇年以前减少了许多，因为有许多出身农村的妇女都跑到城市里去找工做，成了城市里劳工大众的一部分了。在各种商店里工作的妇女约有一百万人，在各机关担任书记和其他低级职员的妇女约一百九十八万六千人。在工厂里工作的妇女，即直接参加生产工作的妇女，约有二百万人（实数为一百八十八万六千人）。

以上共计起来，约达一千一百万人，在这里面荦荦大宗的是：在工业上工作的妇女约二百万人，在农业上工作的妇女约一百万人，约三百万妇女是参加工农业生产的职务。此外被雇用于“家庭的和个人的服务”者在三百万人以上，在各机关担任书记和其他低级职员者近二百万人，“专业服务”

者约一百五十万人，在各商店工作者约一百万人。

据一九三〇年美国人口统计里所记载，不被认为是职业的家主婆人数共达二千三百万人，其实这里面的最大多数是工人们的妻子，也就是工人阶级儿童的母亲，她们每天在工作上的担负也是很重的，虽则得不到什么工资。

看了以上的统计和工作种类的分析，对于美国的工作妇女应该可以得到一个概念了。但是以上所谈到的还只是美国的白种妇女的情形，此外还有二百万左右的黑种妇女也在职业界里混着，她们在工业上的位置在美国全部劳工阶级中是有着特殊的重要性的。她们尤其受着压迫；她们遭受到资产阶级的剥削，比任何其他的工人都来得厉害。她们做着最脏的最苦的工作，而所得的工资却是最低的。

其次我们可以谈谈美国的工作妇女所得的待遇。

关于妇女工作的时间，美国并没有全国一致的法律规定。至于各州关于这件事的法律，便有种种的差异，有几州的法律规定每日八小时，每周四十八小时；有几州的法律规定每日十小时；在别的几州里却一点儿没有法律上的限制。现在已定有八小时制的有十州，但法律上虽有这样的规定，雇主们违犯律令的却常有所闻。据美国妇女调查局（U. S. Women's Bureau）的报告，美国的工作妇女中有过半数每周工作在五十小时或五十小时以上，有五分之一每周工作在五十四小时以上。有五州（Alabama、Florida、Indiana、Iowa and West Virginia）没有法律规定妇女的工作时间。North Carolina一州的法律明白规定妇女的工作时间每周可达五十五小时。在无数的纺织工厂、纸烟工厂、制衣工厂、旅馆、菜馆、商店、罐头工厂、糖蔗田和棉花田里，工作的妇女每天要做十一小时或十二小时，有的每周甚至要做到七十二小时。各州有法律规定妇女工作时间的，并不是出于雇主们的自动，都是由于各该地的妇女工人有了较强的组织，用积极的斗争得来的。而且就是有了这样的法律以后，还要靠工人们自己有力量督察着执行，否则还是一纸空文，无裨实际，因为雇主们能想出种种方法来闪避或曲解，并且常常可和政府机关所派的视察员狼狈为奸，通同作弊的。例如Illinois一州有每日十小时的法律规定，但是最近发现有不少糖果厂的女工每天都做十一小时的工作，而且多做的时间没有工资，是白替老板们做的。据说雇主们自己有他们的妙法，有的叫女工们进厂后先做几时工作，然后才在工作计时器上打一下，有的在将离厂以前，预先在工作计时器上打一下。这样一来，便可以干着“掩耳盗铃”把戏了！在有些工厂里，索性由工头们替工人在计时器上打孔，用不着工人自己费心。有的工厂贿赂视察员，叫他三缄其口，不要揭穿。工人们不愿吗？失业工人多得很，尽听尊便，随时请滚！在剥削制度的社会里，为的是老板的利润，工人原是供榨取的，有什么话说！（有巩固组织的工人集团却有很大的力量和剥削者对抗，那是另一事了。）

资产阶级对于利润的获得是无孔不入的，有的工厂对于工作时间也许勉强酌减，但同时却想尽方法（如所谓“赶快”法）使工人在较短时间内做较多的工作，在他们美其名为增加效率，在实际却是特别加紧榨取的手段！例如美国饼干公司（National Biscuit Co.）在纽约所设的规模宏大的工厂便是一个显例，在那里雇用着许多的女工，要异常紧张的应着机器上连系着的转动速率工作，瞬息不能放松，甚至除了所规定好的一段时间外，到厕所去都不许。于是劳工运动的人们除反对长时间的工作外，还要反对“赶快”制的加紧剥削。在有许多纺织工厂，便有着因为这件事而实行罢工的。

每天要很紧张地跟着机器“赶快”地工作九小时，十小时，或十一小时，每周要这样拚命“赶快”五十小时或六十小时，这样的遭受着资本主义的尽量剥削，无论是男的或女的工人，他或她的一身血液终要被榨完的！在榨取的制度之下，资本家对于机器是要很注意于爱护的，因为这些机器是很昂贵的，是他费了钱去购置的，至于工人们很快地被用得筋疲力尽，乃至由此毁坏了他们或她们的健康，这在资本家是不在意的，因为在工厂门口有许许多多失业的工人候补着，他可以随时随意换用的。

在苏联，女工生产的前两个月，以及产后的两个月都有例假，在例假中工资照付，产后满了例假回到工厂，原来的位置还仍然替她保留着。这种情形在美国当然是梦想不到的。在这号称世界最富的金圆国里，没有一州的法律规定女工可在生产的前后有例假，在例假中可取得工资；也没有一州的法律规定女工于生产后回到工厂的时候，她原有的位置仍为她保留着。

以上所说的是关于工作的时间，其次要谈到工资。美国的工作妇女，至今还没有社会保险制度的保障，不但要全靠她们所得的工资来维持目前的衣食住等等费用，就是有了疾病，或是不幸失了业，以及到了老年做不动工作的时候，都全靠她们自己的挣扎。她们不但要靠工资来顾着她们自己，而且有四分之三的女工要负养家的责任（据美国妇女调查局的报告）。可是工作的妇女一方面有这样重的负担，一方面她们的工资却特别低贱，不能和男子的工资平等。有许多工业部门里面，妇女的工资少于男子的工资四分之一到二分之一；在有些工业部门里面，甚至少到二分之一以下。在美国有三州（即Massachusetts、New York and Illinois），关于女工的工资做过较有系统的调查，据他们调查的结果，妇女工资比男子的工资少百分之五十至百分之七十五。试以这三州中的麻塞邱塞为例，该州自负劳工状况在全国中算是好的，但就统计（一九三二）所示，每周工资在十圆以下的竟占百分之七十一。据该州劳工部一九三一年五月的统计报告，妇女工资每周有低至三圆或四圆的。据该报告说，每周五圆、六圆或七圆，是很普通的现象。在劳工待遇和一般生活尤其落后的中国，听着这样的数字，也许不感觉得有什么大不得了，但是一想到美国的生活程度，便知道这是很严重的情形。据美国柯罗来都州工业调查团（Colorado State Industrial Commission）的调查，一个单身的妇女每周最少限度的生活须有十七圆二角，在这里面租金占到四圆，膳费占到七圆七角。一个五口之家的每周最低限度的生活，维持着所谓“健康而过得去”（health and decency）的预算，须有四十圆，这里面还没有贮蓄和教育费可得。但是在全美国，女工的平均工资没有达到十七圆的。加利福尼亚州关于这方面的法律被人奉为全美国最好的了，所定的最低限度的每周工资也不过是十六圆（号称最低限度，在老板们却视为最高限度了）。在被称为世界最富的城市——纽约，据纽约福利会（Welfare Council of New York）对于工作妇女们的警告，说倘若她们每周所得的生活费不及二十五圆，最好还是离开这最富的城市。他们的意思是说在生活程度特别高的地方，工资仍然是那样的微薄，妇女们是很有堕落的危险的。美国大城市卖淫妇女的充斥，这也是一个很重要的原因。

在世界经济恐慌发生以后，说来可怜，就是那样微薄的待遇，在失业的妇女们，还有求之不可得的苦况。在美国一千六七百万的巨大失业群里面，据估计有三百五十万失业的妇女。失业对于妇女的健康和精神上的恶影响，较男子为更甚。在最初，失业的妇女在饥饿中无法可想无路可走时，比失业的男子多一个方便之门——虽则是一个很凄惨的方便之门——那便是出卖身体！在她们通常叫做“到街头去”

(going on the street)。换句话说，便是卖淫的代名词。我在美国曾到几个工业中心的城市去看看，据同去视察的美国朋友说，有的地方的女工就靠着夜里“到街头去”来津贴生活费，但是把身体当商品出卖，在这样的年头，也不免和其他的商品遭同样的命运，“到街头去”的妇女一天一天地增多之后，出卖也就渐渐地艰难起来了。听说在前两三年，“一度春风”要美金五圆的，后来减到三圆，后来又减到两圆，最近已减到一圆半！所以就是这一个凄惨的方便之门，也渐渐地不方便起来了！这是资本主义社会里的工作妇女的最后命运啊！

但是在这惨然的气氛中却有着一线曙光，那便是美国的工作妇女已有整千整万英勇地参加争取自由的斗争。她们参加罢工的斗争，和军警的枪杆、流泪弹，作奋不顾身的抗战。她们参加工人纠察队（在美国劳工运动中最常听到的一个令人兴奋的名词，他们叫做picket line）比男子还要认真而勇敢。在美国劳工运动中有位七十三岁的老女将，大家叫她做“卜鲁尔母亲”(Mother Bloor)，有人看到她参加斗争时的英勇奋发，问她：“疲倦吗？”她的回答是：“疲倦吗？这不是我们疲倦的时候。我们才在开始啊！”这可说是美国现代妇女争取自由的象征。我在美国遇着不少这类前进的老幼妇女，我感觉得美国的劳工运动乃至新社会运动的前途有着无限的光明。而“娘子军”实为这伟大运动中一大队很重要的生力军！

一四　金圆王国的劳动青年

上次我和诸位谈过金圆王国的工作妇女，现在想接着谈谈金圆王国的劳动青年。

在资本主义的国家里，女工和童工都是老板们增加利润的好工具，因为女工和童工的劳动力是可用特别贱价买到的。这种情形，金圆王国当然也不能例外。在美国的男女劳动青年，年龄在十岁和十九岁之间的约有五百万人，其中在十六岁以下的约有一百万人以上，在十四岁以下的约有三十五万人。在二十岁以下的工厂工人约有一百四十万，其中有二十六万为纺织业工人，二十万为各种金属工人。在二十岁以下的担负繁重工作的农业工人约有一百六十万人。在二十岁以下的矿工工人约有十万五千人，其中有八万三千为煤矿工人。此外还有年龄在二十岁和二十四岁之间的青年工人，散布于各项工业部门的，约有六百万人。在青年工人中，男子约占三分之二，女子约占三分之一。总上共计，美国的劳动青年约有一千一百万人。这样大的数量，在美国劳工运动上占着很重要的位置，那是很显然的。

在这里面，尤其值得我们注意的是在二十岁以下的五百万劳动青年，因为这一大队的劳动青年被老板们所雇用，做的尽管是和成人做的同样的工作，而所得的工资却远在成人工人的工资之下，老板们所榨取的利润就更多，也就是这数百万劳动青年被剥削的程度更深刻了。资本家利用强壮的劳动力来增加利润，工人的年龄达到四十岁，就有被一脚踢出的危险，所以在美国劳动界有所谓“四十的死线”（deadline of 40）。有许多工人都害怕“四十的死线”，因为在这样的年龄被歇业，要想再另找一个啖饭之地，是很困难的一件事情。女工的“死线”就更近，据美国妇女调查局的报告，女工大概到了二十九岁，就嫌老了，在日报招工广告上看到的女工年龄的限制，往往说明只要“十八到二十五”的年龄。被歇业的年龄较大的工人怎样能活下去，那当然不是老板们所愿闻的。自世界经济恐慌发生以后，这更成了老把戏。例如福特所办的汽车厂，一方面停歇整千的年龄较大的工人，一方面却把十二岁到十八岁的青年工人增加了几倍。

这在福特大老板并不讳言的，因为他反而可以把提倡“职业教育”自豪的。他办有艺徒学校，在校里训练一星期，在厂里工作两星期，这样轮流着干，十二岁的孩子每小时的工资只须一角半钱。这些孩子一到了十六岁，便被派到各部分去和正式工人一同工作，而工资却可特别地低廉。别的汽车工业资本家虽没有福特那样的热心提倡“职业教育”，但是也很热心于停歇年龄较大的工人，雇用十八岁、十九岁和二十岁的青年男女，所出的工资可以比原来的减少三分之一。这在雇主们的利润方面当然是很有益处的！

我们常听见有人羡称“德谟克拉西”的美国对于义务教育的普及，可是依他们的统计所示，年龄在七岁和十四岁之间的儿童不能入校的，还有二百八十万人；其中有许多已加入了童工的队伍里，靠着血汗换来的低微的工资，来补助家属的生活费。（关于美国的教育，当另有一文详述。）我们又常听见有人羡称美国的补习教育的发达。在他们有所谓“继续学校”（continuation school）在我国也有译做补习学校的，有不少教育家津津乐道，称赏不置的。其实在榨取制度存在的社会里，所谓“继续学校”的真正的意义，只是在每周原应享受五天求学权利的男女儿童，这样一来，只能有一天用于求学，其余的时间都须用来赚得低微的工资，替雇主们增加利润！虽在许多州的法律里面，规定好儿童准许离校和工作的年龄限制，但这种法律常被违反，常被借口种种例外，不受律文的限制。例如在波斯顿的希勒伏特（Schrafft）糖果厂是世界上规模最宏大的糖果厂之一，未成年的女孩在未离校以前，就被雇去工作，在厂工作一星期，每周所得工资不到十二圆，再回校上课一星期，号称“实习”，实际是用种种“赶快”法榨取青年女子的劳动力，就是该公司的当局也说这些女子学习一星期后的工作成绩，可和寻常工人学习六个月的成绩媲美，但是她们的工资当然比寻常工人少得多，这在希勒伏特的老板在利润方面当然是无上的妙计了。

这些备尝资产阶级剥削的劳动儿童，在家庭里面的时候，原来就没有得到适宜的营养，因为他们的父亲所得的工资被一再的减少，根本就没有力量顾到儿童的适宜营养。所以在他们被“赶快”法榨取以前，在体格上就有了种种的缺憾。胡佛总统时候开了什么关于保护儿童的会议，他在这会议里公开承认在美国的四千五百万个的儿童里面，有六百万儿童的营养不足，有一百万儿童的心脏虚弱或有病，有三十八万两千儿童患着痨病，还有其他等等的毛病，总计起来，至少有一千万个儿童是有着缺憾的。这些在身体上有着缺憾的儿童当然都是出身于工人大众的家庭的。等到儿童们在工作上受着剥削以后，情形当然更坏了。在美国纽约，有个人寿保险公司调查在“继续学校”就学，自十四岁至十七岁的儿童，这些儿童除用一小部分的时间在补习学校里面，其余的大部分的时间当然都用在工作上面。据该公司检验的结果，在所检验的两千七百个劳动儿童里面，平均每七个儿童里面还轮不到一个是没有体格上的缺憾的。其中有五分之一是因为营养不足而重量不及格的，有五分之三是有齿病的。此外如坏的视力、鼻病、不发达的胸部、松弱的肌肉、心脏虚弱、痨病等，都是很常见的。据说营养不足往往直接引到肺痨病，对于儿童的影响比成人更大，此外加上长时间的工作，肺部原未完全发达的儿童，俯着继续工作，也容易患肺痨病。据美国痨病协会（National Tuberculosis Association）儿童健康部主任所报告，自十五岁到二十岁的时期是最易患肺痨病，也最易患心脏病，因据统计所示，在这时期里这种病的死亡率较其他时期特高，尤其是儿童要在校外工作，过于疲劳，更易引起这个情形。除肺痨病和心脏病外，在工业的工作上还有一种很严重的病症，叫做铅毒（lead poisoning），对于劳动青年也是特别危险的。据在纽约州十五处铅工业的调查，自十六岁到十八岁的男女青年工人里面，竟有百分之八十八都受有铅毒。据医师的意见，在十八岁以下的青年男女，都不宜于从事铅工业的工作。但是医师尽管这样说，雇主们的注意力是集中于利润，这在他们是不值得顾虑到的。

疾病对于劳动青年的残杀还是慢性的，伤害是更激烈的残杀。自从工业生产的速率增加以后，工人在工作上的伤害事件也随着增加起来。在纽约州十六岁以下的劳动儿童因工作时受伤害而送命的，一九二九年比一九二八年多至百分之五百六十七（567%）！在一九二九年，有一千两百个劳动儿童在工作下受到伤害，这纪录还只是一部分，因为有许多比较小的伤害连纪录也没有。又例如在伊利诺爱州（Illinois），经报告公布的在十八岁以下的劳动青年在工作上所受的伤害，在一九二九年有一千一百十三人之多，比一九二八年多一百五十九人。在用电力推动的机械旁，在这个州里原有法律禁止十六岁以下的青年工作，但是据所报告的伤害事件里面，有三分之一的受到伤害的劳动儿童，就是由于这类的工作。在康奈惕克特（Connecticut）有一个十五岁的劳动儿童，当机械正在迅速转动的时候，他的工作任务须把皮带从一个滑车上取下。他不幸在工作的时候身体被震撼得向前仆，两个臂膊都丧失掉！他虽得保全了残废的身体，但从此已不能再工作了，厂方给他的赔偿只是每星期六圆半，而且仅以十年为限。叫这样小的童工做这样危险的工作，原来就不应该；因此以致终身残废，只得到这样微薄的赔偿，而且只有十年，难道只许他再活十年，十年后不死又怎样呢？这又是老板所不愿想到的事情了。这种随手拈来的事实不过是金圆王国里许多劳动青年所受到的待遇的一个例子罢了。有几州虽也定有保障青年工人的法律，但在资本家方面却尽管继续不断地违反着。在有几州里面，法律上明明不许十六岁或十八岁以下的青年做某种有危险性的工作，但在事实上仍有这样的劳动青年受到这类的危险。有些律文上就附有例外的规定，替雇主们开着方便之门。有些地方，厂主就老实和地方政府的视察员通同作弊。大家心目中要的是钱，别的什么都可以不管！有十五州的法律规定，凡属非法被雇用的男女儿童，受到伤害的时候，得不到寻常工人所应得的赔偿利益。这在表面上似乎是要使儿童不再受非法的雇用，但在不得不靠工作糊口的儿童，愿不愿原已不能自主，资本家反而利用这个法律，在平日利用贱价的儿童劳动力，一旦儿童受着什么伤害，他反而不必拿出什么赔偿的费用，因为根据法律，这儿童根本就享不到这种权利。另有七州的法律对于这类赔偿虽有规定，但是雇主们遇到这类的事件发生，总是要用种种方法推诿，多方留难，不知要费尽多少麻烦，才有一些希望。有四州（即Arkansas、Florida、Mississippi、South Carolina）对于任何受伤害的工人，在法律上都没有赔偿的规定，那就是做了工人，死是活该，劳动的男女儿童更不消说了。所以美国的青年工人的组织，对于社会保险的要求，也是很努力的一件事。

资本家所以要利用青年工人来替代年龄较大的工人，主要的目的原是要用更少的劳力成本来获得更多的生产，所以劳动青年所得的工资特别低微是当然的。例如上面所提及的福特所雇用的十二岁的艺徒学校的儿童，每小时就只有一角半钱的工资。就一般说，凡是寻常工人每小时须四角到五角半的工资的工作，在青年工人就只能得到两角半到三角半。

黑种的青年工人所得的就更少了，大概只能得到白种青年工人所得三分之一到二分之一的工资。自“减少工资运动”发生以来，劳动青年当然也受到同样的恶影响。据麻塞邱塞州的官方报告，青年女工的工资少至每周三圆和四圆的都有，普通的每周也只有五圆和六圆的。

虽在各州的法律上对于十六岁以下的童工都有禁止夜工的明文，但是在大多数的各州里，十六岁和十七岁的童工做夜工，仍为法律所许。在八州里，法律准许十六岁以下的童工每天工作九小时到十一小时，每星期工作五十一小时到六十小时。在本薛文义亚州里，十四岁到十五岁的童工有半数每星期工作超过四十八小时。

自从一九二九年世界经济恐慌发生以后，美国的失业人数达一千六七百万之多，劳动男女青年失业的也在四百五十万人以上，成了一个很严重的问题。别的不说，在全美国的监狱和反省院的犯人里面，就有百分之五十四是年龄在十八岁和二十四岁之间的青年。他们都是应该享有工作的权利而被压迫去做犯人的。不少失业的青年女子便被压迫着向卖淫的一条路上走。罗斯福对付一般失业男孩的妙计是大家所知道的所谓C. C. C.（全文是Civilian Conservation Corps，勉就字面上译来，或可称为“市民富源保藏营”），驱使许多十八岁到二十四岁的青年去做开荒筑路等等工作，做成人的工作，受低微的工资，每月号称工资三十圆，实际上则地方当局从他们家属的失业救济金里扣回二十二圆到二十五圆，叫他们各人须从工资里将此数送回家里去，自己只能留下五圆至八圆的零用费。这简直是替包工的资本家加紧剥削青年的劳动力，破坏劳工组织所争得的工资标准。他们在“营”里即学到一些手艺，但是一旦离开了，仍有许多要加入失业群里去。例如在纽约离开“营”以后的青年，只有百分之十四寻得职业，还有百分之八十六仍是走投无路！所以罗斯福所自以为得意的这个“妙计”，对于这个严重问题的解决仍然是不相干的。其实所谓C. C. C.一方面替资产者群获得价钱特别便宜的劳动力，一方面却另有一种公开的秘密，那就是对这些青年实行军事训练，准备第二次世界大战时，替资产者群参加再分割世界赃物的战争！

但是美国的男女劳动青年却不是坐待宰割的，近两三年来参加前进的政治组织，共同努力于实际斗争的一天多一天，一面努力于根本解决的社会革命，一面努力于当前要求的获得。关于他们的当前要求，重要的有如下的几项：（一）十八岁以上的青年都应该有一切的选举权。（二）废除十四岁以下的童工，现在已被雇用的这样的童工，应由政府拨款维护。（三）十八岁以下的一切青年工人，每日做工六小时，工资照全日例付给。（四）同等的工作须付给同等的工资，不许有夜工，不许做件工，不许做危险的职务，不许“赶快”。（五）在工厂中设立工艺学校训练青年工人，但这种学校须交由工人管理，对于受训练的青年工人须照常例付给全部的工资。（六）十八岁以下的一切青年工人每年须有四星期的例假，工资照给。（七）政府须为一切工人实行社会保险，包括工作上的伤害、疾病、失业、老年和生产（指女工）等的救济金；保险费须由工人管理。（八）青年工人每星期的工资不得少于二十圆。（九）黑种工人须享得同样的社会的、经济的和政治的平等权利。（十）现在用于准备军事和战争用的一切经费，都须用来救济失业，工人们共同起来反对统治阶级的黩武主义。他们积极地在争得当前要求的实现过程中，推动社会革命运动的前进。这是金圆王国劳动青年的最近动向。

一五　教会和劳工

在工人们反抗压迫的伟大运动中，教会在事实上所表现的总是利用它的势力和种种方法拥护权力在手的反动的统治阶层。在欧洲中世纪时，反抗封建亲王的农民革命蜂起，当时统治阶层用大残杀来压制农民革命的狂潮，就得到天主教和新教徒的领袖们积极的协助。在欧洲十八世纪和十九世纪时，逐渐抬头的布尔乔亚反抗地主贵族和专制政体的革命爆发，教会又和反动的势力携手，压迫新兴的运动。但是到了布尔乔亚成为统治阶层的时候，这阶层又和教会结成联合战线来应付逐渐抬头的劳工阶层。在苏联革命爆发以前和正在进行中的时候，俄国的各教会有四十万的牧师与和尚都做了反革命的代理人，拥护俄帝和反苏维埃的军队来压迫革命的工人。不但在以前的俄国有这样的情形，就是在今日，在一切的资本主义的国家里面，工人们对剥削者的反抗运动，也无处不发现教会直接和间接帮助资产阶级来压迫劳工阶级。我们如注意美国劳工运动的情形，便知道金圆王国里的教会和劳工的对立，也是不能例外的。

教会的教义和仪式便是很有力量的工具，在工人中间养成顺从屈伏的态度。他们教导工人顺应他的穷苦，因为这是“上帝的意志”；他们叫工人祈祷，祈祷他要忠心为雇主们服务，要对着在他上面的人自卑、服从。统治者建立有益于他们的社会秩序的规则，使他们所剥削的工人要服从他们的规矩，教会所倡导的超自然的势力，也是要使工人服从这种规矩，否则便有超自然的势力要责罚不驯的工人。他们把资本主义和它的法律实践等等，都认为是上帝的创造物，如有人要改变它，那便是“罪恶”！工人在资本主义榨取压迫之下，受着种种的苦楚，教会用种种方法引诱他们到教堂里去做礼拜，去祷告，用教堂里的宗教仪式和神秘的情绪作用来麻醉他，答应他将来在“天国”里可以得到幸福：这样一来，便可移转工人的注意力，使他不再努力来根本改革当前的实际境况。凡是那些“主的忠仆”（loyal servants of the Lord）和雇主们的忠仆，便都被答应可以得到死后的酬报；凡是那些要改变现状的人们，都被警告要受着未来的惩罚。工人们所受的许多苦痛，教会并不把这些事实归根于经济的和政治的原因，却认为是人类品性的“罪恶”（sin）！他们以为经济的和政治的改变是没有效果的，因为工人的受剥削，不是由于资本主义的过失，却是因为错误的人们“没有依照耶稣的定律做人”。他们以为工人们倘要快乐，只须“变心”，只须使“心由罪过里洗涤过来”，只须“拯救人的灵魂”！他们不愿想到人的生活是由于他的职业、他的工资和他的这些事实所允许的环境所决定的。教会的说教，却偏要说在经济和政治的制度能被改变以前，必须先改造个人才行。他们这样的主张不但不合于科学的事实，而且是有意破坏人们对于改变经济和政治制度的努力。

教会用着“罪恶”的说法，除广播其麻醉的作用外，同时也还用这种说法替统治阶层张目；因为他们把闲暇和快乐都看作“罪恶”，把工作的本身，无论是怎样劳苦，怎样无报酬的工作的本身，说得怎样的光荣。例如一九一〇年美国的基督教会（Episcopal Church）发表过劳资关系报告，就这样说：“现在有许多人闹着劳工的解放，有许多这样的话被某种社会主义的著作和演讲所倡导，所根据的胡说都是以为工作只是一件坏事，只要赶紧完了，俾得有着更多时间来多求快乐……我们教堂的使命便是要对付这样的胡说；基督教的理想是把服务当作自愿的工作，当作给与人生以价值的东西，我们便要倡导这种理想来应付上面的胡说。”这种说法就表面看来，似乎是在推崇工作，其实在榨取制度存在的社会里，这便是替剥削者群张目，认为替剥削者群拚命工作是人生最高的目的；在这样的烟幕弹下面，长时间的工作和非人的经济生活，反而是成全了工人的美德！

明白了上面所解释的观念，才不致诧异美国有好些雇主把基督教直接灌输到他们的工厂里面去。例如美国制造业全国协会（National Association of Manufacturers）的会长爱恪吞（John E. Edgerton），他自己是腾纳西（Tennesse）的羊毛业制造资本家，对于工会组织是死对头，而且是童工的残酷剥削者。在一九三〇年有一次公开演讲，就当众这样招供过：“我很觉得自豪地对诸君说：我的工厂里自有了早祷的实行后，在经济方面有极妙的效果。工人们比数年前没有祷告制度以前，货物的生产量好得多了！我们现在几于非基督徒不用。我们用着这样的方法，使我们的工厂不发生烦扰的事情。”这几句话在这个资本家觉得非常高兴的报告，但是他利用宗教来增强剥削，是谁也不能否认的。

教会在美国（在其他资本主义的国家也一样）所以成为统治阶层一个很有力的宣传工具，尤其因为它们的麻醉势力的确是很大；依统计所示，在一九三一年，美国各教堂的教徒竟有五千万人之多！美国资产阶层感觉到这个势力之大可利用，有一件事实很可证明，那便是他们对于各教堂的捐助特别地慷慨。例如华尔街的巨头摩根便捐出很多次数的巨款给基督教会，洛克佛勒不但拿出七百万圆美金在纽约建造了一个很宏丽的教堂，而且捐出巨款来印刷祷告书（book of common prayer），又捐了好几百万金圆给教会学校和其他的宗教机关。就统计所示，在一九二九年的一年中，美国的新教教会（Protestant Church）所收到的捐赠，竟有五万二千万圆美金之多（$520,000,000）。即就美国二十三万两千所的教堂房屋一项而论（其他财产的教堂投资尚不在内），就值四万万金圆之多。在一九二六年的一年中，各教堂的费用就达八万一千七百万金圆（$817,000,000），其中只有极小的部分用于他们所谓“慈善事业”。在下列一表中，可以看见美国较大的宗教派别在一九二六年所有的教堂财产和费用的大概：

教堂派别	教堂财产价值 （金圆）	费用 （金圆）
罗马天主教 （Roman Catholic）	$ 837,271,053	$ 204,526,487
美以美会 （Methodist）	$ 654,736,975	$ 152,151,978
浸礼会 （Baptist）	$ 469,827,795	$ 98,045,096
长老会 （Presbyterian）	$ 443,572,158	$ 87,535,390
基督教会 （Episcopal）	$ 314,596,738	$ 44,790,130
路德派 （Lutheran）	$ 273,409,748	$ 59,500,845
大学会 （Congregational）	$ 162,222,552	$ 25,820,342
犹太教 （Jewish）	$ 97,401,688	$ 19,076,451

其实这些教会并不是什么“精神的”（spiritual）机关了，它们的本身就是很有势力的很富有的资本主义的大公司，因此它们特别卖力于维持资本主义，这是它们自身的

经济背景决定了的。这些教会的巨额财富，不仅是由资本阶层来的，而且有一部分还是由工人们用血汗换得的工资里面来的，因为这些工人也怪可怜，他们不知道各教会是他们的雇主的很卖力的代理人，对于他们的解放是有着很大的阻碍作用。

此外在美国出版的宗教的日报和杂志在七百种以上，销数共计在一千一百万份以上，把教会的反动的势力扩充到许多家庭里面去。它们的重要作用都在潜移默化读者对于资本主义的权威发生敬崇的心意，对于抗争的态度认为是反社会性的，认为是反“上帝的意志”的，使大众受它们的麻醉和欺骗，阻碍工人们对于不合理的社会制度作反抗的运动。

自世界经济大恐慌发生以后，美国整千整万的工人失了业；就是那些勉强保留着工作的工人，他们的工资也一再地被资产阶层所减削；因此劳工运动更有长足的进步，工人和雇主间的斗争也一天天更尖锐起来了。在这实际的斗争中，美国的教会更大显其伎俩，积极展开它们欺骗工人的策略，直接间接利用它们的宏大的势力，为资产阶层效劳。各教会的当局和其他的资本主义的代言人一样，在经济恐慌发生的初期，他们想尽方法来保持大家对于繁荣的幻想，否认有什么不景气的存在。后来经济恐慌一天天深刻化起来，幻想无法再保持了，老板们为争取利润起见，发起“现在就买”（Buy Now）的运动，使剩余的货品能尽量地多销，有好些教会竟也帮助这些运动的进行，公开宣言倘若不参加“现在就买”的运动来“铲除经济恐慌”，那也是“罪恶”！他们并未梦想到有许多在饥饿线上滚的工人没有钱来“就买”，尽管怎样用“罪恶”来恫吓他们，还是没有用的。美国的天主教各主教曾联合宣言，把失业归咎于“缺乏善意”（lack of good will），归咎于“对于耶稣的忽视”（neglect of Christ），于是他们所主张的补救的方法是要“革心”（change of heart）！全然由于资本主义的生产状况所造成的局面，他们却一味地归咎于人类品性的罪恶！有好些教会当局便乘着失业恐慌的机会，极力提倡减低工人的生活标准。有一位很著名清教徒牧师竟宣言“只须信仰耶稣，把全身付托给他，便会自愿地耐苦工作，对于现在所要求的种种权利都会自愿抛弃了”。这真是资产阶层求之不可得的对于工作的好训词！所谓“救世军”，也曾经利用资本家的一些捐款来施舍给失业工人，办着“面包队”（等于中国的贫民施粥），以和缓失业工人的反抗，失业工人排列起来，站在“面包队”里鹄候着领受一些度饥的面包的时候，便看得见贴着的标语，说“不景气是由于浪费，不诚实，不服从上帝的意志；是由于道德品性的总崩溃”（Business depressions are caused by dissipation, dishonesty, disobedience to God’s will; a general collapse of moral character.）！照他们的意思，这些失业工人真是苦得活该！为什么呢？谁叫他们既“浪费”，又“不诚实”，甚至“不服从上帝的意志”，弄到“道德品性的总崩溃”！这样看来，他们只有去怨自己的“罪恶”，绝想不到是资产阶层的剥削榨取，这是多么好的策略呢？这样替资产阶层洗刷得多么干干净净呢？“宗教是人民的鸦片”，的确有它的“意想不到的效力”！

教会对于工人的失业恐慌有两个主要的贡献：祷告和施与。空口说白话的祷告，当然啰，既不能变出面包来，也不能变出职业来。但是引诱失业工人到教堂里去祷告，却有着一种很重要的作用，那便是使这些往教堂里跑的工人的注意和痛恨从他们受苦的真正的原因——资本主义制度——上移转出来，使他们觉得这个局面的变换全要靠“上帝的力量”（power of God）。这样对于超自然的信仰，很容易使得工人不再努力于巩固工人的组织，把此事放在他们自己的手里，由他们用集体的斗争来取得。这样对于超自然的信仰，可以模糊工人们的正确的认识，认识他们必须奋斗来改善他们的境况；认识他们要根除贫穷和失业恐慌的苦痛，必须在造成了根本的改革和推翻了资本主义之后，才有可能。

教会的惯技，除用祷告来转移工人的目标和认识外，同时并采用怀柔的政策，遇着雇主们的“施与”发动的时候，也帮同劝人捐款来加入，因为他们很知道“施与”是缓和反抗的最好的工具，也就是阻碍革命斗争的最好的工具。他们只须从雇主们的整千整万的利润中分出一些些来“救济”工人的饥饿，便可使工人易于受着他们的欺骗，踌躇去参加革命的行动。他们而且把工人家属要到教堂里去做祷告，作为“施与”的交换条件，这样一来，使更多的工人归到他们的麻醉势力之下。

遇着有罢工事件发生的时候，教会总是站在雇主方面来压迫或欺骗工人的。这不足怪，因为金钱有牵着他们鼻子走的能力。雇主们赐给他们以财产，替他们建立教堂，雇用牧师，付给薪水，帮助其他关于教堂的费用。资产阶层对教会和牧师有着指挥的力量，为着他们的利益作尽量的利用，这如同他们利用所卵翼下的学校和教师，尽力养成对于资产阶层效忠的态度一样。在美国劳工运动的进行中，教堂帮助资本家压迫工人斗争的事例不可胜数。例如一九一九年，西雅图的总罢工，有一百个教会的代表正在该处开会，竟发出宣言痛诋工人，认罢工为不当，认为“一切社会问题只须很简单地应用耶稣的精神和教义”，同时想尽方法使工人中是他们的教徒的不要参加这总罢工，极力破坏他们的集团力量。在本薛文义亚和伊利诺爱两州的矿工工人许多次的罢工，工人集团总须用大部分力量来对付当地教会牧师的破坏阴谋，引诱工人屈服于雇主减少的工资恢复工作。在南方许多次的纺织工人的罢工里面，教会帮助雇主来破坏工人的联合战线，也是异常卖力，无微不至的。在美国还有些号称“基督教社会主义者”（Christian socialist）虽也批评资本家，但却主张“阶层间须有更好的了解”，主张工人须本着“基督教的弟兄情谊”（Christian brotherhood）和资本家合作，反对工人的英勇斗争，实际上是替资产阶层放烟幕弹，阻碍革命的前途。

一六　美国劳工的社会保险

社会保险（social insurance），是当工人遇着伤害、疾病、死亡、失业、生育或老年的时候，由政府负责资助，使他们获得安全的保障。在一个国家里面，关于这种种保障的计划采行了多少，对于劳工阶层的需要能够供给到什么程度，那就要看这个国家里劳工阶层有着怎样好的组织，来为着这些要求作积极的英勇的斗争。例如在苏联，那国家是完全由工人和农民（贫农）所管理的，在那国家里的工业已不是为着少数人的利润而进行的了，所以他们已经有了比任何其他国家都来得周到的社会保险制度。对于这社会保险的管理，完全在工人的掌握中，完全适合于劳工阶层的需要，是以全国为范围的劳工保障制度的一部分。每个人自生出到死去的过程中，他的福利都是这大众的国家所直接关心顾到的事情。女工在怀孕时期就有产妇疗养院负照顾的义务；在产前和产后都各有八个星期的例假，工资完全照付；产母和婴儿都有医生和看护妇照料着；产后八个星期，重到工厂工作，在工作的时候又有托儿所代为养育看护；无论工人自己或家属有病，医药费都无须自己拿出来；较久时间的疗养，还有休养所等的设备；每年有若干日的长期的休假，工资照付；此外对于失业、伤害、疾病、老年、死亡等，都有相当的保险规定。（关于苏联对于劳工大众待遇的详细情形，可参看拙著《萍踪寄语》第三集。）当然，这是因为苏联是努力于社会主义建设的国家。这样完备的社会保险制度，在任何资本主义的政府下面，都不能有的。但是在任何地方，只须劳工阶层有着较强的组织，对于资产阶层多少可以争得某些权利，英国和希特勒未得势前的德国，都是较著的例子。我现在要谈谈美国关于社会保险的运动，请先略述美国劳资两方对立的大概情形。

美国的资产阶层对于政府的机构有着完全的统治权，反动的力量是很坚强的，对于劳工阶层争求权利的种种表现，当然是用尽方法来压制的。工人里面有比较前进的，对于革命运动特别热心的，那就更受到严酷的压迫，把他们的名字列入“黑单”里面去，就可以断绝他们的生路，这种“文明”国里的野蛮办法，我在以前的通讯里已说过了。美国的人口大半是由欧洲各国移民去的，除东方人是向被歧视的以外，其他即同属白种，他们也还有派别，把最初移来的盎格鲁-萨克逊人看得特重，把后来逐次移殖的拉丁等民族，统称为“外产”（foreign born），工人中的“外产”特别多，遇着他们里面有参加工人解放运动的，往往因为是“外产”，就被驱逐出境（他们所谓deportation）。“黑单”和驱逐出境，是美国资产阶层恫吓工人的常用工具。至于他们对付在南方几达九百万人口的黑种工人，压制他们的解放运动，那就格外惨酷，简直是无法无天，一个道地十足的恐怖境界！（记者曾到美国南方作较详的考察，以后当有较详的叙述。）资产阶层对于劳工阶层的解放运动所以这样压迫抑制，无所不用其极，唯一的目的当然是要保持他们对于利润的榨取。据赖塞逊教授（Prof. William Leiserson）的估计，自一九二九年至一九三一年间美国工资的低落共达二百二十万万金圆之巨（$ 22,000,000,000），理由是世界经济恐慌发生，失业和“工资减少运动”的尖锐化，工人们便活该被推到饥饿线上去！但是经济恐慌尽管经济恐慌，即在一九二九年经济恐慌降临的这一年，美国资产阶层所分得官利就达到卅三万万金圆以上（$3,343,104,000），他们所分得利息总数也达四十一万万金圆以上（$4,109,952,000）；这两项合计起来，竟在七十四万万圆以上！一九三〇年经济恐慌更尖锐一步，但是据统计所示，美国资产阶层所得的利润比一九二九年的数量更要多！我们如把这两方面的情形比较一下，便可以概见美国资产阶层和劳工阶层对立的形势；而美国劳工界努力推进的社会保险运动，也是从这种对立的形势中开展的。

讲到社会保险，在目前美国工人所感到尤其直接而重要的，要算是失业问题了。失业和资本主义是结着不解缘的。美国失业者数量的可惊和失业者的家属在饥饿线上打滚的严重情形，记者在以前通讯里已说过大概了。即在美国号称“繁荣”的时代，每年的平均失业人数也在二百万人到二百五十万人之间，成为工人的“后备军”。这“后备军”的美名，当然不是准备替工人阶层打天下，却是准备给资产阶层供剥削的！许多大公司对于他们的机器、厂屋以及存货，都另拨专款来作保险之用；对于老板们的官利等等的支付，也早早就准备好；但是讲到工人，便适得其反。这在老板们当然是很有理由的。资产阶层对于房屋、设备、存货等等，是投入了数百千万圆的资本的，这几件东西如有损失，对于他们的利润是有着直接的关系，所谓有着切肤之痛的。至于整批地开除工人，却可以省下大量的工资，而且使劳工界常有若干“后备军”供给随时任意的掉换，“工资减少运动”也易于进行，这于资本家的直接利益不但是无害，而且是有益的。即在“繁荣”的时代，有若干工会替失业工人争得一些失业救济金的，真属少数的少数，据说受到这种失业救济金的工人大概不过十万人，只占全部工人千分之三强；而且这种救济金有的全出于工会的支出（间接也就是参加该工会工人的全体的支出），有的是工人们拿出一半，雇主拿出一半而凑成的。由这种种办法而给与的失业救济金仅占原有工资中的一部分，至多付至六个月为止，六个月以后的死活便有冤无处申的了！其实大量失业并不是由于工人们自己有何过失所致，失业的保险金原就应该全部由雇主拿出来，不应该还要叫工人自己来凑出一部分。但是就是这样不公平的办法，能享受得到的，仍不过像上面所说的那样少数中的少数的工人。此外大多数的失业工人就只有苦上加苦，最初多方的负债，把所有的一些东西都典质一空。在资本主义社会的兜售术原来是很高明的，他们有所谓“分期付款”的办法，你保寿险或买房子，都可以分期付款，上了这样圈套的工人们平日千省万省的几个血汗钱，失业之后，“分期”的款子无法付足，以前已付的款子便被一笔勾销，完全被掠夺了。劳工阶层中较前进的部分不愿屈伏于这种残酷的待遇，组织起来要求工作或失业保险，做资产阶层工具的政府便多方压迫，甚至用武力来强制。

除工人们所急切需要的失业保险外，有许多工人被雇主认为“太老”而打破饭碗的，也是工人们所很关心的一个问题。所谓“太老”，其实并不算老，但是因为资产阶层对于工人劳动力的榨取方法太厉害，用“赶快”法来加紧榨取，使工人可被雇用的年龄也加紧地缩短，一方面因为失业群的锐增，雇主们不怕没有多量的青年劳动力供他们驱使，一方面认为这些工人们不能再经得起加紧的榨取，当然要被撵出门外了。所以在经济恐慌未发生以前的时候，工人们所担心的所谓“死线”，是从四十岁至四十五岁，在世界经济恐慌发生以来，“死线”的限制更逐渐地加紧了。据说女工到了三十岁左右，便有被歇业的危险，因为那时她的精力已被榨取得差不多了！属于这一类的不幸的工人，说他们老吗？也不能算真老，但在雇主们看来，却已不够榨取了。

在美国约有六十个工业的公司（大部分是属于公用的事

业，例如铁路公司、电灯公司和电力公司等），对于他们所雇用的职工，有一小部分给与养老金，条件当然很苛刻，要在尽了二十年或二十五年继续不断的“忠诚”的职务之后。大概有十万左右工人受到这样的养老金待遇，平均每年都在五百圆之下。这在美国的生活程度，已是很苦的了。工人们对于这种计划的管理方面，当然没有参加或发言的权利；谁应该享到这种待遇，完全由雇主们任意决定。

美国现有二百万以上的年逾六十五岁的男女工人，在体力上无法再做工，够不上雇主们“赶快”法的榨取，更不消说，有几州的政府给与很可怜的度饥费，而且因种种苛刻的限制，受得到这样微薄待遇的不过几千人。此外的便须乞助于私人的慈善机关，最后只得待毙于“穷人院”。这“穷人院”他们称为poorhouse，望文生义，可以想见其内容。这“穷人院”是由公家维持的，在美国每年用于这类“穷人院”的经费竟以万万圆计，有这样大的经费而“穷人院”的内容仍然是那样苦，要等到没有私人的慈善机关可去才到那里去待毙，这是因为各地方的政客从中中饱的缘故。

上面说过，有几州对于年老工人的养老金也有着法律的规定，但条件都很苛刻，以少用一文为得计。例如加利福尼亚州在这方面自认是很好的，但规定每天至多不得过一圆，要在该州做过十五年的公民，而且要住满十五年，在七十岁以下的还享受不到。纽约州在一九三〇年也通过老年救济金的法律，也是要在七十岁以上的才有享受的可能，并且须在纽约州做过十年的公民，住过十年的时间，没有儿子或孙子（即中国人所谓绝子绝孙！），而有法证明是一无所有的。以号称世界首富的金圆王国，工人做到老所得的待遇竟这样的惨酷，使人愈感觉到劳工的问题只有在工人的国家，即政权完全拿到工人阶层自己手里的国家，才有根本解决的可能。

其次要谈到美国工人所受到的“工业的伤害”（industrial injuries）。美国工人每年在工作上被伤害和死亡的确数，没有全部分的统计可作根据。有几州对于损害定有赔偿法律的，多少有些统计上的参考。据有些专家的估计，美国工人每年在工作上受损害而致死亡的有两万三千人，有的说有两万五千人，有的最高的估计说有三万五千人。这样看来，美国工人每年因工作送命的总在两万人以上。此外每年约有十万人在工作上受重伤，其中至少有四分之一使工人终身残废。据美国保安会（National Safety Council）一九二九年六月的估计，美国工人全年在工作上所受伤害，轻重共计约有三百二十五万人。这些可惊的数字，还仅指直接受到的伤害，至于因在毒气、煤气和有害的尘埃中工作而逐渐受到的伤害，还不包括在内。因职务而受到的伤害，这在工人和他的家属，当然受到很严重的打击。美国有若干州，对于工人受到工业的伤害，有不完备的赔偿制度，他们统称为workmen's compensation。当然，和别的劳工律一样，在资本主义国家里，工人的赔偿律也是处处为雇主和保险的利益着想，对工人加上种种苛刻的限制。工人在平日全靠工资过活，一旦受有伤害，残废到不能再做工，而受到的赔偿却只是工资的一部分。在九个州里的规定，最高的赔偿金只占原来工资百分之五十；在另外十三州里，最高的赔偿只占原来工资百分之六十六零三分之二。这还是指全部残废的说，至于只受到一部分的残废，那就更低了。在任何有这类法律的州里面，赔偿金的支付并不是从受伤的日期起，总有所谓"等候的时期"（waiting period），一星期，十天，两星期，不等。此外还要受到种种的留难，手续非常麻烦，有的因为公司方面有着特别狡猾奸险的律师替雇主想出闪避的妙法，受害的工人就是这微薄的卖命钱，也往往得不到手！

关于疾病方面，美国工人生了病，不但工资被扣，医药费也要自己出。他们虽有若干慈善性质的医院，但不仅施与的服务是很草率的，而且也供不应求。据统计所示，美国工人每年生病的近三百万人，其中有二十五万人是生着六个月以上的病，十万人生着一年以上的病。生病较久的连饭碗都要打破，不但是工资被扣而已。

在美国的工资劳动者，每五人里至少有一个是女子，每十个劳动妇女里面至少有四个是出嫁了的。在黑种的劳动妇女里面，几有一半是出嫁了的，因为黑种工人的工资更是低微，所以出嫁的女子更不得不自食其力。在资本主义的社会里，劳动妇女除工作外还有种种家务的麻烦，在生产前后更是劳苦。美国劳工阶层的婴儿死亡率四倍于资产阶层的婴儿。

在这种状况之下，近两三年来由美国最前进的政党的领导，社会保险运动已在积极开展了。他们主张社会保险的经费应完全由政府和雇主担负；对于工人的失业、老年、生育（指女工）、寡妇、疾病、伤害、残废等，都须有保险的切实办法；应受社会保险款项的工人，不应仅受度饥的微薄救济金，应得等于一般工资的数量；关于一切社会保险经费的管理权，都须从雇主阶层的手里移到工人们直接选出的工人委员会主持。他们深信要使资本主义的政府允许实施这样的社会保险计划，非经过劳工阶层的激烈斗争，决不是轻易可以得到的。他们的第一个步骤是全国工人大众的总动员，和资本主义的顽强势力斗争。这种斗争，近二三年来已弥漫于全美国了，就是最顽强的南方，也已被这伟大的势力侵入了。我们随时可以听到美国各处有整千整万的“饥饿队”的示威运动，甚至有各队集成“全国饥饿队”（national hunger march）往华盛顿的国会跑，提出失业保险的要求，和阻挠的军警格斗，也是这个斗争的一部分。每一次受到统治阶层的爪牙的军警压迫，便更使他们减少对于现统治者的幻想，更坚强他们的斗争决心。他们这种斗争，非得到最后的胜利，是决不会停止的。

一七　德谟克拉西的教育真相

记者在上几次的《忆语》里，接连谈着美国的劳工现状和劳工运动的情形。关于这一方面，将来叙述到在美国南部和西部所考察的事实，尤其是做全美国劳工运动先锋的西岸码头工人有声有色的斗争，再要提出来研究研究；现在想转换一个方面来谈谈，就是关于美国的教育。

讲起金圆王国的教育，在他们的统治阶层说来，向以“德谟克拉西”的教育自豪的。我国的留美学生里面，有不少受着金圆王国的传统教育所麻醉的先生们，也随声附和，把这所谓“德谟克拉西”的教育捧得天上高。记者这次在美国略为仔细探察其真相，觉得“百闻不如一见”，全不是这一回事！无论“西”也好，“东”也好，美国的教育在事实上已到了走投无路的境域了！

“德谟克拉西”尽管有种种的解释，但至少应该是平民化的，是大众化的，我们试先就这一点看看美国的教育怎样。在表面上说起来，美国的义务教育有九年，有六七年的小学和三年的初中，都无须学费，市立的高中和州立的大学也有很多无须学费，利润的掠夺者便说美国的教育确是“自由而平等”（free and equal）的了。但在事实上占着大多数的劳工界的儿童仍然得不到平等的机会，他们仍受着经济的逼迫，不得不提早离开学校。据美国教育局（U. S. Bureau of Education）一九三〇年的报告：不能读到第六级的儿童占百分之十，即每十个入学儿童里面就有一个儿童不能读到第六级；不能读到第七级的儿童占百分之十四点二，即每七个入学儿童里面就有一个读不到第七级；不能读到第八级的儿童占百分之二十五点二，即每四个入学儿童里面就有一个读不到第八级。这还是指已入学儿童而言，已达学龄而完全被摈于校外者有二百二十八万人。至于中学和大学的教育，劳工界的儿童就更难有机会受到了。试举一个全由市办教育的工业区的垦姆顿（Camden在纽杰西州）为例，据该城督学一九三二年的报告，每一百个入小学的儿童，只有十三个毕业于中学；就美国一般论，还有许多区域不及垦姆顿。所以哥伦比亚大学的康资教授（Prof. George Counts）也曾经根据实际研究的结果，说美国公立的中学几完全是为着上层人的子弟而设立的，他得到这样的结论：“公立的中学，最大部分是更富有的阶级的子弟在那里就学。这样看来，我们用着公款来办中学，徒然使那些在社会上已经占有特权地位的阶级享到更多特权。穷人也出着钱来为着富家子弟办理中等教育……”他的话很值得特别的注意。用社会上的公费来办着无须学费的公立中学，这在表面上是多么堂皇而值得羡慕的事情！但在事实上，虽有许多公立的中学无须学费，其他膳食、衣物、书籍等等费用，还是大多数人的子弟所出不起的，结果是捐税一样地出，而子弟教育的机会仍然不平等，反而用着大众的款来办只有富有的子弟能入的中等学校！至于大学，那离“德谟克拉西”当然更远，据一九三〇年的统计，全美国已达大学年龄的青年，入大学的不及百分之十。这种情形，经济恐慌愈尖锐化，也随着每况愈下了。

经济恐慌愈益尖锐化之后，不但工厂、磨坊、矿山，纷纷关门，许多学校也随着纷纷关闭起来。自一九三二年秋季以后，各州因学校纷纷关闭，失学儿童的人数大增。据一九三三年四月的统计报告，一九三三年二月里，在九个州里关了一千二百五十三个学校，因此失学的儿童达十一万九千余人。以后别州也陆续依法炮制，学校关闭到二千个以上，失学的儿童逾五十万人。同年十一月底的美国教育局报告，十六个大学，一千五百个商业学校和专门学校，也关门大吉，有许多地方的公立学校也要收学费了，有一万五千个农村学校（影响一百万的求学儿童）把校学时期缩短，每年上课不及六个月。近一两年来共已关闭了多少学校，虽还未见有公开的报告，据美国教育界的朋友谈起，至少关了五千个以上的学校，几百万的儿童因此失了学，社会上失学的呼声和失业的呼声闹做一团！据哥伦比亚大学师范院莫特教授（Prof. Paul Mort）的估计，美国现状使学龄儿童失却就学权利的总在九百万人以上。这现象不能不算严重的了。大众为什么会失业？因为要牺牲大众的生存权利来保持资产阶层的利润制度；大众的儿童为什么会失学？也因为要牺牲大众儿童的求学权利来节省经费，也就是来保持资产阶层的利润制度。

以上所说的还是美国的白种儿童，黑人占全美国人口十分之一，而黑种儿童受教育的机会就更少了。无论在南在北，对于黑人总有着种种的歧视，尤其利害的是在南方的十七州和哥伦比亚特区（District of Columbia）。虽在黑人占人口中最大多数的大区域，每个白种儿童的教育费一百圆，每个黑种儿童的教育费仅派得到二十五圆。黑种儿童的学校每年往往只得到两个到六个月的就学时期，他们所得的学校设备和师资，当然是非常的恶劣。一九三三年以后的黑种教师的每年薪金，有的只有一百圆，过的简直是非人的生活了！（一九三〇年，黑种教师每年的平均薪金为三百圆，在美国已经是苦不堪言的了。）在这种状况之下，黑种儿童的文盲当然比白种儿童多。据一九三〇年的教育统计，在南卡罗立纳州（South Carolina）算为最进步的查尔斯顿郡（Charleston County）里面，有三分之一的十岁以上的黑人是文盲。尽量压低黑人的教育程度，这原是白种统治者的一贯政策，他们以为这样可以避免黑种劳工和白种劳工联合起来对他们进攻，可以使他们对于榨取黑种劳工更容易些。

在号称提倡“德谟克拉西”教育的金圆王国里，就在所谓繁荣时期的一九二八年，十岁到十七岁的儿童被驱出校外，不得不加入童工队伍者在二百万人以上，其中年龄在十岁和十五岁之间者近七十万人。这在利润掠夺者方面是有利的。因为可得到不少贱工的“后备军”，供他们的尽量榨取。但是资本主义制度的内在矛盾，弄到生产过剩，童工也逐渐要加入失业队伍里去。一九三二年美国儿童调查局的报告，说有二十万到三十万的青年，年龄在十二岁和二十岁之间的，已无家可归，在街上瞎混着，人数一天天增加起来。同时《纽约时报》的教育主笔芬雷博士（Dr. John H. Finley）也在无线电播音演讲中承认，说仅在纽约城一处，已有年龄在十六岁和二十岁的两万青年过着“野兽的生活”（living like wild animals）。经济恐慌愈尖锐化，这种“野兽”更多了。

一方面“野兽”群尽管扩大，一方面达到学龄的孩子却仍然在那里推陈出新的出来。据美国公立学校的统计，自一九三〇年至一九三四年，美国学校儿童人数仍增加了六十七万五千人，而教师的人数，在此期间，却减少了四十万人。于是资产阶层剥削劳工所用的“赶快”法，也采用于教育界了。每教室的学生人数尽量加多，有的竟增至一百人，塞得满满的，座位不够，就坐在窗口上；教员的教课钟点增加，有的每天要教到六七小时，还要加上课外的工作。工作特别加重，而所得的报酬是欠薪或减薪！所以你在美国遇着他们的教师，谈起来总是一肚子的牢骚、愤慨！

更加倒霉的当然是失业的教师。据纽约失业教师协会（Unemployed Teachers Association of New York City）一九三四年的估计，纽约一城的失业教师至少有一万人，美国全国失业的教师至少有二十五万人。不但一般学校，就是高等学府的先生们，也不免遭到同样的厄运。据史立希特教授（Prof. S. H. Slichter）一九三三年的报告，就他所调查的八十七个高等学府而论，被开除的讲师就有一千五百人之多。失业的教师和失学的儿童竟在号称世界首富的国家里相映成趣！在世界首富的城市纽约，曾以五千四百六十四位的百万富翁自豪于世，却仍无碍于做他们面团团腹便便的富家翁！

他们开除教师的标准却也很妙，是专找那些富有革命性的先开刀。有些教师看到种种不平的情形，奋然起来组织，领导斗争，最先被开除的当然要轮着他们。在各大学里面，年龄较青的讲师和助教等，大概都比较的富于前进的思想，对于当前的社会状况多感不满，对于替统治阶层麻醉青年的教育多存着反对的态度，开除的机会到了，他们当然是最先轮着的。我未赴美以前，在苏联游历时就遇着一位旅伴，是美国某著名大学的心理学讲师，他虽然还未被辞退，但因为他的思想比较地前进，原定合同将要期满，知道满后必无继续的希望，所以很想能在苏联找得一个位置，告诉我种种关于美国大学的腐败情形。我到美国后，亲自视察所得，都证实了他的话语。美国有一点和我们中国倒也相像，那便是在大学里做了多年的老教授，在社会上有了些地位，便暮气沉沉，最怕改革，对于当权的统治阶层和他们的代理人，往往存着拍马或拥护的态度，成为反动派的心肝宝贝，在高等学府的当局（大概都是位尊多金，做惯了反动派的热心爪牙）宁愿多多开除年青、有为的讲师，来多多保留那些尽量传播毒素的活死人的老“学者”，这几乎成了美国高等学府的一般空气了。

资本主义的社会，为巩固他们的利润制度起见，金融资本家和大商人等，对于教育也是要尽力抓在他们的统治势力下面的。美国的著名作家辛克莱尔在十几年前著有《鹅步》（*Goose Step*）一书，叙述统治阶层和他们的代理人怎样控制教育：大学董事部的人物怎样是他们的走狗，大学校长怎样做他们的工具，新思想的输入，怎样受他们的压迫，教材的内容怎样麻醉青年。其实这本书还是可作为美国现今高等教育的写真。（当然，在另一方面，在各大学里已有为他们所无法根绝的革命思潮的侵入，见下文。）不但大学，一般学校都被统治阶层，也就是资产阶层，作为麻醉青年的机关。在学校里“公民科”（civics）是必修科，但对于美国政治社会的现实都不许说，对于各本地的腐化政治更不许讨论到，只一味教青年如何崇奉美国现有的制度，掩盖着一切可羞的事实。这和在一味投降屈伏的现实中大唱礼义廉耻的调调儿可谓殊途而同归。有时有些比较明白的教师稍稍暴露真实的情形，那饭碗就在打破之列！在二十世纪的科学时代，关于科学上的事实，凡与宗教有碍的部分，美国仍有许多州都定有法律禁止学校里教授的。最显明的例是在腾纳西的司谷部斯事件（Scopes Case）。在那里有一个生物学教师因为敢在校里教起进化论，不但打破了饭碗，而且被送到法庭去审判！其实这也不足怪，因为“宗教是人民的鸦片”，是养成“顺民”的好工具，谁要破此藩篱，在资产阶层统治的社会看来，当然是大逆不道，不该把这种“危险”思想输给青年，也是天经地义的！

但是现实的矛盾，常使统治阶层心劳日拙，反抗的怒潮已一天天的在汹涌着了。几百万失学儿童，几十万失业教师，无数的受着欠薪减薪而工作无限加重的教育工作者，这种种好像埋伏着，待发的炸弹，不是空言麻醉，或强力压制所能消灭的。失业的教师已无法容纳，而各处师范院每年造成的教师又层出不穷，无法得到位置。他们的教师，在毕业后原有三年的试用时期（three-year probational period），在这试用时期，薪金不及正式教师，现在各处的教育当局却妙想天开，等到这试用期满，纷纷借口停职，再另雇低薪的“试用”教师！他们本来也有所谓任期保障律，但法律尽管有，要想法规避，还是不怕无所借口的。但是这样的敷衍办法，对于失业教师的组织和斗争，当然是火上添油，更扩大了他们的反抗势力和决心。

自从一九二九年（经济恐慌开始）到一九三四年的五年间，在美国毕业于中学和大学的男女青年已达七百万人（美国教育局长苏克博士的公开报告）。这七百万男女青年里面，在这五年间得到职业的不出三分之一，而且就是这三分之一得业的，也只是低微工资的一部分时间的工作。换句话说，在这五年间，有超过四百五十万的男女青年踏出学校就加入了失业群，所朝着的前途仍然是一团漆黑！纽约有个最大的百货商店叫做美西（Macy），很阔绰地出着低微工资用着大学毕业生做小店员。每遇着该公司的雇用部招工的时候，在门口列队自荐，鹄候数小时待见的大学生们，总是一两千人。我几次借口买东西，曾和这里面的由大学毕业生而做店员的青年男女攀谈。有一位医科将要毕业的大学生，忙着开写几毛钱的杂货发票，我笑问开发票和开药方的意味差别怎样，他耸肩笑着说道：“没有办法！”有一位哥伦比亚大学历史科毕业的女生派在该公司书报部开发票，我和她说过几次，她说得有趣：“我不敢多想，多想就要出毛病！”店员当然也是有益社会的职业，不过他们学非所用，却是无可讳言的。在这种状况之下，各大学里的革命思潮当然是一天天的高涨着。现在最前进的青年所主持的全国学生同盟在各校的分部便是主持并推动这新运动的中心。我在美国遇着不少这里面的青年领袖，以后有机会还想谈谈。

一八　杂志国

提起美国的定期刊物，我们很容易想到美国所出杂志的繁多和销数的巨大，很够得上“杂志国”的徽号，在其他资本主义的国家，也许没有和它比得上的。仅就纽约一处而论，在该处出版的他们所谓“普通杂志”（popular magazine），就有九十种之多。这九十种里面，有周刊，有半月刊，有月刊，每期销数统算起来，共达三千五百万份！在这九十种的刊物里面，有六十四种是用粗糙报纸印的（他们叫做pulp），取价特廉，广布的力量也特大。这六十四种里面有三十八种是由五个大公司出版发行的，可见金圆王国里不但金融资本集中，出版业也有这同样的倾向。这六十四种的杂志内容，大概可分为四大类：即（一）恋爱，（二）侦探，（三）西方探险，（四）战争和飞行。这些杂志只登载小说，但是在小说里面即含着麻醉大众的很厉害的作用，使读者于不知不觉中受到很深入的影响。例如关于恋爱的刊物，取材特别注重于描写穷苦的女子怎样交上了好运，嫁给富人，一旦大享其福。当然，这是中心的旨趣，另外还要加上许多有声有色的悲欢离合的动人的经过。这类文字显然是为着许多在工厂，和商店里工作的苦女子，以及在各种机关里薪金微薄的女职员而写的；在事实上，这些女子也占着这些杂志的最大多数的读者。她们读着那样空中楼阁的情史，读着那样因嫁着富人而得到的胜利，羡慕的情绪使她们想入非非，只恨自己的命运不好，或存着侥幸的希望，对于现实的斗争和苦痛的真正来源，都一概好象陷入了五里雾中，糊里糊涂地过去。就是青年男子看了，也只觉得富人的可羡，以为唯一的出路是各人要各自想法去发财，对于被压迫者要团结起来斗争这一回事，是不会想起的了。关于西方探险的材料，把美国掠夺红人土地，开发西方的故事说得怎样勇敢，怎样光荣，极力推崇个人的英雄主义，使一般人看了感到惊奇有趣，分散他们对于当前的阶层斗争的注意力。关于战争和飞行的材料，便极力推崇黩武主义，极力主张压迫少数民族。在侦探小说里面，也处处可把这些反动意识的毒素包含进去。这类杂志对于整千整万的劳动阶层中人所传播的麻醉作用，在美国的革命方面是一件很严重的事情，也是美国最前进的政治组织所注意的一个重要问题。

总销数不及上面所说的粗糙报纸刊物，但个别的销数却大得多的，有三种刊物，每种的销数每期都在二百万份以上。这三种都是周刊，另成一类。它们的内容有小说，也有专论，约各占一半的篇幅。一是《星期六晚报》（*Saturday Evening Post*），每周销二百七十余万份（2,737,527）；一是《柯立尔周报》（*Collier's*），每周销二百二十余万份（2,219,155）；一是《自由周报》（*Liberty*），每周销二百一十余万份（2,193,527）。在欧洲各国，日报每期销到二百万份以上的还有，至于定期刊物如周刊之类，每期销数在二百万份以上的便没有，这可算是美国的一个特色。在表面上看来，刊物有这样的巨大销数，似乎是一国文化上的一件幸事，可是因为握在资产阶层的手里，作为麻醉大众的工具，却成了革命运动中所要应付的一个问题！像上面所举的三种周刊，每星期的总销数便在七百万份以上，它们最多的销路是在美国各城市的下层的中等阶级，在出版界占着很重要的位置。《星期六晚报》，在中国知道的人也不少，但注意到它的反动性质的人，也许还不多。上面的销数是一九三三年的统计，在那时候，《星期六晚报》在三种最流行的周刊中销数最多。这个周报对于劳工阶层和苏联都存着敌视的态度；它公然地反劳工，激烈地反苏联。在已往的几年里，对苏联攻击诬蔑得最卑劣的文字，便有好几篇是出现于《星期六晚报》。不过有一点却很值得注意，那便是据最近的趋势，《星期六晚报》的销数已逐渐往下跌，被比较“开明”（liberal）的《柯立尔周报》取而代之。记者在以前的通讯里曾经提及，美国近两三年来，革命运动已有着很迅速的进步，反动派所主持的顽固守旧的刊物，尽管有长久的历史，也不得不受着销数锐减的影响，也是这种进步的一种表现，所以说很值得我们的注意。据美国很熟悉于出版界内幕的朋友所谈，《星期六晚报》虽在销数上受着锐减的挫折，仍决意不变它的反劳工的态度；倘若此说果确，该报以后只有一步一步跑上自掘坟墓的一条路上去，因为美国的革命运动无疑地是要与日俱进，决非任何旧势力所能始终压抑的。

有逐渐取《星期六晚报》而代之的《柯立尔周报》，也有着相当的历史；该报在美国内战后即已创办，中间经过数次的变迁，自一九二〇年起，在内容和文字的技术上都采用聪明的办法，于是逐渐风行起来，大有在“三巨头”（Big

Three）里面执牛耳的气概。它所发表的专论和小说，都是用非常畅达易读的文字来写成的，据说这至少是该报所以风行一时的一个理由。关于内容方面，它避免反劳工的态度，对于苏联也常有比较同情的文字。当然，这只是它从营业上设想，不得不迎合读者的心理，并非由于主持者对于时代的使命有正确的认识；这只要看它对于罗斯福的似是而非的所谓“新政”（New Deal）仍在那里捧着，便是一个很显明的佐证。但是无论如何，它比“死硬派”的《星期六晚报》，在一般人看来，总算“开明”得多，所以便在这一点上，逐渐把《星期六晚报》挤下去了。

在“三巨头”之中占着第三把交椅的《自由周报》，在内容方面比较地“低级”，所登的小说大概都是迎合“低级”趣味的，但是在专论和社评方面，却含有很浓厚的反动的毒素，所以在美国也是最危险的反动刊物之一种，因为它麻醉大众的势力也不小。主持这个周报的麦克佛登（Bernard Macfadden）便是一个著名反动份子，对于美国的革命运动极尽其摧残的能事。当记者在美国时，看到该报几个月里较近的言论，已公然替美国的法西斯运动张目；在麦克佛登自己署名的社论里，居然叫热心革命运动的美国青年为

traitor！（这个字在中国的译语便是所谓汉奸。）这个周报在表面上用的方法，对于法西斯，也表示不满，说这是“大老板”们的独裁；同时对于社会革命运动，当然攻击得更厉害，表示极端反对普罗阶层的独裁。该报表示不要“大老板”来管理，也不要“普罗”来管理，所要的是维持现有的“德谟克拉西”，说要由中产阶层来管理。他们不问美国的现制度的大权完全在“大老板”们的手里，要维持现有的“德谟克拉西”，也就是要维持现状，在事实上即等于卫护他们在表面上所反对的“大老板”们的独裁。所以这种刊物的实效，也在破坏革命运动方面。戴着假面具的反动宣传，麻醉大众的力量更是危险。就美国革命运动的立场看来，《自由周报》和赫斯特（William Randolph Hearst，美国最反动的一个报界大王，当另作一文叙述他）的报纸以及法西斯的刊物，实在可以归在一类里面去。

以上所谈的美国杂志是最流行于下层民众和下层的中等阶级的刊物。此外关于主要的妇女杂志，销数之广也很可惊。这些妇女杂志都是月刊，约有七八种，每种销数，每期都有二百万份到二百五十万份之多。其中尤其著名的有《妇女家庭月刊》(*Ladies' Home Journal*),每期销数达二百五十余万份(2,567,064);《妇女家庭伴侣》(*Women's Home Companion*),每期销数也在二百五十万份以上(2,557,450)。这些妇女杂志的内容,大概都是关于家庭、烹饪、服装等的小说和专论,虽没有什么反动意识的显著宣传,但是仍然迎合布尔乔亚的习惯和成见,要希望它们能促进妇女们对于社会问题的认识,当然是不可能的。

除上面所说的妇女月刊外,还有一般人看的贱价的月刊,其中尤著的有三种:一种是《美国人》(*American*),销数达一百八十万份(1,806,069);一种是《国际化》(*Cosmopolitan*),是赫斯特的刊物,销数达一百六十余万份(1,656,860);还有一种是《红书杂志》(*Redbook Magazine*),销数达七十余万份(714,044)。内容大概偏重于小说、游记和关于电影的文字。它们虽不显然讲到政治的问题,但在描写方面常常表示美国大多数人民(?)生活程度的高,"普通"(average)美国家庭都有两辆汽车和一切近代化的物质享用等等,和所捏造的苏联工农生活比较,借此证明美国民主政治和资本主义的优点。这和我国有些留学美国的"学者"对于美国大多数劳动者的实际生活熟视无睹,大吹美国工人都有做资本家的机会一样！这在怪可怜的中国留美“学者”，也许是受了美国资本主义教育的麻醉作用，至于这些有意造谣或歪曲事实的杂志，那显然是他们的阶级意识在那里推动的。

在美国有一类叫做“新闻消化的刊物”（news digest publications）内容是对国内外的时事及评论作有系统的叙述。关于这一类，有两种很重要的周刊：一是《文汇周报》（*Literary Digest*），销数达九十六万余份（962,953）；一是《时报》（*Time*），销数达四十四万份（440,056）。这两种“新闻消化的刊物”里面，以《文汇周报》的历史较久，资格较老。该报素以公正自居，在表面上对于每个问题的各方面都装做面面顾到，无所偏私，其实在字里行间还是处处袒护着特权的阶层。在“公正”的烟幕下作祟，尤其是有着危险的势力。该报在比较下层的知识分子、中等学生和大学生里面，颇受欢迎。《时报》在骨子里是存着“反劳动阶层”的偏见，但在表面上也学着《文汇周报》，以“公正”自居。该报很受中等阶级以上的职业界中人所欢迎。在文字方面常用冷嘲热讽的态度攻击苏联。讲到文字的技术方面，《时报》很可以作“美国代表型的新闻学”（typical American journalism）一个例子。换句话说，它能利用极流利畅达的文体和显豁明了的编法，把世界的新闻写成编成极易读的材料，尤其是合于“疲倦的商人”（tired businessmen）的需要。关于这一些，它和《柯立尔周报》有异曲同工之妙。抛开它们在意识上的反动作用不去说它，这种文字上和编辑上的技术，却值得我们研究新闻学的人们的注意。

关于美国的杂志，从他们的新的社会运动方面看，占着很重要位置的有三种周刊。一是《民族》（*Nation*），一是《新民国》（*New Republic*）。前者销数每期有三万五千余份（35,581），后者的销数虽没有公开的宣布，但大概和前者相近。这两种周刊，在我国也略有销路，可算是美国最前进的“自由派”的刊物，它们的销数在美国杂志界看来虽是渺乎其小，但在促进新运动的效力上却很不小，因为知识界都很加重视的。此外有一种后起之秀的周刊，名叫《新大众》（*New Masses*），是最前进的革命组织所主持的，极得革命青年的拥护。它的销数每期虽是不过二万七千份左右，但是它的迅速推广必然地要随着美国革命运动的进展而俱增的。我在苏联游历考察时，眼见许多同行的美国青年旅伴时在异常亲切地盼望着接阅由美寄来的《新大众》。遇有寄到的时候，我总看见他们围着看，津津有味地谈论着那里面的内容，我觉得这实在是“他们自己的”杂志了。后来我到了美国，在各处所遇着的前进的男女青年，都是该刊的热心读者，更觉得该刊在美国的新运动方面有着不小的势力。我在纽约的时候，曾到该报社去看看，看见他们办事的男女都是热心于美国革命运动的青年，尤喜询问中国革命的现势，那种一见如故，殷勤恳挚的态度，使我们得到很深刻而愉快的印象。

最后还有一种杂志值得提到的，名叫《今日的中国》（*China Today*），是极表同情于中国民族解放斗争的一班美国人所组织的中国人民的美国朋友社所办的。这个社原称中国人民之友社，后因有人造谣，说这是在美国的中国人自己干的把戏，其实确是同情于中国革命的美国人组织的，所以索性改用现在的名称。《今日的中国》月刊就是该社所办的。依该刊的名称，一望而知是专评述中国问题的。我到美国后，才知道美国比较前进的分子，对于中国的民族解放斗争实具有非常深厚的同情和希望，对于中国革命进展的最近实况，尤富有探询和研究的浓厚兴趣。他们所知道的关于中国的重要消息，大概都由《今日的中国》得来。我曾由美国朋友的介绍，和《今日的中国》的一位编辑畅谈。他对于中国革命的热诚，对于中国民族解放的迫切的热望，简直使我感到惊异而惭愧！他认为中国的革命成功必然地要影响到全世界的革命运动，也必然地要影响到美国的革命运动，因此他们对于中国的革命运动具有异常诚挚的希望。我在他的谈话中看到他们关心中国的事情，比一般的中国人实胜过千百倍。他们给我的印象，是使我更深切地感觉到中国的民族解放斗争，在世界上绝对不是孤立的；我们在这方面实有伟大力量的无数的友军！

以上所谈关于美国杂志界的最近趋向，已略具梗概。本来关于美国的日报，也可以连带谈到，但因为美国的新闻事业有专篇介绍的必要，所以要留在下次再谈。

一九　美国的新闻事业

在欧洲，常有一种或数种通行于全国的权威的日报，例如英国伦敦的《泰晤士报》，便是全英国各处注意政治研究的人们所要看的一种报纸。在美国，我们却找不到有这样通行全国的日报。美国的《纽约时报》(*New York Times*)，它在美国新闻界的地位，固然和英国的《泰晤士报》相类，但是它只流行于纽约附近一百五十英里的范围内。我在纽约的时候，《纽约时报》是每天要看的几种日报里面不可缺的一种，后来往南游，往西游，在离开纽约较远的地方，即在大城市里，也不易寻得这个报，至于在较小的城市或农村里，根本就一份也寻不到。芝加哥是自命“世界上最伟大的报”(the world's greatest newspaper)《芝加哥论坛报》(*Chicago Tribune*)所在地，也成为美国新闻业的一个中心，但是它所流行的区域也不过是附近一百五十英里左右的周围。我在美国游历经过芝加哥，在芝加哥的时候，它当然是我每天看到的一种报纸，但后来离开芝加哥，路程渐远，也渐渐和这个报难于见面。除纽约和芝加哥外，美国新闻业的中心还有华盛顿、旧金山和爱特兰塔（Atlanta），都有这样的情形。美国新闻业和英国新闻业所以有这样的异点，原因大概是由于英国的资本主义在全国各处都发展得比较地均匀；美国却在各区域有着不很平衡的发展，北方和南方不同，东方和西方又不同。例如在南方仍然存着黑奴的实际情形，日报的政策便含有更尖锐的压迫黑奴的内容。美国号称“德谟克拉西”的国家，但是资产阶层为着本身的利益，仍然不肯放松愚民的政策，在许多比较小的城市里，根本就只有当地的资产阶层所包办的或指挥的本地日报给当地的民众看，外面的报纸不许进来，等于我国军阀割据地盘的局面！我到过不少美国的小城市，乃至小村落，无法看到较大的日报，如《纽约时报》或《芝加哥论坛报》，只有各本地的简陋不堪的日报可看；看不看随你，要看就只有这样简陋的报可看！当然，在这种包办的日报里，你能看到的只是歪曲的事实和偏见的言论。可是在事实上，愚民政策却也不很容易。例如我和两位美国朋友游历美国中部和西部的途中，在许多地方，只能看到这样简陋的本地报纸，而我这两位前进的旅伴仍常能从字里行间，用他们自己的观点去看新闻。有一天，有一张这类的报纸上载着一段新闻，说美国的大富豪煤油大王洛克佛勒正在大庆祝他的九十六岁的生辰，在这一天，他得到的人寿保险费就有五百万金圆之多！这在资产阶层和他们的走狗们看来，是一件多么光荣和可以羡慕的事情！所以在报上大张旗鼓似的大载而特载，但在这两位朋友睁着眼睛凝望着这段新闻的时候，却愤怒着大骂其资本家的混蛋，作为他们讨论革命问题的材料！又遇着许多这类报纸上载着统治阶层压迫罢工工人的惨酷事实，这在统治阶层也许认为是可以“杀鸡给猢狲看”的威吓，但在意识比较正确的人看来，反而是促进劳工运动怒潮的材料。

美国的资本主义发展，事事以集中化闻名于世，就上面的情形说来，新闻业似乎是散漫的形式，而不是集中的形式，在实际却又不然。在美国的新闻业里最可注意的特点，是他们有所谓“联环报”（chain paper）即由一个大老板在全国各处办着许多报，在表面上是各地方的本地报，而在实际上却是统一在一个大老板的统治之下的。其中尤其著名，势力遍布全国的有两个，两个之中尤其规模宏大的是赫斯特的联环报。赫斯特是在美国最受注意的一个新闻业大王，但他却是最反动的一个美国革命的大敌人。关于他，我要另外再作一文来谈谈，此处所要提及的，只是他在美国新闻界所占的势力。他有廿七种日报，由美国东方的海岸分布到西方的海岸。除这许多分布于各地的日报外，他还发行十二种杂志。有人估计他的各种日报的读者，每天总计近一千万人；在每星期六那天，总计近两千两百万人。他的杂志的读者，每月合计起来也在一千万人以上。假如星期六的读者全数里面也有许多是常日的读者，约略计算起来，受到他的出版物影响的人竟达五千万人之多，这不能不算是一件很可惊人的事实了。次于赫斯特的联环报，还有一串著名的连环报，那是属于斯克里布斯—霍尔德（Scrips-Howard）的一派。这系联环报是斯克里布斯和霍尔德两人所创办的，前者已死，现由后者单独主持其事。最近我国各报登载史太林和霍尔德的谈话，很引人注意，就是这位霍尔德。他有二十四种日报，销数总计虽不及赫斯特的大，但在美国联环报中却占着第二把交椅。这两大系的联环报，内容和读者都各有其异点：赫斯特的报可说是小报化。我国近来小型报颇有进步，有好些已经跳出了诲淫诲盗的老套。但是我这里所指的“小报化”，却不是指好的方面，是指坏的方面。赫斯特的报，往往迎合低级趣味的社会心理，把男女的秘闻，强盗的行径，穷形尽相的描述与夸大，同时便在这种引人注意的技术里散布他的反动的毒素。一般人只喜看这样“小报化”的日报，不知道已暗中上了他的大当！他的报多数销在一般的群众里面。但斯克里布斯—霍尔德的报却装着较严正的面孔，用虚伪的自由主义，戴上假面具的“社会法西斯主义”（Social-fascism，即号称社会党或社会民主党，实际却在拥护没落中的资本主义），在烟幕弹下施展他们阻碍革命的阴谋。看这一系报纸的人，以知识分子如大学教授及学生等居多。就革命的立场看来，赫斯特一系的报纸是公开的反动——对内拥护资本主义，对外主张帝国主义，明目张胆，毫不客气地这样说；斯克里布斯—霍尔德一系的报纸却是隐藏的反动——在实际上是在赞助资本主义在国内的继续生存，帝国主义在国外的继续进展。前者是易于看出的，后者是较难于发觉的。例如霍尔德和史太林的最近谈话，在霍尔德所提出的几个问题里面，有一个是：“不必否认，共产主义在苏联尚未成功，国家社会主义已告建立。但意大利的法西斯主义与德国的国家社会主义，不是也宣称已经获得类似的结果吗！两方面的成功，不是都由于毁去私人利益与牺牲个人自由，为国家造福的吗？”你看他在表面上好象是在那里主张“毁去私人利益与牺牲个人自由，为国家造福”，而实际却暗在表同情于“意大利的法西斯主义与德国的国家社会主义！（？）”他又问：“先生以为美国民主主义与苏维埃制度的同时演进，可以相合，可以一致吗？”在表面上，他是在拥护“民主主义”，但是我们如仔细分析美国现有制度的实际情形，便知道他在实际所拥护的是什么了！

和这些反动的报纸相抗的，便是美国最前进的政治集团所主持的日报《每日工人》（*Daily Worker*，这是在纽约出版的，各地还有其他的关于劳工运动和推动革命的报纸，例如西岸的《西方工人》，即*Western Worker*等，都很重要，但规模以纽约出版的《每日工人》为较大）。《每日工人》上担任编辑和社评的记者，有几位都是美国新社会运动的言论界的权威作者，所以很得一般前进分子的信仰和重视。说到物质的设备，在目前当然还是不及根深蒂固的资产阶层的报纸，但是它近数年来却有着长足的进步，这是因为在主义的同情上有着无数的好友，尤其是在青年界里面。你在纽约的傍晚，常可看到街头巷尾立着售卖《每日工人》的青年，是些衣服整洁面目清秀的男女学生或青年；那些并不是靠此赚钱的报贩，却是自愿地于课余或业余，全尽义务来推广《每日工人》的同志或同情者！在反动最尖锐化的美国南部，资本家所雇用的私家侦探，或政府的侦探，只要查觉有人带有《每日工人》，就要逮捕，认为是“反动分子”！（自己反动却硬说别人是“反动”，这类怪剧大概不仅是美国才有罢！）但是我在美国南方游历的时候，仍看见前进的青年把房里的抽屉开着，里面放一份《每日工人》偷看着，津津有味目不转瞬地偷看着！他们或她们都要从这里面寻得正确的消息和正确的言论，虽有被捕入狱遭受拷打的危险而不顾！这种热烈的态度使我不禁发生很深的感动。

就以上所谈到的大概情形，可以看到美国的新闻事业显然分为两大阵营：一方面是资产阶层的代言人，一方面是劳工阶层的代言人。前者是替日暮途穷的旧社会挣扎，后者是替方兴未艾的新社会运动冲锋。

其次，我想提出几个特殊的日报来谈谈；在谈论几个特殊的日报里面，也许还可以反映出美国新闻事业的一些特殊的情形。

纽约为美国新闻业最重要的中心，就他们资产阶层所办的日报而论，倘把尖塔做譬喻，最大多数人看的报做塔底，报的内容愈严肃，看的人比较地愈属于上层分子，离塔底也渐远，在塔尖地位的是属于他们认为最为上层分子——尤其是知识分子——所重视的报，在纽约，在这塔尖地位的日报，最重要的可说是《纽约时报》和《纽约传知论坛报》（*New York Hearld Tribune*）。后者的报名太长，美国人谈话中提到它时，往往只说《传知论坛报》，把“纽约”省去。一般报贩说得更简单，只说一个字—— *Tribune*（《论坛报》），你买报时，只须说这一个字，他们就知道把这个报给你。《纽约时报》的模样和伦敦的《泰晤士报》相像，虽则编辑格式不尽相同。两报有相同的一点，便是都自诩在新闻方面有着大公无私力求真实的态度。平心而论，《纽约时报》在新闻方面确有它的特色。例如赫斯特的报纸就用无赖的造谣的态度攻击苏联，在报上登着大标题，说“一九三三和一九三四年两千一百万俄人饿死”（21 million Russians starve in 1933 and 1934），又说“在两年间饿死了四千一百万人”（41 million starve in two years），同时《纽约时报》的特约电讯却说苏联的粮食大增，人口有迅速的增加，和赫斯特所造的谣言恰恰相反。这当然不是《纽约时报》对苏联有何好感，却是因为美国的大商人要和苏联做生意，在事实上也需要得着真确的消息。我在纽约时，听见该处新闻界的美国朋友谈起，《纽约时报》为着特派得力人员搜求关于苏联和德国的新闻，已各用了十万圆美金。该报的星期增刊很丰富，尤多可供著作家参考的材料。因为这个缘故，前进的工人看了《每日工人》，同时也往往加看一份《纽约时报》；该报的意识虽仍然是反动，而在新闻的材料方面，却比其他报纸有较丰富的内容。但是《纽约时报》的社评却很平庸，不及《传知论坛报》。《传知论坛报》除社评外，还专辟一栏，称《今日和明日》（*Today and Tomorrow*）由著名政论家（并主持该报笔政）立迫门（Walter Lippman）按日发表一文，很引起注意，虽则他仍不过是资产阶层的代言人。大概说起来，《纽约时报》在新闻方面较胜于《传知论坛报》，《传知论坛报》在言论方面却比《纽约时报》较有精采。这两个报还有个异点：《纽约时报》是拥护民主党的，《传知论坛报》是拥护共和党的。民主党的罗斯福“新政”正在走投无路的时候，拥护者的言论也许难于自圆其说，反对党的批评文字却比较易于有声有色。但是彻底说起来，这两报同是华尔街的代言人，不过在同一主子下争长论短罢了！

其实，在美国虽有民主党的报或共和党的报的说法，并非由各党拿钱出来办的机关报，不过是由各报主持者对于何党特别接近的因袭的历史，或竟是参加何党的政客；严格说起来，这两党中间已没有什么明确的界限，只须能合于利用就是了。例如赫斯特所办的报，在纽约的是自命民主党的报，在芝加哥的却是共和党的报，在其他地方的又可以超然报自居。甚至有的主笔在一个地方的两个报里，坐在甲报馆里写一篇拥护民主党的时评，同日坐在乙报馆里又写一篇迎合共和党的时评！

上面谈过塔尖顶上的两个报，在塔底也可举出两个报来：一个是流行最广的《纽约每日新闻》（*New York Daily News*）。这报通常被目为小报（他们叫做tabloid paper），其实虽不象《纽约时报》那样的大张，也不象上海所见的小报那样小，可说是中型报。这报虽中型，张数却比大报还要多，平日每份都有三四十页（page），折拢叠好，好象一本册子，这种报特别注重引人注意的社会新闻，对于国内外的政闻虽也采登，但总是近于鼓动性的（sensational）居多，尤其注重相片插图，把新闻相片放得很大，很明晰。第一页（即封面）除引人注意的相片外，还有极简明的大标题。例如罗斯福被举时，就有奇大的标题F. D. R. ELECTED，复兴计划受打击时则大书N. R. A. DEAD，关于林德白（Lindburgh）的标题缩写为Lindy。有许多人工作太忙，只有坐地道车中偷闲看报，这种形式的报最适宜于拥挤着的地道车里看。又因为纽约的美国人有许多是外国生的（foreign born），英文的程度很差，这种多插图的通俗有趣的内容，也很合于他们的口味。所以该报销数竟在二百万份以上，巍峨的报馆和优良的设备，竟与老资格的《纽约时报》分庭抗礼。这报是《芝加哥论坛报》的老板麦柯密克（Macormik）所有，赫斯特看他大赚其钱，也在纽约办一个相类的报，叫做《每日镜》（*Daily Mirror*），虽不及《每日新闻》那样流行，也占着第二位。你在纽约几于随处可以看见这两种“小报”散布着。它们的意识都是很反动的，对于中国的态度都很坏。

在尖塔中间层的有赫斯特反动报纸《美国的纽约》（*New York American*），有自由派的《世界电闻》（*World Telegram*），有以左倾为标榜的《纽约邮报》（*New York Post*）等等。

二〇 “公敌第一号”

美国以神出鬼没的绑票巨匪著名于世，不但绑票，而且白昼抢劫，无所不为，常对政府的警察和宪兵队开战，声势煊赫，闻者侧目，他们的党魁，全国通称他为“公敌第一号”（Public Enemy No. 1）像著名于全世界的Al Capone就是在美国许久被称为“公敌第一号”的盗魁，简直和美国有一个总统一样地在报纸上常可看到！遇着一个“第一号”死了或是被捕，又有一个盗魁接上去，承受这个徽号。但是记者在这篇文里，却无意要去谈真在干着绑票抢劫的这类“公敌第一号”，要谈的是美国最著名的报界大王赫斯特，报界大王第一号何以和“公敌第一号”发生起联系来？这里面却有着一段渊源。原来这位报界大王第一号是美国压迫劳工，阻碍革命运动，最反动的一个脚色。他所办的报，对于诲淫诲盗的材料特别发扬光大，向来对于绑票抢劫的“公敌第一号”描写得格外细腻动人！不但如此，他对热心革命运动的人们，都在报上斥为“公敌”；所以在美国前进的书报上提到他，也就“以毒攻毒”，上他一个徽号，公推他做“公敌第一号”！

赫斯特于一八六三年生于旧金山，他的父亲因探得金矿而发财，曾做过美国的参议院的议员，所以赫斯特不必工作而得到的遗产就达一千七百万金圆。他被圣保罗学校因恶习有碍学风开除之后，究竟因他有钱，不久便进了著名的高等学府哈佛大学，但是因为他实在吵得利害，最后又为着一件恶作剧而被开除。这幕恶作剧，说来也很别致！有一天早晨，哈佛大学里每个严肃的教授都收到一包东西，开来一看，原来是个夜壶（小便用的），壶上画着这教授的尊容！学校当局查明之后，他便受了开除的处分。有位新闻记者兰德白（Ferdinand Lundberg）说，赫斯特现在仍在送出纸包的夜壶！这里所谓“纸”是指这位报界大王所出的报纸，暗示他的报纸内容的不堪，语含双关，颇饶趣味。（原语是“The moral is that William Randolph Hearst still hands out chamber-pots wrapped in paper.”）但仍然因他有钱，被大学开除以后，接办一家日报，叫做《旧金山观察报》（*San Francisco*

Examiner)，做起报馆老板来了。这个报便是这位报界大王的发迹，当时他才二十三岁。《旧金山观察报》现在仍在出版，是旧金山销数最广的一家报。你到旧金山满街可以看到。我游美到旧金山的第一天，和同游的美国朋友刚下了汽车，走上了街道，这朋友就笑着指报摊上排着的这个报，原来那上面奇大的标题是“三个白种新闻记者被中国绑匪绑去了”！挑拨各民族间的仇恨，尤其是蔑视“柴纳门”，是这位“公敌第一号”的惯技，在我还是第一次承教的！这是顺便提及的闲话。且说赫斯特初办《旧金山观察报》时，他的唯一的目的就是“大大地增加销数，借此大赚其钱”。他增加销数的方法，是使报上多登“轰动”的材料，尤其是关于“性”和“盗”的罪恶描写。同时他也俨然以顾到人民公益为标榜。例如有一个时候，加利福尼亚州的民众都很不满于南太平洋铁路公司（Southern Pacific Railroad）的火车费太贵，而该公司在该州交通上却有着专利权，更引起民众的公愤。赫斯特觉得这是一个好机会，在《旧金山观察报》上极力主张火车费要减低，对南太平洋铁路公司大加攻击，该报销数为之大增。但后来忽然停止攻击，原因是该公司和赫斯特订立广告合同，每月在该报登一千圆广告，接连两年，以

不再攻击为条件。他的报的销数增加了，广告费不但敲了一个竹杠，而且其他广告费的收入也随着销数的增加而增加了，但是所谓“人民的公益”却可以抛诸九霄云外了。他用诸如此类的虚伪的、投机的、欺骗群众的方法，把这个报纸办发达了，便于一八九五年，开始到新闻事业重要中心的纽约办报，推广他的势力。他的报纸有时居然也会装做庄严的态度，反对军火商人，但是不过几时，却在报上用大篇幅的地位登载杜邦（经营军火的大资本家）对于爱国主义的意见。要爱国便要讲国防，要讲国防便要增造军火了！这样转着几个弯儿的把戏，往往不为一般人所注意，但这却是他用欺骗方法来扩充他的营业的好机会。

赫斯特在美国新闻界所占的势力，记者在上次一文里已略述梗概。他的出版事业，在一九二九年以前的美国繁荣时代，每年总收入竟有十五万万金圆之多，有人估计当时他每年所得的纯利约有一千五百万金圆！（这还不是他的收入的全部分，他同时还是个大地主和工业资本家。）他用了近五十年的欺骗民众的方法，造成他的大势力，有三千万的读者；在美国的人民中，几于每四个人里面就有一个人看他的出版物。关于他的宣传的工具，除那样巨量的出版物外，还有他自己的两个通信社（供给四百左右日报的新闻），十个无线电播音台，活动电影新闻片公司等。以这样大的势力，却用来干着反动的工作，做成“公敌第一号”，怪不得他是现在美国革命运动所要对付的一个最重要的鹄的。美国一八九八年和西班牙争夺古巴统治权的西美战争（Spanish-American War）是近代史上一幕有名的帝国主义争夺战。赫斯特在一八九三年，就利用他的报纸鼓吹这件事。在当时美国的边疆已被资本主义所达到，华尔街为本身利益计，有在国外扩大帝国主义势力的必要，对于近水楼台的古巴当然是垂涎欲滴的。赫斯特在表面上当然不肯说这样的老实话，他很大言不惭地说美国应该出兵拯救被压迫的古巴。在战事即将爆发的时候，他派一个有名的艺术家叫做冷明顿（Remington）到古巴去等候，替他搜集材料。冷明顿到古巴后，打一个海电给他，说古巴很安静，不致有战事发生，所以要想回去。赫斯特回他一个电报，叫他不要回来，这电文现在已成为著名的轶闻，里面这样说：“请留。你供给图画，我将供给战争。”（Please remain. You furnish pictures and I'll furnish the war.）尽管不致有战事发生，他却能鼓动美国出兵，“供给战争”。这位“公敌第一号”的势力不可谓不大了！有人说西美战争在实际是“一人战争”（one-man-war），所谓“一人”，指的就是赫斯特。现在古巴已在美国资产阶层榨取剥削之下，成为美帝国主义侵略史最黑暗的一章。现在赫斯特又在鼓吹美国对墨西哥应有同样的战争。他自己在墨西哥有大块的土地，各种的矿。但他却口口声声说这是“美国在墨西哥的责任和机会”（The obligations and opportunities of the United States in Mexico.）！好象他是在为着美国人民打算似的！他在所办的报纸上极力提倡爱国，极力主张国防，实际的动机都是这样。他在口头上为的不但是美国人民的利益，不但是被侵略国的利益，而且也为着世界人类和文明！你看他在他所办的报纸上说得多么堂皇：“我们的国旗应该在墨西哥飞扬，成为那个苦恼的国家的复兴和为着人类和文明而恢复该国的象征！”（Our flag should wave over Mexico as the symbol of the rehabilitation of that unhappy country and it redemption to humanity and civilization!）这和墨索里尼宣言要在阿比西尼亚“宣扬文明”可以媲美了！

以爱国主义为幌子，实际在煽动帝国主义的侵略的赫斯特，对中国人的态度当然是可以想见的。他所给与他的三千万读者关于“柴纳门”的印象是龌龊、愚蠢、怯懦、无恶不为的卑劣的民族！他的故乡是加利福尼亚州，而该州却是华工最多的地方，他对于华工更是时常加以诬蔑，主张华工应该驱逐出境，主张移民律对“柴纳门”应有严厉的禁止，以及其他的种种压迫。我到旧金山时，有位朋友告诉我，说不久以前，该地有一位中国艺术家娶了一个美国妻子，这美国妻子因为患了神经病而自杀了，各报都没有什么话说，而赫斯特的报纸却抓住这个机会，张大其辞，用大的标题说白种女子因嫁给“柴纳门”而自杀，极力描写白种女子无论如何是不可嫁给“柴纳门”的，因为“柴纳门”是如何如何的野蛮，对于女子是如何如何的虐待，把中国人说得令人掩鼻而过，不敢向迩！

这位美国报界大王第一号对外是十足道地的帝国主义者，对内当然是美国劳工阶层的最大的一个敌人。他在口头上尽管自称为“劳工的朋友”（friend of labor），但是这位“朋友”最怕劳工组织起来！他在南达柯塔州（South Dakota）勒得城（Lead）的村镇黑山（Black Hills）所有的金矿，据说算是世界上最大的金矿。当该矿工人联合起来组织工会的时候，赫斯特便加以种种的压迫；工人用罢工来对付，他便把这全镇封锁起来（该镇人口约一万人），雇用武装的流氓，由镇外进来破坏罢工的联合阵线，凡是不愿撕毁工会证片的工人，都被驱逐出境，同时设立侦探制度，密布全镇。据《哈迫周刊》（*Harper's Weekly*）所载当时的情形，说“除非得到赫斯特矿公司的准许外，没有人类在勒得有任何公民的、宗教的、工业的或政治的权利”。他的横行气概，可以想见，当上次旧金山总罢工爆发时，这位“公敌第一号”虽身在伦敦，即用长途电话训示他自己的走狗们和嗾使其他一鼻孔出气的同业怎样破坏工人的联合战线。

自苏联的新社会建设着着成功，金圆王国的失业恐慌一天天地尖锐之后，美国工人对于所谓“德谟克拉西”也逐渐发生怀疑了。赫斯特很怕这种形势于他所凭借以发财的社会制度有碍，公然宣言“普洛列特利亚是公民里面最没有能力管理国事的部分”（The proletariat is the body of citizenship least able to manage the nation's affairs.）。但是有着世界上六分之一的土地的“工人的国家”所表现的种种胜利的事实，却是无可否认的，于是他的唯一办法是用造谣的伎俩，三年来就把攻击苏联诬蔑苏联算作他的一件大事。关于这一点，我在上次文里已稍稍提及，尤其可笑的是他不但抹煞事实，竟在他所办的各报上捏造列宁说的话，说到列宁的丛集第十八卷第三六一页上有过这样的话："普洛列特利亚的独裁制度无他，不过是以武力为基础而不受任何限制的政权而已——不受任何法律的限制，绝对没有法则的。"你看过该书那一页，找不出这句话。这种无聊的行为引起全国各处的质问，他的《美国芝加哥》（*Chicago American*）的主笔诺特（H. R. Knott）竟替他觍然宣言："就是这句引语是错了，也是一件好事！"（Even if the quotation is wrong it is a good thing!）

在革命运动逐渐抬头的美国的今日，赫斯特所以成为最反动的一个"公敌"，这当然不是一件偶然的事情。因为他不但是美国报界里一个最大的资本家，而且和金融资本及工业资本都有着重要的关系。他在墨西哥有矿，在纳伐达（Nevada）有矿，在郁塔（Utah）有矿，在蒙塔纳（Montana）有矿，在南达柯塔有矿，在玻鲁还有他的铜矿。他在菲律宾、古巴、非洲、南美洲、欧洲，都有产业。他在墨西哥和加利福尼亚两处所有的土地特多，达数百万亩。此外他对于银行业也有巨量的投资。以他这样的地位，看见剥削制度的动摇，不得不惊惶失措，拚命为旧制度挣扎，亦固其所！

就他的私人生活而论，也是在比较合理的社会里所不能存在的。他在加利福尼亚州的圣新密恩（San Simeon）所住的府第，简直是好象一个小王国，至少是个雄伟华丽的皇宫，占地二十四万亩，沿着太平洋最美丽的海岸有五十英里远。在这“小王国”里有动物园、植物园，有奇草异花的花园、有游泳池、有电影院、有山、有水。可供你骑马、游泳，各种运动游戏，乃至可供你打猎！巍峨的房屋有十几座，尤其是这位“大王”的“正宫”，里面有由六大洲弄到的奇珍异宝，古玩图画。他的宴客大厅同时可坐一百五十人。在他的这个“皇宫”里，有大规模电话的设备，在森林中，花园里，随时随地都可以随意打电话，此外无线电和电报也有，备“领袖”接收各方面的报告和发出命令的需用。他不但有这样雄伟华丽的“皇宫”，还有不少“行宫”散在各处。例如离好莱坞不远的地方，称为圣塔孟尼加（Santa Monica）便是他的一个“行宫”，专备他的“姨太太”而同时为好莱坞电影女明星玛利恩（Marion Davies）住的。这个著名的女明星替他养了一对孪生子。这个“藏娇”的“金屋”，仅仅建筑费就用去了一百万金圆！几年前赫斯特到玛利恩所在拍戏的电影公司（Metro Goldwyn Mayer Pictures, Inc.，好莱坞最著名的电影公司）去参观，觉得玛利恩的化装室不够好，便出了七万五千圆美金，在该公司的空地上建筑一个独立的屋子，作为她的“化装室”。我到好莱坞参观该公司的时候，同行的美国朋友还指着这个屋子对我说：“这就是赫斯特的姨太太全国著名的女明星玛利恩的化装室！”

这样穷奢极欲的私人生活，在合理的新社会里，绝对无法存在，这当然是赫斯特所明白的，这大概也是他所以要忍心做他的“公敌第一号”吧。

但是美国的新运动在近几年来已有着长足的进步，赫斯特虽具有极大的威力，已在那里畏惧了。不久以前，英国的前进作家史初勒泽（John Strachey）到美游历，赫斯特恐怕他的演讲使美国大众对于没落中的资本主义有更深刻的认识，想尽方法诬陷他，卒使美国政府令他出境，他才安心，可见他“做贼心虚”得厉害！可是新时代已开始放射它的光芒了，尽量压迫有什么用！我在美国时，已见全美国的前进分子——数十万的青年学生、自由职业者、工人乃至自由主义者，思想比较清楚的男女，正在风起云涌地发起一个运动：抵制赫斯特的出版物；不但自己不看，并极力宣传，劝别人不要看。他们有许多在身上插着一个小徽章，上面有着这样的标语："不要读赫斯特。"（Don't read Hearst.）我还在不少的商店玻璃窗上看见贴着"不要读赫斯特"的标语。至于他所榨取着的劳工，工潮也常在发作，他恐怕不能再高枕而卧了。

二一　听众六千万人的无线电牧师

上次我和读者诸君谈过美国报界大王而同时是美国“公敌第一号”的赫斯特。他在美国的宣传力已经是很可惊的了；例如最近美国正在闹得甚嚣尘上的总统竞选，共和党所推定的下届正副总统候选人兰顿和诺克斯，他们原来在美国政坛上并未占有怎样重要的地位，但是因为赫斯特在他的散布全国的报纸上捧他们，立刻使他们成为全美国所注意的人物。但是在美国的宣传工具，除大规模的连环报外，还有一种力量很大的宣传工具，那便是无线电播音。拥有听众六千万人的可惊数量——几占全美国人口的一半，他的大名在美国是妇孺皆知，简直成为现代美国的最可惊异的怪物：这就是最近在美国常常轰动全国的所谓“无线电播音牧师”（radio priest，或可简称“无线电牧师”）壳格令（Charles E. Coughlin，在美国一般人都叫他做Father Coughlin，在中文可译为“神父壳格令”)。你在美国，在各种报纸和杂志上，常常可以看到神父壳格令；在各种人谈话里面，也常常可以听到神父壳格令；简直好像你要研究美国的时事，离不开神父壳格令！这个神父壳格令，便是利用无线电播音网造成的一个美国现代怪物。

壳格令是美国密歇根省底初洛意即汽车大王福特所在地的劳易乌克乡（Royal Oak）的一个天主教牧师，现年四十五岁。他最初常在一个无线电播音站作布道的演讲，目的不过是要替他的教堂造成一个小小的教区。这是在一九二六年。在最初的三年里，他的播音演讲的范围只是在一个播音站的网络，所及的范围只在本地区域的周围。他虽擅长于演讲，但是倘若不是美国资本主义制度的经济恐慌发生，他也许始终是在本地小范围的一个播音布道的牧师。一九二九年的秋季，他除原有的在底初洛意的一个播音站外，并扩充范围，租用芝加哥城和辛辛那梯城的两个播音站的网络。这样逐渐扩充，到一九三〇年，由于他的每逢星期日在无线电播音站上的布道演讲，渐为全国所闻名。这倒不是因为他能在布道演讲里表现出什么“天国”的乐趣来吸引人，却是因他在表面上好像对许多失业或职业不稳的群众有着无限同情，对于华尔街的老板们，甚至对于美国经济制度的缺憾，攻击得不遗余力。换句话说，他自命为被压迫者的代言人，大提倡其所谓“分享利润”，所谓“社会安全”，所谓“足够生活的工资”，所谓“废除贫穷”等等。这些话很适合于美国一般失业或职业不稳的熟练工人，债台高筑的农民，捉襟见肘的小商人，及入不敷出的店员，和日暮途穷的自由职业者等等的口味。这些人五六年来受到经济恐慌的影响最大，寻觅出路的心也最迫切。他们有些积蓄的都用完了，有的买了屋子又重新归还地产公司去了，即有一个职业也不知道能维持到几时，所以都在岌岌可危的不安全的环境中生活着。在一九三二年，他们都一团高兴地拥护罗斯福上台，以为他能够拯救他们，后来看到事实上是另一回事，对他的希望心也渐渐地冷下来了；于是在穷极无聊中，每逢星期日的下午四五点钟，全家人围在无线电收音机的旁边，听到这位“无线电牧师”的口若悬河，大说其“分享利润”“废除贫穷”等等的话语，没有不觉得津津有味的。据美国的《幸运》（*Fortune*）杂志在一九三四年二月间作最低的估计，认为每星期日这位牧师的播音演讲的听众，平均总在一千万人。最近他每次的播音演讲扩充到二十八个播音站的网络，听众总在六千万人，几及全国人口的一半了。我去年在纽约时，这位无线电牧师刚巧到纽约开一个大演讲会，宣传他所新发起的“社会正义全国同盟”（National Union for Social Justice），门票售价每位两圆美金到五圆美金，听众达一万八千人之多。我在他要演讲的那天（定那天夜里演讲），听到一位美国朋友谈起，当早即匆匆去买门票，打算牺牲两块金洋去看看热闹，不料赶到时一问，才知道所有门票已于前一日售罄了。一人一次的演讲，门票所得竟达华币二十余万元之多，不能不算是可惊的数量了。

壳格令的“废除贫穷”的号召，原来没有什么稀奇，但是在美国人的一般心理，却另有一种背景被他利用。我们知道，在美国不但是煽动性的演说家，就是比较严肃的学者，也都常常告诉大众说美国的国富，实足以废除贫穷。这种说法，从政客的讲演台以至无线电播音盘，都大声疾呼着，成了常调了。尤其是在一九三二至一九三三年间，所谓技术政治，在美国风行一时，更在民众间种下了一种观念，认为依美国的生产力，在农业和工业方面的生产，应该能使每个人得到相当的衣食住。那些所谓“技术专家”（technocrat）都说，在美国，缺乏的时代是已成了历史上的陈迹，现在是到了生产丰富的时代，只须经济制度有了适当的组织，每个人每年都可享到两万金圆的收入。现在所谓技术政治虽已过去，而这种观念却已深入一般人的心里。所以壳格令利用这样的思想背景，高唱“分享利润”来“废除贫穷”，竟能风靡一时，震动全国，尤其是熟练工人和农民，以及所谓白领工人（white-collar worker，等于英国所谓black-coated worker），简直有大部分把他看作被压迫者的真正代言人！在这种地方，我们一方面可以看出美国经济恐慌的尖锐化，一方面可以看出一般民众于失望之余，急不暇择，上了这位牧师的大当而还蒙在鼓里，莫名其妙。

为什么说美国的一般民众上了这位无线电牧师的大当呢？因为他在嘴巴上骂着华尔街的银行家，以迎合一般民众的心理，建立他的潜势力，同时却暗与华尔街的代表人私相勾结，和美国两千个银行家、工业家和富农资本家所组织的最反动的有力机关，叫做“国家委员会”（Committee for the Nation）暗中合作，利用他在民众间的潜势力，替他们的实际计划说话！

因为他是一个投机主义者，所以他在许多播音演讲里，常常说出前后矛盾的话语。例如他在一次演讲里，大装作同情劳工的面孔，大声疾呼着：

> 保护他的（指工人）妻，他的子女；保护他在一年十二个月里的生活权利，虽则在实际他只许有六个月至八个月的工做：这不仅是他的权利，也是他的义务，倘若他不极力做到这个义务。那他便是一个可耻的懦夫！

这好像他是鼓励着工人为着生活的改善而努力斗争，但是他接下去却说：

> 你们说要罢工……我劝你们不要冒昧！倘若你一定要罢工，那也不要放下工具，只须发出抗议，反对金融制度。……

你看他一面劝工人要争取权利，一面劝戒他不可罢工！

他的这段演讲，是在一九三四年春季美国汽车工人因力争工会组织权而罢工的时候，他在无线电布道中发表的。

“发出抗议反对金融制度”，究竟空洞一些；不要放下工具，在工潮中的老板们可免当前切肤之痛，无线电牧师能救他们燃眉之急，以结欢资本家，同时又能以空洞的话来搪塞工人，在他可算是很聪明的策略！

投机主义者是最善于乘风转舵的。当罗斯福的“新政”将开始时，一般民众对它都存有幻想，充着满腔的希望，神父壳格令也用他的全副精神来拥护“新政”，大喊其“非罗斯福即毁坏”（Roosevelt or Ruin）的口号，甚至以他的牧师的地位宣言说，罗斯福的新政即是基督的新政！后来新政渐渐地使人民失望，罢工开始蔓延，这无线电牧师觉得来势不对，赶紧改换口吻，开始说新政的闲话，说“复兴计划的采用时是过于乐观了，以致使数百千万的美国人误信有六百万工人可在劳工节都有工可做。人民的信任心是不该这样被玩弄的”。我们如把他的前后的话语对照一下，简直是在打着他自己的嘴巴！

这位神父一面常常痛骂华尔街老板们的剥削，痛骂美国经济制度的种种缺憾，一面却又极力诬蔑美国的革命运动，极力说苏联的坏话。关于这一点，他和我们上次所谈的美国“公敌第一号”的赫斯特，实有异曲同工之妙。

他在前年十一月间，发起所谓“社会正义全国同盟”，最初他预计可得会员五百万人，后来又改为一千万人。当我去秋在美国的时候，据说已有七百万人签名入会。他这个会所提出的纲领虽有十六条，但只是包括三点：（一）关于改善工农生活的建议，都是些抽象的不着边际的话，如所谓“公平的够生活的工资”“生产成本应加上给与农民的相当利润”等等。（二）关于银行和币制的改革。（三）基本原则的提出，例如除了某种的公共需要和某种的天然富源归国有（实则归美国现政府所有）外，其他一切财产都全归私有，而且郑重声明工业不应归国有。这种模糊的建议，于大老板们是无损的，而且由他放着这样的烟幕弹，反可分散民众的注意力，于他们是反而有益的。

壳格令组织这个同盟的目的，据说是要建立督促国会听从他们意思的力量（运动议员通过他们所要求的议案）。例如不久以前，美国国会讨论应否加入国际法庭，这位神父仰承大老板们的意志，就动员数十万的电报督促国会议员提出反对。结果这议案终被打消。所以有人说他和不久以前被刺死的休惠郎（Huey Long）是“白宫外面的两个最大的政治领袖”（the two biggest political leaders outside the White House），他的煊赫一时，可以概见。

这个神父在他的劳易乌克乡新建一个宏丽的教堂，叫做“小花庙”（Shrine of the Little Flower），附有耶稣受难纪念塔，高一百十一尺。这个庙的建筑费达七十五万金圆，都是由他用无线电播音的力量捐到的。他每星期收到的信件平均总在八万封，在美国算是收到信件最多的人。为着处理这许多信件，他的书记办公室占有这教堂的纪念塔里四个全层的大楼面，书记人数达一百五十人。有一次他在布道演讲中的题目是《胡佛的繁荣等于一个新的战争》，听众响应他的信件达一百二十万封之多。他的这种演讲，广布于二十八个无线电播音站的网络，每小时所费为一万四千金圆！在无线电播音站演讲是要出费的。最近他增加了一个播音站网络，共为廿九个播音站网络（播音站的网络愈多，他的播音布道所达到的区域愈广）。有人估计，他最近每一次的播音演讲，至少须出费九千圆左右，每星期演讲一次，每年约演讲廿六个星期，只此一项的支出，每年竟在二十三万金圆以上，为数不可谓不巨了。

他的“无线电布道”演讲词，还印成印刷品备人邮索，专为此事的每年邮费要用四十五万金圆！自从他发起“社会正义全国同盟”以来，这项邮费更增，据说每年要用到五十万金圆！此外还有印刷费、书记及其他办事员的薪金、教堂的维持费等等，有人替他约略估计，他的每年总支出，至少须有一百二十五万金圆。

他每年的支出需要这样的巨款，他的收入是怎样来的？这很引起人们的好奇心。有一位新闻记者曾公开问他，谁在经济上赞助他的运动，他的答语是：唯一的收入是出自无线电听众的“自由捐助”，自一张邮票至十块金洋的钞票都有。这句话没有人能够相信他，于是有人再研究他的收入来源。去年（一九三五）二月三日，壳格令自己在无线电播音演讲里募捐，说他入不敷出，并说自从上一年十一月十一日起，到那时止，由播音演讲的收入共为九十七万二千零六十九圆七角一分。依此推算，每次演讲的平均收入约有八千一百金圆，廿六个星期（即廿六次演讲）的总收入约有二十一万金圆。除这接连着廿六星期的演讲外，每年中的其余时间，他也常作播音演讲，估计收入可有十万金圆。他在“社会正义全国同盟”之外，还组织一个“小花无线电同盟”（Radio League of the Little Flower），有会员十万人，每年每人付会费一圆，这项收入又有十万金圆。此外每星期二的晚间演讲和教堂里做礼拜的捐助，每年约有四万金圆。以上种种合起来，他的每年总收入共为四十五万金圆。

但是他的每年支出却须一百二十五万金圆，除开收入四十五万金圆，其余的八十万金圆从那里来呢？尤其可异的是这位神父不但能应付他的巨数的支出，同时还可有赢余来做交易所的证券生意，这个谜，除你能看到他的秘密案卷外，是无法寻出来的。但是有人推断，以为以他这样有着潜势力的人，能在一个一个星期日对数千万人提倡“币制改良”，这在华尔街老板们所组织的“国家委员会”看来，是值得几百万金圆的。在工人们争取组织自由的工潮进行时，他能用花言巧语来破坏罢工阵线，这在老板们看来也是值得几十万金圆的。他能用全力诬蔑美国老板们所畏忌的劳工政权的国家，这在老板们看来，又是值得数百万金圆的。

神父壳格令是美国经济恐慌严重化的气氛中所产生的一个怪物，他在美国受人的注意，和“公敌第一号”的赫斯特一样。美国努力于革命运动的人们，把他认为是革命运动的大敌，和他们对于“公敌第一号”的赫斯特一样。我们要研究美国的现状和趋势，对于这位神父壳格令也有了解的必要。

二二　黑色问题

我在纽约视察研究了一个多月，接下去要谈谈南游所得的印象，但是在美国的南部，有许多事和“黑色问题”脱不了关系，所以我先要略谈在美国闹不清的所谓黑色问题。

在他们叫做colour problem，直译是“颜色问题”，这“颜色”似乎是指白种人以外的有色人种的“色”，但是我到美国以后，尤其是到了南部以后，才知道他们这里所指的“色”，在实际的应用上却只指黑色，并不包括黄色，所以可译为“黑色问题”，专指黑种人的问题。

在美国的黑人约有一千二百万之多，几占美国全国人口十分之一。其中约有九百五十万人都在南部，受着最残酷的压迫和剥削。在南部的黑人中，约有四分之三是住在乡村。在美国北部的黑人多麇集于工业的城市，加入各种重工业的非熟练工人的群里去，在乡村的只有二十五万人左右。

在美国有九个大城市有黑人住的和其他部分隔离的区域，可算是世界上最大的黑人区。一是纽约，有三十二万八千黑人。其次要轮到芝加哥，有二十三万四千黑人。其次是纽奥林斯（New Orleans）、布尔惕摩耳（Baltimore）和华盛顿三处，各有十三万黑人。此外在各小城市里也有，不过数量没有这样多罢了。在一九二九年经济大恐慌未发生的以前十年间，黑人迁移到北方各城市里，参加各种基本工业的，在一百万人以上。当时在底初洛意的福特汽车工厂一处，就有一万黑工；在全部汽车工人里面，有百分之十七都是黑人。在全世界著名的芝加哥的屠场，有黑工八千人。在匹资堡各钢厂里的工人，有百分之二十二是黑人。在柏明汉（Birmingham）的二万五千矿工里面，黑人竟占四分之三。在康特奇（Kentucky）西部的矿工里面，有四分之一是黑人。在西佛纪尼亚（West Virginia）有黑矿工二万五千人。够了，多举许多数目字，也许要惹起读者的厌烦。但是略为举了这些数目字，便可想像得到，在美国的劳工运动中，黑人也渐渐地占着很重要的位置了。尤其是因为黑工是格外被压迫被剥削的，所以在革新运动里面，黑人往往是急先锋。

在美国南部的大多数黑人，都集聚于一个很长的横亘在美国南部的区域，叫做“黑带”（Black Belt）。这个黑带由东而西，通过南方的十一邦，其中黑人超过人口百分之五十的县有一百九十五个，黑人占人口百分之三十五至五十的县有二百零二个。这通过十一邦的三百九十七县，形成一个继续的区域，这区域里的黑人，超过全部人口的百分之五十。这里面有二十县，黑人竟超出全人口的百分之七十五，可说是黑世界了，说是黑世界，却还嫌模糊，更直截了当些，可说是一个最黑暗的世界！为什么呢？因为在这里你可以看见号称为人而却是过着非人的生活。美国的白种统治阶级，因为要文饰对于整千整万的黑色工人和佃农的残酷的剥削，同时还要煽动白色工人仇恨黑色工人，有意创造“白种优越”（white superiority）的偏见。这个偏见贯穿到“黑”“白”间的一切关系。这个偏见认为只有白种是优越的人种，黑种是天生的劣种，只配做奴隶的。这个偏见发源于黑奴还未“解放”的时候。当时美国的南方大地主利用这种偏见来分化黑奴和白种的穷农（他们通称为“穷白”，poor white）。这种“穷白”的苦况比黑奴好得有限，本来很容易和黑奴，尤其是今日的黑工，造成联合战线来对付他们的共同的压迫者，但是美国的资产阶级却很聪明，极力提倡“白种优越”的偏见，一方面使人觉得黑种人是活该为奴，一方面使“穷白”感觉到他至少是所谓“优越民族”的一分子，在万分穷苦中得一些虚空的慰藉，而且使他感觉到他的生活所以苦，是因为有着黑人和他抢工做，这样一来，反而要帮助资产阶级来压迫黑人。就是在今日，失业和穷苦虽然是资本主义末路的必然的结果，但是美国的资产阶级仍想出种种方法使白工相信这全是黑工给他们的灾害！

他们除在经济的利益上想出种种说话来分化黑工和白工外，更利用黑人的“黑”的特点，令人一望而知的特点，来加强种族的成见。把两方面——“黑”与“白”——的生活，有意弄得完全隔离。无论是医院、住宅、学校、街车、火车及车站、工厂乃至种种娱乐的场所，美国的统治阶级都设法使“黑”“白”分开，不许混在一起。

美国虽号称民主政治的国家，但是一切政治的权利，黑人是没有份的。依美国的宪法，选举权是不应因民族的不同而有所限制的，但是在美国南部各邦，却另行通过种种法律，在实际上使黑人无法执行他们的选举权。有的时候他们规定须先有选举单，把黑人摈在单外；有的时候规定选举人来取选举票时，须能对宪法条文作“相当的解释”，这明明是黑人所不能答复得好的。“穷白”的教育程度本来也很差，但是白种统治阶级当然有他们的妙计，通过什么“祖父律”（the Grandfather Act）。根据这个法律，“穷白”无论是如何穷，如何不识字，也一样地可以参加选举。倘若有黑人漏网，敢跑到选举处去投票，那就要被打，甚至有生命的危险！

在美国南部又有所谓“景克劳律”（Jim Crow Laws），在街车或公共汽车上，“黑”“白”不许坐在一起，黑人总须坐在车的后部。依这种法律，城市里面有某种区域是专备白人用的，黑人不准在该处租屋或买屋。有好些县城，全县都不准黑人进去，就是火车经过，黑人也只得关在车上，不许下来一步。其实这些法律是多余的，因为白人对黑人总是要这样做，是否合法原已不是他们所顾虑的。有一次因为有一个黑人居然敢在一个戏院里，坐在白人的座位上（专备给白人坐的），竟被一群盛怒的白人立刻用极刑处死（他们叫做“凌侵”，lynching）。侮辱的情形，虽在日常的琐屑生活上，也都不能免。无论一个黑人是做什么的，他到白人家里去，也须从后门进去，因为没有白种的仆役准许他走前门。无论他是一个主教或是博士，没有人称他一声“先生”，只是随便叫他做约翰或是约瑟夫。关于诸如此类的侮辱或压迫，黑人无法伸冤，因为他享不到政治的权利。他要诉诸法律吗?也是很难的，因为这两个民族在法庭的地位并不是平等的。白人在法庭里所陈述的话语——除非你有法证明它是虚伪的——法庭就认为是正确的，黑人所陈述的话语非有十倍多的证明，法官便置之不理。

我在上面曾经提过“凌侵”，这是白人用最残酷的私刑弄死黑人的行为，有的硬生生的悬在树上吊死，有的烧死。一次有一个怀孕的黑妇受到“凌侵”的惨祸，两腿被倒悬在树上，胎儿从肚子里被挖出，惨不忍睹。据说自一八八二年（第一次有关于“凌侵”的统计）以来，受到这个惨祸的黑人已超过四千人。这里面妇女在七十五人以上，有些只是十五岁以下的女子。

为什么有这样的惨无人道的“凌侵”？美国的资产阶级对于黑人的榨取特别地厉害；要维持这样特别厉害的榨取，不得不加黑人以最残酷的压迫，这是“凌侵”之所由来。

但是这种惨无人道的“凌侵”，即在美国的资产阶级，表面上也还觉得太说不过去，于是他们便想出一个掩饰的妙计，往往诬蔑黑人强奸白种妇女！为着要煽动白工仇恨黑工，为着要更加强“白种优越”的神秘，美国的资产阶级极力宣传黑人都是“强奸专家”（他们叫做rapist）！据他们在报上的公开宣传，“凌侵”的事件，十八九都是归咎于“强奸专家”的胡闹。要证明这是出于统治阶级的毁谤诬蔑，第一件事实是：据统计所示，一八八九年至一九一八年间黑人受“凌侵”的达二五二二人，其中只有百分之十九被指为出于强奸。这是否出于诬蔑姑置不论，但即据执行“凌侵”的暴徒们所指出的，也不过是百分之十九，硬说“凌侵”是为着保护白种妇女的纯洁，明明是在撒谎。还有一件事实是更充分证明把强奸作为“凌侵”主因的荒谬。黑人在美国已有三百年之久，在最初的两百年间，虽有整千整万的黑人住在白人的附近，没有一个黑人被人认为有“强奸专家”的资格。“强奸专家”的第一次赫然著闻于世，约在一八三〇年，距黑人的奴船第一次在佛纪尼亚（Virginia）靠岸的时候已有二百年了。为什么在这个时候才有所谓“强奸专家”的出现？这是因为这一年正是北方废奴运动的开始，也是黑奴自己争取自由运动的尖锐化时期。经两百年之久，黑色工人并不是“强奸专家”，一到了他们的有益于大地主们的奴隶地位开始动摇，他们便一变而为“强奸专家”了！而且在已往的五十年间，受到“凌侵”惨祸的，有七十五个妇女，难道她们也是什么“强奸专家”吗？

在另一方面，美国南部的地主和他们的爪牙们，却把一切的黑色女子看做他们的合法的蹂躏品。有很多黑人因为反抗白人强奸黑女和黑妇而牺牲生命的。例如在一九三一年的五月间，在佛纪尼亚的佛兰福特（Frankfort）有一个黑妇危斯（Mrs. Wise）受到“凌侵”的惨祸，就是因为她反抗白人强奸她的女儿。又例如在一九三一年的九月间，在福罗里达（Florida）有一个黑人叫做培恩（Clyde Payne）的，被他的妻子的雇主所惨杀，也是因为他反抗这个雇主强奸他的妻子。在佐纪亚（Geogia）有一老年的黑人受到“凌侵”的惨祸，因为他看见有两个白人强奸两个黑女子，奋身拯救，以致牺牲了自己的生命。美国的资产阶级虽极力宣传黑人在身体方面有着种种可厌的特点，而在实际上，在南方的白人生活里面，黑色妇女却具着非常强烈的吸引力，可见他们的口是心非，有意说得黑人的不可向迩。在美国南方有六邦在邦宪法上禁止黑白通婚，在其他廿九邦内也有法律禁止黑白通婚，但是据统计所示，美国的黑人竟有百分之八十混杂有白种血液。这里面的情形可以想见了。这里面很显然地反映着被压迫民族的女性所遭受的无可伸诉的种种饮泣吞声的事实。我在美国南部柏明汉游历的时候，有一位美国朋友告诉我（他虽也是白人，但却是热心于美国革新运动的前进分子），那几天正发生一件惨案，据说有一个地主强奸了他的黑色佃户的一个未成年的女儿，他的父亲恨极了，用一块钱雇了另一个黑人把他杀死！在那样残酷压迫的形势下，竟有这样的反抗，而竟有人为着一块钱肯那样拚命干一下，这都是使人发生着无限感喟的事实。

在美国南方，他们（白人）都叫黑人做“尼格”（nigger）。这个名称在实际应用上含有种种不可思议的侮辱的意味，是黑人最不喜欢听的。（犹之乎在欧美有许多地方，“柴纳门”也含有侮辱的意味，中国人听了也受着很苦的刺激。）黑人情愿有人称他做“有色人种”（colored people），却万分不愿意被称为“尼格”。“不过是个尼格”（only a nigger），这在美国南方是一句很通行的话语，意思是说你对他便可无所不为，用不着有丝毫的顾虑。

在美国北方的各大城市里，黑人虽也受着种种的歧视，但是因为他们有许多参加劳工运动，尤其是受着最前进的政治集团的指导与赞助，民族自信力与争取解放之勇气已一天天地增强起来，不再是南方的“尼格”了！他们不但在劳工运动之斗争中和他们的白种弟兄们肩并肩地显出同样的热诚和英勇，而且也有他们自己之著作家、科学家、名记者、名律师、名医师，证明“劣等民族”的完全出于诬蔑。尤其是在纽约，你试到工人书店去看看，可以看到黑色的男女青年和他们的白色的男女青年同志共同工作着。你如参加前进的团体所开的游艺会，你可以看到同样可爱的两种颜色的男女青年很自然地谈话、跳舞、歌唱、欢乐。我在美国的时候，正逢着代表全美国青年的一千多男女代表在底初洛意城开全美青年大会，因为有一位黑色青年同志被一家咖啡店所侮辱（不愿招待黑人），全体动员包围该店，必令道歉而后已，警察见人山人海，瞠目结舌，无可如何！这是多么令人兴奋的事情啊！比较有知识的黑色青年很明白，他们只有参加美国的革新运动，他们的民族解放才有光明的前途。

二三　南游

我于去年六月间从纽约向美国南部旅行，目的在视察美国南部的农产区域和黑农被压迫的实际状况。我顺路先到美京华盛顿去看看。

华盛顿是一个建筑美丽的城市，这是诸君在世界名胜的照片里所习见的。但是在任何世界的名都，除了一个正在努力建筑共劳共享的新社会的国家外，都是所谓“两个世界的城市”（two-world city），一方面有着奢侈豪华的世界，一方面有着穷苦愁惨的世界，华盛顿当然也不能例外。我到华盛顿，离了火车，先踏上的是前一个世界，仰头望见的便是费了一千八百万金圆，全部用花岗石建造的那样宏丽的火车站。接着叫了一辆街车，驶进了好像公园似的境域，树荫夹道，清风徐来，触目所见，都是美丽的建筑点缀在绿草如茵的环境中，车子在坦平广阔的柏油马路上竟无声响地溜滑过去。在美国旅行，为经济起见，在好多地方不必住旅馆，有许多人家遇有空房省下来，便在门窗的玻璃上贴有“旅客”（tourist）的纸条，这意思就是过路的旅客可以在那里歇夜，开销比旅馆省得多。我到华盛顿的那个夜里，就找了一家住下。第二天便开始游览。

华盛顿的面积并不大，仅有六十二方英里，人口约五十万人，在这里面黑人占了四分之一。全城分为四区：即东北，西北，东南和西南。这城市是由东南向着西北发展，东南和西南是倒霉的区域，东北和西北是豪华的区域，尤其是西北。倒霉的区域当然是贫民窟所在，尤其是黑人的贫民窟。有一件有趣的事情，是黑人的区域发展到最近的一条街的时候，那条街上的白人住宅以及他国的外交官署都向西北迁移，中国的公使馆因经济关系，“安土重迁”，别人迁了，我们的公使馆却始终仍在原处，前门的那条街上已成“黑化”的街道（即黑人多的街道），遇有别国的外交官来访问，或请别国外交官来宴会等等的时候，说起这地址——“黑化”街的名字——不免觉得怪难为情，于是想出一个很“妙”的解决办法，索性把前门关起来，用后门出入！（因为后门的那条街恰在黑化街的贴边，而还未被黑化。）我到后就去瞻仰瞻仰本国的公使馆，初看到那样小的门和门前那样小的草地，颇以那样的“寒酸相”为可异，后来才知道是因为执行了永关前门仅开后门的策略！其实依民族平等的观念看去，大门夹在黑化街里，也不真是什么丢脸的事情，现在反而觉得难堪的，是要勉强挤在“优越民族”的尾巴后面，不得不尴尬地开着后门！

华盛顿有几个伟大的建筑物，拥着巍峨圆顶的国会（他们叫做Capitol），是在这里面占着很重要的一个位置。这个建筑的全部面积占地达十五万三千余方尺之广，圆顶上自由神的铜像达二百八十七尺五寸高，铜像的底基最广处达一百三十五尺五寸，规模的宏大，可以想见。国会的东边有国会图书馆，藏书之富，在西半球居第一，约有四百三十万册书籍，二百八十万件地图相片雕刻等等。有东方部，专搜藏中国和日本的名著。其次看到美国总统所住的白宫。该宫有一部分开放给民众看，有一部分不开放，宫外的花园完全开放给民众，这是崇拜美国民主政治的人们所最称赞的一件事。这白宫的内部，可看的只是几个大客厅，一切布置和比较讲究的住宅没有什么两样，倘若不是因为是总统的住宅和办公处所引起的好奇心，简直没有什么看头。倒是华盛顿纪念塔还值得一看。塔基五十五方英尺，较低的围墙有卜五尺厚，顶用大理石建造，其他各部用花岗石建造，内部有九百个石阶直达顶上，有电梯，只须一分十秒钟即可达到五百零十七尺高的顶上。在这顶上瞭望是一件很有趣的事情，可看到十五英里到二十英里之远，全城市展布在你的眼前，好像一幅天然的地图。林肯纪念堂（Lincoln Memorial）亦是华盛顿宏伟建筑物之一，有三十六根大石柱，每柱直径七尺四寸，高四十四尺，象征林肯在时的三十六邦，里间的纪念堂上有着奇大无比的林肯石像，他的眼睛从许多石柱的中间空隙直望着华盛顿纪念塔和国会。离林肯纪念堂一英里余，有亚林吞国墓（Arlington National Cemetery），是美国最宏伟的一个新建筑，中有两千余人的无名英雄墓。仅仅由林肯纪念堂到亚林吞国墓那条亚林吞纪念桥（完成于一九三二年），建筑费就达二千五百万金圆，这不可不说是金圆王国的魄力！我这次在华盛顿很幸运地得到一个有自备汽车的朋友招呼，不但看了一英里外的亚林吞纪念桥和亚林吞国墓的宏伟新建筑，并且看了离华盛顿十六英里远的普陀麦克河（Potomac）东岸的佛农山（Mount Vernon）——华盛顿的故居和终老的地方。这里有华盛顿的住宅，他生前的一切用具都保全着，给人参观。他那简单的坟墓和临终时躺的床榻，尤其引起许多游客的注意。

我很简单地略谈了在华盛顿所看到的几处著名的建筑物，但对每一处如作较详记述的文字，尽可各成一长篇，我的意思不在描写名胜，所以不想这样做。我只是要略为谈到这些在表面上看去很宏丽堂皇的名城的一角外，再略谈这名城里面向为一般旅客所忽略的另一角。

这另一角是我费了两整天工夫亲往华盛顿的“另一世界”的贫民窟里视察调查得到的。他们住的是整批的狭隘肮脏的“板屋”（他们叫做shack，也就仿佛我国的贫民窟的茅屋，不过用的是薄板而已），穿的是捉襟见肘的破衣，那原是贫民窟的本色；不过尤其可算是特色的便是这贫民窟的“中坚”——占全人口四分之一的黑人——所受到的种种的“异遇”！（这是我特造的一个名词，受暗示于最近常常看到的“异动”这个名词。）在这十几万的黑人里面，每十个人中间就有四个人是失业的，其余有业的，无论所受教育程度怎样，都只有最低微的工资可赚。他们无论做什么，除在黑区外，任何公共的地方，各旅馆、菜馆、戏院等等，都不许进去。白种人做汽车夫的街车，也不肯载黑客。白人开的旅馆不但不许黑人进去住，连黑人偶来访友，也不许乘电梯（美国多高楼，不许乘电梯是一件很困难的事情）。有一次美国社会学协会（American Sociological Association）在华盛顿一个旅馆里开年会，在到会的各代表里面，有一位黑色学者佛雷西博士（Dr. E. Franklin Frazier），因该旅馆不许他乘电梯，而会场却在十层楼上，提出抗议，该会主持人虽和该旅馆办交涉终于无效，不得不把会场移到二层楼，以便让黑色学者们可以步行上来。事后佛雷西博士探查黑色学者何以肯缄默无言，才知道该会事先已和该旅馆当局说好，凡是黑色学者来赴会，就由货车电梯上下（freight elevator，专备运货和仆役人等用的）。否则必须有白色朋友陪伴着，才可以乘旅客电梯。许多赴会的“高等黑人”居然处之泰然。像佛雷西博士，在他们看来，一定要认为是“不识时务”的蠢物吧！

可是谈到这里，我们却也无暇为黑人哀！“狗和华人不许入内”的牌子挂过了多少时候，中国人还不是一样地糊里糊涂地活着！在上海，中国人不许和碧眼儿在同一电梯上下的地方还少着吗？不许中国人参加的地方没有吗？

华盛顿，在一般黑人看来，还认为是“天堂”，因为再向南还有着更惨苦的“异遇”，华盛顿不过是这个地狱的大门罢了。我在华盛顿只勾留了一星期，便乘火车向南，往原定的目的地柏明汉奔驰。柏明汉是美国最南的一邦叫做爱尔巴马（Alabama）的一个名城，也是美国南部“黑带”中的一个重要地点。我未达到柏明汉以前，在中途换了几次车，就看见在火车上黑人是不许和白人坐在一节车里的，火车站上也分为两路出入，一边悬有横牌大书“白”（white）字，一边悬有另一横牌大书“色”（colour）字，黑白的乘客各走各的路，分得清清楚楚。我在纽约时就有美国的朋友对我说过，叫我在南方旅行，遇到这种情形时，可在“白”的方面，我也就照办。将到柏明汉的时候，我所坐的全节车里只有两个美国人，和他们接谈之后，才知道他们都是工人，虽则是在认识上很落伍的工人。这种工人是我在纽约所从来未曾遇到的。我心里想南方究竟是有些不同了。他们一致地警告我，说千万不要混入“色”的方面去，那是太倒霉的事情。他们很自然而肯定地说，黑人那里算得是人，随便把他弄死，都可以不受法律上的制裁的。他们并对我说，到南方旅行坐长途汽车的时候，要特别留神坐在前面一些，因为黑人坐在后面几排的座位上，白人少而黑人多的时候，黑人往前推进，你如果坐得后一些，往往要混在黑人里面，那又不免倒霉了！我问他们为什么这样就会倒霉呢？他们的回答是要被人看不起。这使我感觉到美国南方统治阶级麻醉作用的厉害。但是我只和他们瞎敷衍，未曾认真地对他们提出什么讨论的问题，因为我在纽约将动身南下的时候，就有几位前进的美国朋友很诚恳地再三叮嘱我，叫我在南方旅行的时候要特别谨慎，非认为信得过的朋友，千万不要表示什么态度，尤其是表同情于美国革新运动的态度。他们并教我不少掩护的法子，例如千万不可说是从纽约来的，最好说自己是个忠实的基督徒，住的地方最好是青年会的住宿舍。后来我到南方所看到的情形，才更领略到这些好友的忠告是具有充分理由的。我要老实地承认，我在南方所遇到的一般美国人，对我的态度都很和善诚恳，给我的印象很好；不过我同时知道南方的资产阶级对于革新运动的畏惧是到了极点，如果知道任何人同情于美国的这个运动，那又是另一回事了。

到这样一个多所顾忌的生疏的地方，要想得些正确的材料，非有极可靠的朋友在当地指导不可，所以我在纽约就承一位在莫斯科暑期学校认识的美国好友给我一封很得力的介绍信，介绍我给柏明汉的一位C女士。这位C女士是在一个会计师事务所里做事，而同时是极热心于劳工运动的人。我一下了火车，直往青年会寄宿舍奔去。但是不幸得很，那里的青年会寄宿舍只容纳长期的会员，不收临时的旅客，虽经我声明我是很忠实的基督徒还是无用！天已在黑暗起来，我只得瞎窜到一个小旅馆里去安顿下来，立刻打电话去找C女士。可是“祸不单行”，对方的回话虽是一个女子的很温柔和爱的声音，却不是C女士，据她说C女士病了好几天不到办公处了。我真着急，恳请她把C女士的地址告诉我，她说C女士的地址她不大清楚，可以替我打探，同时说如果有什么事可以帮忙，她也很愿意。我听到了最后一句话，才好像死里回生，约好第二天一早去看她，承她答应了。我事前本知道那位会计师也是同情于美国革新运动的，在她的事务所里有几位男女青年是借着她的掩护，于工余参加劳工运动的，所以交臂失了C女士，很想再找一个援手。我很愉快地回忆，第二天早晨的谈话结果非常圆满，不但得着在电话里无意得到的这位M女士的热心赞助，并承她介绍给一位在该地主持劳工运动负着更重要责任的R君，和他的“同志妻”D女士。他们都是精神焕发，热烈诚恳，对社会工作具有极浓兴趣的可爱的青年。我把纽约那位朋友的介绍信给R看，他看后就含笑着轻轻地撕得粉碎，对我说这种信放在身边很危险，被侦探搜到了不得了。莫理莫觉的我，听到了他这样温婉而直截的话语，才感觉所处环境的严重。几次痛谈之后，他们把我当作自己人看待，无话不说，才知道R君和D女士都才出狱几天，原来他们俩为着帮助被压迫的黑工组织起来，被大老板所雇用的暗探抓去，像绑票似地塞入汽车，风驰电掣地弄到郊外偏僻之处，毒打一顿，再交付警察所关一个月。R君的身体非常健康，谈时他还兴会淋漓地笑着，说他不怕打，工作还是要干；同时D女士伸出她的臂膊来，欣然把那个一大块打伤的疤痕给我看。在号称法治国的国家，竟有这样的事情，真是出我意料之外。听说在那里的大老板们，无论是大地主，或是大亨，都可公然自用侦探，任意在马路上抓人，警察不但不敢干涉，而且还要合作！你要控诉吗？法官也是他们的爪牙，可以说你是自己打伤了来诬陷的！

我对这几位美国青年朋友所最敬佩的，是他们吃了许多苦头，对于工作却丝毫不放松，丝毫没有消极的意思，仍是那样兴会淋漓，乐此不疲地向前干着。我永远不能忘却他们的这样的精神，我真愿意做他们里面的一员！他们自己不怕危险，但是对于我却爱护得十分周到。有一次他们和几个黑工同志开会，我也被邀请旁听，我坐的位置近窗口（楼上的窗口），R君忽想到我的座位不妥，即叫我另坐一处，说也许外面有暗探注意到我，致我受到牵累。由他们替我规划，我又由柏明汉再南行到一个五万五千人的小镇塞尔马（Selma）去看黑农所受的惨遇，相距原有四小时的长途汽车行程，他们以为只要三小时，约定回来那一天，他们因为我未照他们所预期的时间到，立刻开会打算营救，疑我被地主抓去！我回时见到他们，正是他们恐慌着开会商量营救的时候，那种见面欢跃的神情，使我觉得那深厚的友爱，好象是自己所亲爱的兄弟姊妹似的。

在柏明汉所见的黑人的“异遇”，限于篇幅，未能详述，简单地说，黑人只能住在他们的贫民窟区域，那是不消说的。即在电车上，黑人也另有一小节座位分开，有牌子写明“色”字，另一大节的座位便有牌子写明“白”字。我亲眼看见有个黑女到一个咖啡店去买了一杯咖啡，不得在店内喝，要拿到人行道上喝完之后，再把杯子归还。我由柏明汉往塞尔马的长途汽车里，看到沿途有黑女上来，虽同样地付车资，因为后几排已坐满了黑人，前几排中虽有空位，因有白人在座，这黑女只许立着，使人看了真觉难过。到塞尔马看到变相的黑奴，情形很惨，当另作一文谈谈。

二四　由柏明汉到塞尔马

我因为要看看美国南方的黑农被压迫的实际状况，所以特由纽约经华盛顿而到了南方“黑带”的一个重要地点柏明汉，这在上次一文里已略为提到了。我到后住在一个小旅馆里，茶房是个黑青年，对我招待得特别殷勤，再三偷偷摸摸地问我是不是要旅行到纽约去，我含糊答应他，说也许要去的，但心里总是莫名其妙，尤其是看到他那样鬼头鬼脑的样子。后来他到我的房里来收拾打扫，左右张望了一下，才直着眼睛对我轻声诉苦，说在那里日夜工作得很苦，衣食都无法顾全，极想到美国北方去谋生，再三托我到纽约时替他荐一个位置，什么他都愿干，工资多少都不在乎，唯一的目的是要离开这地狱似的南方。他那样一副偷偷摸摸吞吞吐吐的神气，使我发生很大的感触，因为谋个职业或掉换一个职业这原是每个人应有的自由权利，但在他却似乎觉得是一件不应该的犯法的事情，一定要东张西望，看见没有旁人的时候，才敢对我低声恳求，这不是很可怜悯的情形吗？这个黑茶房又在我面前称羡中国人，说在该城的中国人都是很阔的，尤其是有个中国菜馆叫做Joy Young，这里面的老板姓周，置有两部汽车，使他津津乐道，再三赞叹。我依着他所说的地方，去找那家中国菜馆，居然被我找到了，布置得的确讲究阔绰。有两位经理，一个姓卢，一个姓周，他们虽然都是广东人，我们幸而还能用英语谈话，承他们客气，对于我吃的那客晚饭，一定不要我付钱。据说该城只有中国人四十五人，都有可靠而发达的职业，有大规模的中国菜馆两家，小规模的中国菜馆一家；因为那里的中国人在生计上都很过得去，衣冠整洁，信用良好，所以该城一般人对于中国人的印象很好。后来我见到R君（即热心照呼我的一位美国好友，详上次一文），问起这件事，他也承认在该城的中国人比较地处境宽裕，但是因为这样，他们自居于美国资产阶级之列，对于劳工运动很漠视，赞助更不消说。他的这几句话，我觉得不是没有根据的，因为我曾和上面所说的那个中国菜馆的经理周君谈起当地人民的生计状况，他认为当地的人民里面没有穷苦的，而在事实上我所目睹的贫民窟就不少！——虽则最大多数是属于黑人的。但在我听到中国人在该城还过得去，这当然是一件可慰的事情，至于他们因生活的关系，有着他们的特殊的意识形态，那又是另一件事了。

R君告诉我，说一般人都很势利，所以叫我在街上走的时候，要挺胸大踏步走，对任何人不必过分客气，如有问路的必要时，可先问怎样走回塔特乌益勒旅馆（Tutwiler hotel），因为这是柏明汉最大最讲究的一个旅馆，有人听见你住的是这个旅馆，一定要肃然起敬，认你是个阔客！这样一来，他便要特别殷勤，你问什么他就尽力回答你什么。可是我从来没有装过阔，这在我倒是一件难事，幸而柏明汉城并不大，街道整齐，还易于辨别，所以也无须装腔作势来问路。

诚然，如果你不到许多贫民窟去看看，只看看柏明汉的热闹区域和讲究的住宅区，你一定要把它描写成很美的一个城市。它的市政工程办得很好，因为街道都是根据着计划建成的，所以都是很直很宽的，转角的地方都是直角，方向都是正朝着东西南北的。你在这样市政修明的街道上，可以看见熙来攘往的男男女女——指的当然是白种人——都穿着得很整洁美丽，就是妇女也都长得很漂亮，白嫩妩媚得可爱，不是你在纽约所能多遇着的。

我有一天特为到一个很讲究的理发店里去剪发，那个剪发伙计的衣服整洁，比我还好得多，我有意逗他谈谈，才知道他对于中国人很欢迎，说中国人和美国人是一样的高尚，他同样地愿为中国人服务。但是我一和他提起黑人怎样，他的和颜悦色立刻变换为严肃的面孔，说他决不许“尼格”进来，“尼格”那配叫他剪发！我说“尼格”一样地出钱，为什么不可以？他说你有所不知，只要有一个“尼格”进来，以后便没有白种顾客再到这个店里来剪发了，所以他们为营业计，也绝对不许“尼格”进来的。

我曾亲到黑人的贫民窟里去跑了许多时候，他们住的当然、都是单层的破烂的木板屋，栉比的连着。我曾跑到其中一家号称最好的“公寓”去视察一番，托词要租个房间。起初那个女房东很表示诧异，我说我是在附近做事的，要租个比较相近的安静而适宜的房间，她才领我进去看，把她认为最好的房间租给我。我一看了后，除破床跛椅而外，窗上只有窗框而没有窗，窗外就是街道。我说这样没有窗门的房间，东西可以随时不翼而飞，如何是好！她再三声明，只要我肯租，她可以日夜坐在窗口替我看守！我谢谢她，说我决定要时再来吧。

我在这许多龌龊破烂的贫民窟跑来跑去的时候，尤所感触的是这里那里常可看到几个建筑比较讲究的教堂，有时还看见有黑牧师在里面领导着黑信徒们做礼拜，拉长喉咙高唱圣诗。教堂也有黑白之分，专备白人用的教堂，黑人是不许进去的。这事的理由，不知道和上面那位剪发伙计所说的是不是一样！

美国南方的资产阶层把剥削黑人视作他们的“生命线”，谁敢出来帮助黑人鸣不平，或是设法辅助他们组织起来，来争取他们的自由权利，都要被认为大逆不道，有随时随地被拘捕入狱或遭私家所雇的侦探绑去毒打的机会。

柏明汉以铸钢著名，还是一个工业的城市，我听从K君的建议，更向南行，到塞尔马去看看变相的农奴。

塞尔马是在柏明汉南边的一个小镇，离柏明汉一百十二英里，是属于达腊郡（Dallas County）的一个小镇。人口仅有一万七千人，这里面白人占五千，服侍白人的仆役等占二千，变相的农奴却占了一万。以一万二千的黑人，供奉着那五千的白人！这是怎样的一个社会，可以想见的了。

由柏明汉往塞尔马，要坐四小时的公共汽车。那公共汽车比我们在上海所用的大些，设置也舒服些，有弹簧椅，两人一椅，分左右列，两椅的中间是走路的地方，这样两椅成一排，由前到后约有十几排。两旁的玻窗上面有装着矮的铜栏杆的架子，可以放置衣箱等物。开汽车的是白人，兼卖票，帮同客人搬放箱物。他头戴制帽，上身穿紧身的衬衫式的制服，脚上穿着黄皮的长统靴，整齐抖擞，看上去好象是个很有精神的军官。我上车的时候，第一排的两边座位已有了白种乘客坐了，我便坐在第二排的一个座位上。接着又有几个白种乘客上来，他们都尽前几排坐下。随后看见有几个黑种乘客上来，他们上座位时的注意点，和白种乘客恰恰相反：白种乘客上车后都尽量向前几排的座位坐下；黑种乘客上车后却争先恐后地尽量寻着最后一排的座位坐起。这种情形，在他们也许都已司空见惯，在我却用着十分注意和好奇的心情注视着。渐渐地白的由前几排坐起，向后推进，黑的由后几排坐起，向前推进。这样前的后的都向中间的一段推进，当然总要达到黑白交界的一排座位。那个黑白交界的座位虽没有规定在那一排，但是前几排坐满了白的，后几排坐满了黑的，最后留下空的一排，只须有一个白的坐上去，黑的就是没有座位，也不敢再凑上去；反过来，如只有一个黑的坐上去，白的也不愿凑上去。所以在交界的地方，总是黑白分得清清楚楚，一点不许混乱的。我这次由柏明汉乘到塞尔马的那辆公共汽车开到中途的时候，最后留下的空的那一排座位上坐上了一个黑种乘客，照地位说，那一排还有三个人可坐（两张椅，每张可坐两人，中间是走路的），但我看见有一个白种乘客上来，望望那一排座位，不进来坐，却由汽车夫在身旁展开一张原来折拢的帆布小椅，夹在第一排的两椅中间（即原来预备走路的地位）坐下。等一会儿，又有一个白种乘客上来，那汽车夫又忽而从近处展开一张同样的帆布小椅给他夹在第二排的两椅中间坐下。我记得当时第六排起就都是黑人，我不知道倘若继续上来的白种乘客即有帆布小椅可坐，挤满了第五排的中间以前，怎样办法。可是后来白种乘客并没有挤到这样，所以我也看不到这样的情形。这种帆布小椅小得很，只顶着皮鼓的中央，尤其是那位大块头的中年妇人，我知道她一定坐得很苦，但是她情愿那样，虽然有很舒服的沙发式的座位，因为在黑人一排而不肯坐。而且挤坐在两椅的中间，一路停站的时候，后面客人走出下车，她还要拖开自己的肥胖的躯体让别人挤过，怪麻烦的，可是她情愿这样。不但她情愿这样，那个汽车夫以及全车的客人，除我觉得诧异外，大家大概都认为是应该这样的。

那个黑白交界的两排座位——一黑一白——是随着黑白两种乘客在一路上增减而改变的。例如在中途各站，白人下去得多，黑人上来得多，那黑界就渐渐向着前面的空的座位向前推；如黑人下去得多，白人上来得多，那白界也就渐渐向着后面的空的座位向后推。我后来看到最后留下的那一排座位坐着一个白人，忽然有一个黑女上来。那黑女穿得很整洁，人也生得很漂亮，手上还夹着几本书，但是不敢坐上那一排上空的位置，只得立在门口。车子在那段的路上颠簸得颇厉害，但是她屡次望望那几个空着的位置，现着无可奈何的样子！我尤其恻然的，看见有三四岁天真烂漫的黑种孩子，很沉默驯良地跟着他的母亲坐在后面，又很沉默驯良地跟着他的母亲从后面踯躅着出来下车。他那样的无知的神态，使你更深深地感觉到受压迫者的身世的惨然。大概中国人到美国南方去游历的很少，尤其是在那样小城小镇的地方，所以汽车里面的乘客，无论是白的是黑的，对于我都表示着相当的注意，至少都要多望我几眼；但是他们所能望到的只是我的外表，绝对想像不到我那时的心情——独自孤伶伶地静默地坐着，萦回于脑际的是被压迫民族的惨况，和这不合理的世界的残酷！

在途中还时常看见住小板屋的“穷白”，他们的孩子因营养不足，大抵都面有菜色，骨瘦如柴。

我到塞尔马的时候，已经万家灯火了，在柏明汉没有住成青年会寄宿舍，到这里却住成了青年会寄宿舍。当夜我只到附近的一两条街市跑跑，后来才知道这个小镇的热闹街市就不过这一两条。可是市政却办得很好，不但热闹的街道，就是住宅区的街道也都广阔平坦，都是柏油路。商店都装璜美丽整洁。第二天跑了不少住宅区，玲珑精美的住宅隐约显露于蓊郁的树阴花草间，使我想到这是一万多黑人的膏血堆砌成功的，使我想到在这鸟语花香幽静楼阁的反面，是掩蔽着无数的骷骸，抑制着无数的哀号！

我们读历史，都知道美国有个林肯曾经解放过美国的黑奴，但是依实际的情形，美国现在仍然有着变相的农奴（这变相的农奴也就是黑奴），所谓解放黑奴，只是历史教科书上的一句空话罢了。“变相的农奴”这名词，我是用来翻译在美国南方所谓sharecropper。在英语原文的这名词可直译为“收成的分享者”。这原来可说是不坏的名词，因为农业有了收成，请你来分享一部分，这有什么坏处？但是在实际上这号称“收成的分享者”却丝毫“分享”不到什么“收成”，只是替地主做奴隶，所以我就把它意译为“变相的农奴”，使名符其实，以免混淆不清。这种变相的农奴除了自己和家人的劳力以外，一无所有。地主把二三十亩的田叫他和他的家人来种棉花——美国南方是产棉区。由地主在田里的隙地搭一个极粗劣狭隘的板屋给他全家住，供给他农具和耕驴。在表面说来，到了收成的时候，他应可分得一部分的棉花，但在事实上地主并不许他自己占有这一部分棉花的售卖权。地主所用的方法，是强迫这黑农和他的家人用他替他们所置办的极粗劣的衣服和粮食，以及其他家常需用的东西。到了收成的时候，由地主随便结帐，结果总是除了应“分享”的部分完全抵消外，还欠地主许多债。这种债一年一年地累积上去，是无法偿清的，在债务未偿清以前是无法自由的，不但他自己要终身胼手胝足替地主做苦工，他的全家，上自老祖母，下至小子女，都同样地要替地主做苦工，在南方的地主们数起他所有的变相的农奴，不是以人数，却是以家数。例如一个地主说他有着十家的“收成分享者”，这意思就是说这十家的大大小小都跟着那每个家里的变相的农奴一同为地主服役，没有工资可说的。所以说是十家，把人数算起来，也许要达一百多人。我除到了附近的乡村步行视察外，还雇了一辆汽车到塞尔马郊外的农村去看了好些时候，看见东一个大田中间有一个板屋，西一个大田间有一个板屋；这板屋就只是一个破旧的平房，黑奴几代同堂都塞在里面。在那里，你可以看到褴褛不堪的男男女女大大小小横七竖八地坐在门口地下，外面晒着炎热的阳光，他们就在这样的环境里呆坐着。那天正逢着星期日，他们照例是无须做工，但也无法出去娱乐，其实也无处娱乐，所以只得呆呆地在炎暑之下呆坐一天！他们平日工作是没有一定的时间的，从天亮起，一直到天黑为止！塞尔马的街道那么好，但却没有任何街车，因为地主们都有汽车，奴隶们就只配跑腿。全家服役的变相的农奴们，因此也只有局促在狭隘肮脏的小板屋里，无法出去，就是出去，也没有什么地方可去。他们乘车的时候也有，我在乡间亲眼看见地主把运货的塌车运输黑奴，一大堆地挤着蹲在里面，和运猪猡一样！

依法律虽不许买卖人口，但是在美国的南方“黑带”里，甲地主要向乙地主让若干变相的农奴，只要出多少钱给甲地主，以代这些变相的农奴还债为词，便可用塌车整批地运走，因为他即成为这些农奴们的新债主，有奴役他们的权利了！这不是变相的农奴是什么呢？

二五　由塞尔马回到柏明汉

我到美国南部“黑带”的一个小镇塞尔马视察变相的黑奴，所看到的情形，在上次一文里已经略为谈过了。我将由柏明汉动身赴塞尔马的时候，美国好友R君很替我担心。他是在南方极努力于劳工运动，尤其异常热心于赞助黑工解放运动的人，听我说到南方来调查黑农的状况，表示很热烈的同情和欢迎，但是同时又感到南方地主们的无法无天，恐怕对于调查这种事情的人于他们不利，也许要发生拘捕毒打的暴行，很替我挂虑。结果他和M女士及D女士商量一番之后，决定让我赴塞尔马一行，不过再三叮咛我要守口如瓶，十分谨慎。这几位极可敬爱的男女青年都是在行动上努力于革新运动的工作，他们受到南方统治阶级的嫉恨是必然的，像我这样一个旅行者，其实不会有什么危险，但他们却说得活龙活现，大有谈虎色变之概，我也只得怀着戒心，一切自己谨慎就是了。我到塞尔马住在青年会寄宿舍，第二天就有几个像侦探模样的人物来和我攀谈，我已成竹在胸，当然不致上他们的老当。我抬出来的第一面盾牌便是表示我是一个道地十足的基督徒，开口耶稣，闭口上帝，他们倒也拿我无可奈何；谈了好些时候，我东拉西扯，他们终于不得要领而去。有一天我叫了一辆汽车乘到郊外去看看，凑巧那汽车夫却是一个小地主的儿子，我和他一路瞎谈，问了不少关于农奴的事实。他出身于地主之家，对于黑奴是充满着成见，那是不消说的。他极力称赞他的老子管理黑奴的得法。他说对付黑奴只有用严厉的手段才行。黑奴十个有九个是天生的贼骨头，你非用严厉的手段对付，打他鞭他，不稍宽容，那你的一切东西都要给他偷得精光。他又再三描述黑奴的懒惰也是天生的，你不非常严厉地强迫他工作，他简直可以一天懒到晚。他说时精神焕发，如数家珍，越说越有劲儿。其实黑奴的生活穷苦无告到了那样凄惨的地步，在事实上是逼着他们要做贼，那里是天生的？由天亮一直做苦工做到天黑，偶尔一有偷懒的机会，当然要偷偷休息一下，也是人情之常，那里是天生的？但是他却津津乐道，我也姑妄听之。这个汽车夫很客气，很殷勤，但是一说起黑人，他的牢不可破的成见却好像是丝毫不肯让步的。

在塞尔马耽搁了四天，天天在外面奔走，孤伶伶地东张西望，倒也另有一种趣味。由塞尔马先回到柏明汉，仍是乘着“黑白分明”的长途汽车。这次在车上，我的座位的前面一排却坐着一个衣服穿得很讲究的六十来岁的老者，忽对我打招呼倾谈起来，他说他在塞尔马有产业，常常来往于塞尔马与柏明汉之间，看上去无疑地是一个地主。他问我此行的印象怎样，我说很好。他听着仍不放心，还要追问着总有一些不能满意的情形吧？我说那当然，天下那有十全的事情？他听了似乎很高兴，大开他的话匣，说了一大堆反对日本侵略中国的话语。他的结论是美国虽同情中国，但是美国在目前因国内有着种种的纠纷，自顾不暇，更无力来帮助中国。我看他的忧心流露于辞色，大概还是愁着他自己产业能否安全到几时的成分居多吧。

由塞尔马乘长途汽车回到柏明汉需要四小时的路程，早晨七点钟动身，上午十一点钟才到。在柏明汉的几位美国朋友误为三小时可到，见我迟迟未到，竟大起恐慌，深怕我被什么地主捕去，正在商议如何营救。忽然看见我来了，他们都喜形于色，惊呼起来，欣然争问经过的情形。

我因为这几位朋友的殷勤挽留，在柏明汉又住了两天，和他们又畅谈了许多时候。

美国对于黑人所干的“凌侵”之惨无人道，我在以前已经谈过了。但是还有一种残酷的方法叫做“链队”（Chain Gang）。这所谓“链队”，是把一大队黑人穿上囚衣，颈上脚上都用很粗的铁链锁起来，前后再用铁链彼此连成一串，由监工者鞭打着强迫他们不停歇地做苦工。夜里睡的时候，也带着铁链睡，睡的地方好像猪栏一样，污浊不堪。有的被判定十年或二十年过着这样非人的生活。毒刑拷打，至酷极惨，往往几年就送命。这类黑犯所犯的罪，有的是黑农（变相的黑奴）对于地主的虐待抗议了几句话，有的是逃遁的黑农，有的是对地主的辱骂回答了一句不平的话，尤其是胆敢参加什么劳工的组织——都可被判定罪名，沦入这样的惨境。无论那一个黑人，一被陷入了“链队”，就是等于跑上了一条死路。这些黑犯因受不住那样的酷刑，一有机会，即宁愿偷吞毒药自杀，不愿再活下去。他们拖着铁链在炎日下，一天到晚不停地做着苦工，一有些不如监工的意思，即更加上种种的酷刑。有的手和脚缚在一起，腿弯曲着，用一根木棍插在中间，使他无法移动，然后把他掷在炎日之下，一晒几小时，晒到昏去，有的把下半身缚在一根粗柱上，把缚在手上的链条套在另一根柱上，叫另一个黑人把这链条一步一步地拉紧，使他的上半身一步一步地向前伸着。这无异把上半身硬拉长，多拉紧一下即多感到一次的苦痛。这在他们叫做“伸展”（stretching）。有的立在一个仅能容身的木笼里面，里面漆黑，只在顶上有小洞流入空气。立在里面的人，一动都不能动，摆在炎日之下晒着，有蚊虫从顶上的洞口飞入咬着，也无法驱除。这种种无人道的酷刑，谁都想不到会发现于号称“文明”的世界，但R君却曾经亲眼看到，切齿痛恨说给我听的。这“链队”的惨酷，在美国是全国都知道的，但除热心改革运动的人们发出抗议的呼声外，竟不听见有人主张废除。在南部各邦更属司空见惯，视为当然，目的不过在多多榨取黑种的劳动力以自肥而已。榨取制度的罪恶竟黑暗一至于此，简直不知人间有残忍事，这不是很可慨叹的现象吗？

尤其可怪的是这种“链队”的残酷行为竟戴着“合法”的假面具，被陷害的黑人（其中虽也有白人，但为数极少，可说是专为黑人而设的），都是由法庭公然判定的。在美国南方除盛行这种“链队”之外，还有其他更直截爽快的办法，那就是由各种农场的地主或大公司的老板等等所私雇的侦探和打手，用绑票的方式把你抓到偏僻的乡间，毒打一顿；如果你是白人，毒打一顿后，还可生还；如果你是黑人，往往把你活活地打死算数，打死后偷埋起来，所有法官和警察都是立在他们（统治阶级）的一边，谁敢出面来抱不平？当然，最容易遭到这种危险的是那些热心于劳工运动的人们，因为组织劳工来改善工农生活的人，由资产阶级看来是绝对立于对立的地位，非拚命铲除是不能放心的。“链队”无论如何残酷，还须经过法庭的公开判定，而用“暗箭”的办法却可于暗中消灭，干了可以完全否认的。

我到美国南方的时候，正闹着一种热心于劳工组织的黑工人失踪的案件。R君告诉我，据他们多方的调查，这个黑工人就是被用“暗箭”的方法弄死的。一个黑工人被打死，这在美国南方原是一件极平常的事情。但是时代渐渐的不同了！这个黑工人是热心于劳工运动的一个健将，是从纽约负着劳工组织的使命来的，站在他后面的有劳工组织，有“国际劳工保卫团”替他调查，替他延请律师根据法律起诉，不是一死就可以了事的。劳工运动的大本营是在美国的北方，尤其是纽约。南方的律师遇着这类案件是不敢接受的，所以由“国际劳工保卫团”从纽约设法请到热心于劳运的律师到南方来出庭。说来有趣，关于上面所说的那个案件，由纽约来的一位律师到了目的地之后，那里的政府却用“闭门羹”的办法对付他。他先到法庭去找法官，据说请假出去了。他设法探得法官的家的地址，按图索骥去找他。到的时候，法官的老婆不知底细，对他说她的丈夫就要回来，请你等一等。不一会儿，电话机上的铃丁丁地响着，这位法官太太听了之后，才知道她的丈夫到了别的地方，有意避这个律师，暂时不回家了。她托词回绝了这个律师，他再跑到法庭上去探问，才知道不止法官请假，书记官及录事等等办事员都请了假！简直是用全体罢工来对付的。这个律师等了好几天，只得北返，但对此事并不放松，已在大理院控告这个法官的违法。

这件事初看似乎很奇怪。南方的统治阶级（包括大老板地主以及他们御用的法庭及警察机关等等）既然有那么大的权力，何以会那样怕这个孤身由纽约来的律师？他们何妨也把这个律师绑去毒打一顿呢？就不用这种激烈的手段，何妨尽管开庭，法官不是立在他们的一边吗？怕什么呢？这里面的原因的确很值得我们的注意。原来，美国南方的统治阶级并不怕这些的。例如前几年所发生的世界闻名的司各资波落（Scottsboro）案件（有九个黑色小工人，年龄最小的只有十三岁，被诬陷强奸白女，宣判死刑），他们让法庭公开审问，结果由于热心劳运机关的有组织的宣传，不但把他们的黑幕暴露到全美国的各角落，而且暴露到全世界，使他们出丑到不可收拾的地步。这种教训他们是不会忘却的，所以他们在这一点几成为惊弓之鸟，只得用消极的办法来抵制，不敢再那样放肆了。这里面当然还有一个很重要的原因，那就是美国多少是自许为“民治”的国家，此中诚然有不少伪的成分的存在，但是就一般说，最低限度的民权，当局者有的时候也不得不稍稍顾到一点面子，不敢完完全全地毫无忌惮。这在连最低限度的民权都说不到的国家的人民看来，当然还是要感慨系之的！

但是在另一方面，我们却也可以看出民众力量的伟大——有组织的民众力量的伟大。上面所说的那个被打死的黑工人，在美国南方的统治阶级看来，原不算是一回事，但是后来不得不感到辣手的，并不是这个黑工人的本身有什么比其他黑工人不同的地方，最大的异点是他的后面有着劳工组织做后盾。那个由纽约来的律师，以一个个人竟能吓跑了一个法庭的全体，这也不是因为这个律师在个人方面有何特殊的魔力，也是因为他是由纽约的劳工组织请来的，在他的后面立着大群的民众，不是对付个人所能了事的。这个道理，在美国南方的统治阶级原来当然是不懂的，可是他们在实践中吃过了几次苦头，便知道这是什么一种味道！

上面所谈到的那个黑工人案件，还仅限于局部的阶段——至少当我还在那里的时候。还有一个有趣的案件，当我在美国的时候，已闹到全国皆知，无人不晓，真使美国的统治阶级觉得头痛！这便是在美国谁都知道的恩哲罗·亨顿（Angelo Herndon）案件。亨顿是一个十九岁的黑工人，在美国南方的佐纪亚邦的爱特兰塔城煤矿里做工。他是一个很热心于劳工运动的很能干的青年，他协助当地的黑色工人和白色工人组织起来，参加失业工人的示威运动，这当然是南方的统治阶级所最恨的事情。于是当地的法庭判定他二十年的“链队”酷刑，由于“国际劳工保卫团”领导下的民众的努力，竟闹到大理院，引起全国人的注意，引起全国劳工大众的抗议，使统治阶级不得不有所顾忌。最有趣的是当正在准备上诉的时候，亨顿向佐纪亚邦的法庭请求保释，法官看不起这个区区黑小工人，要他办到十五万金圆的现金保。在法官看起来，这在亨顿是绝对办不到的事情；但是出乎他意料之外的是由于“国际劳工保卫团”向全美国工人的呼吁，竟于第五年经济恐慌的压迫下，由全国工人踊跃捐助，在二十三天的短时间内，捐款超出十八万金圆以上。当捐款收满十五万金圆的时候，“国际劳工保卫团”的主任律师特由纽约乘飞机赶到亨顿的囚室，对他说：“我们走，恩哲罗！”这件事表示美国劳工有着怎样的团结和牺牲的精神！法官当然是吓得不知所云，但是他的话既经说出了口，也只好眼巴巴地望着亨顿出狱了！你如果看到这十五万金圆的捐款报告，还要使你感到兴奋，因为都是由一个金圆或几个金圆凑成功的。有一个捐款的小女工附着一封这样的短信：“我十九岁，失业了六个月。附上的十圆，还是我得业后第一次的工资。我希望这能帮助恩哲罗·亨顿得到自由。”还有一个工人附着一张字条说：“附上一块金，真是少得不好意思，我希望你有什么奇迹把它化成几千倍！”可见这真是代表劳工大众的血泪语，表示他们由心坎里出来的真实！这在统治阶级看来无怪是要发抖的！

亨顿这样被保出狱以后，竟成为全国劳工界所热烈欢迎的重要人物，到处演讲。劳工界替他装饰一个货车，极力描摹狱中的惨酷情形，由他乘到各处去大大地宣传一番，他的照片悬挂到全国各处（南方当然挂不出）。统治阶级虽感到痛心疾首而又无可如何。

上面不是屡次提到“国际劳工保卫团”吗？这在美国劳工运动中是一个很重要的组织，说来话长，我想另作一文谈谈。在这里，我不想多说了。

回柏明汉后，还承R君和两位女士介绍几位前进的工人谈话，我们一见如故，坦白倾谈，使我不禁暗叹他们知识水准的可佩，更使我万分佩服这几位热心革新运动的青年的工作成绩。

二六　在柏明汉

我由塞尔马回到柏明汉后，又耽搁了两天，还承R君和两位女士介绍几个前进的工人谈话，这在上次已略为提到。我说“介绍几位前进的工人谈话”，这在诸君听了也许只觉得是很平常的事情，因为介绍几位朋友谈谈不是很平常的事情吗？但是在当时却也还有一些特别的情形。

美国南方对于黑工是怎样压迫，对于劳工运动是怎样摧残，诸君看过我在以前所谈的，可以想见此中的大概了。正因为在这样的黑暗情况之下，所以凡是在那里努力于劳工运动的人们，在工作的技术上都须十分谨慎，十分小心，否则便要引起许多麻烦，甚至危险。例如我所谈起的R君、D女士和M女士，他们虽利用那位同情者会计师的事务所做聚集同志开会的地方，每次开会时间却只半小时，因为怕久了要被侦探知道。倘若所商量的事情还未解决，他们也要再掉换一个地方去另开一个会，开会的时间仍是这样短的。他们已在柏明汉组成一个工会，里面黑工就有三千，这在他们那样艰危的环境中，实在可算是一种“奇迹”！他们曾邀我旁听过好几次的这样的干部会议。说来有趣，在柏明汉的街车里，在柏明汉的任何公共场所，白人和黑人总是分开的，彼此总是很隔膜的，白的总是看不起黑的，黑的看见白的总是低头的。但是在这种会议里面，空气却大大的不同，虽大多数是黑同志，但是大家是很和蔼很诚恳，好像弟兄姊妹似的，见时热烈的搀手，谈时愉快的表现，和会外的情形简直好像是两个世界。D女士有一次为着参加这种会议被私家的侦探知道了，由几个打手用一部汽车，在路上把她绑到偏僻的乡间去毒打一顿，打后交给警察局关闭一个月。我到柏明汉的时候，她刚被放出几天。她使我不得不佩服得五体投地的，是以她这样二十来岁的少女，吃着这样的苦头，她并没有丝毫的畏惧心理，也没有丝毫的消极态度。她还是那样谈笑风生，活泼泼的美国典型少女的模样，照旧的努力她的工作。她身上被打的伤痕都已好了，但是有一个臂上还现着一个很大的疤痕，她笑眯眯地拉起袖子，露出那洁白细嫩的健康美的臂膊给我看。她那样“仰头乐干”的精神，不但我觉得万分佩服，我后来到纽约，和几个美国的青年男女朋友谈起这种情形，他们也啧啧称叹，有一位女的听了突然跳起来说，她也要设法到南方去做这类的工作！M女士是个廿一岁的女子，她的工作虽也十分努力，但据她告诉我，她只受过几次虚惊，却未曾被打过。我看她睁着眼睛倾听D女士谈起被打的经过，听得十分出神。当然，我不是说他们都以挨打为荣，他们对于工作是十分讲究技术的，受难是不得已的事情。这只要看他们对于一切行动的谨慎小心，便知道的。那些来赴会的黑同志们，走到会计师事务所门口时，都先东张西望一下，看见旁边没有人注意他，他才很敏捷地往里面溜，这是我在那里的楼上沿马路的窗口向下遥望看得出的。他们走到了楼上，踏进房门口，把门轻轻关上，轻轻走路，轻声招呼同志们，那种轻手轻脚轻声，以及那面孔上好像表示胜利的微笑，都使我至今每一想起，便为神往！在这种地方，我们可以看出他们一方面固然不以遭受着磨难困苦而影响到他们当前的工作，一方面却对于一切工作都小心翼翼，极力避免无谓的牺牲。我觉得他们的这种精神，可以当得起中国老话所谓“胆大心细”四个大字。

R君谈起他当时刚做了未久的一件得意的事情。柏明汉是美国炼钢工业的一个重要中心，当地支配阶级对于劳工阶级的防备可以说是无微不至。例如该地的各钢厂，你要想去参观，那真是一件谈何容易的事情！因为他们极力提防有人去煽动他们的工人，周围布满着私家雇用的侦探，一不留神，你便有机会被他们抓去打得遍体鳞伤，无处伸冤！你如一定要去参观，非有当地支配阶级中人做有力的保人，非拿着有力保人的证明信，你休想踏进他们的厂里一步。这种严重的情形，是我在欧洲任何其他国家里所从未见过的。在这样严重形势之下，R君和他的一班同志竟能组织成功一个已有工人三千做会员的工会，所以我说这是一个“奇迹”。在这样严重形势之下，他还能时时按着规定的程序开秘密会议，训练工会的干部人物，好像老鼠搬场似的，东奔西窜，津津有味，排除万难地干着，我实在不能自禁地佩服他，深信M女士称他是一个最精明干练的组织者，是完全对的。我生平最最愉快的一件事，便是无意中得到机会和这位青年组织者（他的年龄不过二十几岁），并且得到机会旁听他和他的朋友们在那样严重形势之下开着的秘密干部会议，这是我此生永远不能忘却的万分惊奇的经历，尤其是因为我自己直到现在是一个未曾加入任何政治党派的工作者，向来做的是明张旗鼓的公开工作，从未尝过秘密工作的滋味，这次竟无意中在纽约得到一位热心的美国朋友的介绍信，无意中到美国南方看到这样紧张的“地下”工作，虽则只是他们所干的一个小小的部分，已经够我兴奋的了！我知道世界上这样努力于人类公共福利的工作者已在渐渐的多起来。这是未来的光明灿烂的世界所放出的一线曙光！我要馨香膜拜迎接这一线的曙光！尤其使我感喟不置的，是这班朋友对于中国民族解放运动都具有万分的热忱。他们向我问起中国的男女青年对于民族解放斗争的艰苦英勇，问得非常详细，表示非常浓厚的兴趣和同情。

和诸君随意纵谈，越谈越远了，现在还是让我们回转来谈谈R君所干的那件得意事情吧。那是在当年的“五一”劳动节。我不是已经说过吗？他们已组织成了一个很健全的工会，已有工人三千的会员。说来令人难于相信，R君和他的同志们竟在那样艰危的环境中，在“五一”那一天，开个公开的全体大会！这又一“奇迹”的经过是这样：他们在事前已有很秘密的规划和很周到的布置，到了那一天，工人们在工余回家的当儿，先有一部分人到本城公共体育场去比赛足球。美国人对于体育运动是毫无足奇的，所以有一部分工人到那里去比赛足球，并不致引起任何人的注意。随着有许多工人在很短的时间内陆续溜进去，去看足球比赛！看足球比赛和比赛足球同样的不致引起任何人的注意。等到“人马”到齐，一声警号，倏忽间变成数千人的露天大会的方式。领袖们的“短小精悍”的演词当然是充分预备好的，群众们倾听的耳朵当然是充分准备好的，于是一个轰轰烈烈的“五一”劳动节大会竟得如愿开成了。首尾只开二十分钟，便用极迅速的方法分散，等到侦探们“惊悉”，大批警察乘着机器脚踏车狂奔而来的时候，群众已散得精光，支配阶级的爪牙们已到了英雄无用武的境地。美中不足的是R君自己因做主席，主持一切，走得最后，竟在会场附近被若干私家侦探绑去，他们因为大会暗中开成，使他们对主子难于交代，老羞成怒，全在R君一人身上发泄，把R君绑上汽车，到偏僻乡间去挨了一顿打，打后也交给警察局关了一个月。R君对我说，他的身体很好，所以不怕打！我望望他的身体，全身都有着健康的肌肉，尤其是两个壮健的臂膊，和一个厚厚的胸部，令人一望而知他是一个健康的青年。我问他被打的时候，他还手没有。他说靠他自己的膂力过人，也还手打他们，不过他们人数多，他一个人最后还是吃亏的。

我看他的神气，只对于那次大会的成功，眉飞色舞，愉快非常，至于他个人的被打，并不觉得怎样的重要。

谈了这种情形之后，请再说明R君等怎样介绍几个前进的工人和我谈话。那几个工人都住在郊外，他们带我去访问的时候，都是下午工作时间之后。他们自己平日每次赴约，都是分开走，避免别人注目，尤其是随处可以遇到的私家侦探。因为我不认得路，他们有好几次都公决叫M女士陪我。陪的时候很别致。我和她彼此都装做一点不认识的模样。我稍远地跟在她的后面走。等到她要上街车的时候，我才紧凑上去，也踏上街车。在车里我们俩有意分开坐，彼此仍是装做不睬的样子，各付各的车费（依常例男友往往要替女友付车费）。我从来没有做过这样的把戏，坐在车里不免独自一人失笑转着眼珠偷看M女士，看见她却行所无事，很严肃的坐着，我知道她对于这类事是很有经验的，不像我那样大惊小怪。那街车的去路是很远的，我恐怕一不留神，M女士走了，我还坐在车里，路途一点不知道，那岂不糟糕。所以我在表面上虽装做一点不认识她的样子，而心里却在提心吊胆，常常转着眼珠偷看着她，等到她的身体一动，我也拔起脚来就走。离开了街车，走进了乡间的幽径，静悄悄地只剩下了我们两个人，而且天也渐渐地暗了下来，我们才并肩走。到了这个时候，我每每不由自禁地失声而笑，她嫣然问我为什么这样好笑，我说我从来没有干过这样的事情，大家很熟悉的朋友，在表面一定要装做陌生人，这是很可笑的。她被我这样提醒了，也觉得好笑。

我所见到的几个工人，以到那个铁路工人S君的家里为最有趣。M女士就是寄居在S君家里的。据她说，她为着便于工作起见，就是住的地方，都要特别谨慎，不是随便可以租住人家的房屋，以免受人陷害；S君是他们最忠实的同志里面的一个，所以她就寄居在他的家里。S君是白工，年龄大概有四十岁左右，一妻，一个女儿，两个儿子。他的妻的年龄约三十岁，女儿四五岁，大儿子七岁。小儿子才一岁，那天生病，已送到医院里去，他的母亲刚从医院里回来，很忧虑似的。S君是铁路上的一个熟练工人，是工会里的一个重要分子。这前进工人的家庭的确有它的特色，例如他的夫人在谈话间，对我们中国民族的解放斗争，就知道了许多事实，她所表示的同情心，和她的那个前进的丈夫一样，都是和蔼诚恳得动人。据S君说，他们所住的那个小小的平房，原来是他用平日积蓄的钱向地产公司买的。他当然没有力量一下买来，是用美国所盛行的分期付款的法子。他已付过了四分之三的价值，但是后来因为经济恐慌日甚，一次他失了业，不能继续付款了。那地产公司真厉害，就没收了他们的这所房屋，把他以前所付过的款子也一点不顾！所以他现在住在那个屋子里，是要依常例付屋租的。他不但失去了那所房屋，而且在失业的时期里，将所有的储蓄都用光了。他谈到这里，和他共患难的那位夫人更是追想往事悲愤填膺，气得什么似的，特提高着嗓子对我喊道："我真气死！你想在这样的社会里能不能做人！"她把依偎在她身边的那个天真烂漫的小女儿吓得一跳！S君在最近半年内（指当时说）才又得到铁路上一个位置。我仔细看看他们屋里的情形，有客厅，有卧室，有餐室，有舒适的梭化，有无线电收音机，有鲜花，简单说一句，我们中国的工人固然梦想不到有这样屋子住，就是我所认识的中国的小有产者阶层，也很少很少有这样的屋子住。他们因为谈得很有劲儿，还留我一同吃晚饭。同桌的有他们两夫妇，一个女儿，一个儿子，M女士和我。桌上铺着雪白的平伏的台布，吃的东西在我看来也是很够好的了。他的那个七岁的儿子常常钉住我看，M女士问他有什么好看，他说我不像"材纳门"。我问什么缘故，他说：

“你的眼睛不像材纳门！”我问：“你以前曾经看见过材纳门吗？”他说：“没有，不过在学校的书本上看见所画的材纳门，眼睛总是往上吊的，怪可怕，你的眼睛和我们的一样，所以我说你的眼睛不像材纳门。”原来外国报或外国刊物上画中国人，总喜欢把眼角画得吊起来，好像我们在中国戏台上所看到的一样，无论花旦小生，总把眼角弄得吊起来，大花脸就更不消说了。因此，外国有许多人以为中国人的眼睛是三角形竖立起来的样子，是怪可怕的。这倒不仅这个七岁的孩子单独的意见。我把这种误会所由来的原因告诉了他，他似乎也听得懂。当S君和我谈起黑人的苦况和他们的孩子受不到教育的可怜情形，这七岁的孩子又惊奇地问着他的父亲，为什么黑人的孩子受不到教育？他的父亲向他解释道：“黑人的孩子并不比你的聪明差些，他受不到教育，是因为他的爸爸穷，受压迫。你的爸爸失了业，穷起来，你也和他一样要受不到教育的。”那孩子听了默然若有所思。我想他也许知道什么是穷，因为他亲眼看见过他的父亲过了一个时期的穷生活；但是什么是压迫，被压迫的滋味怎样，恐怕就不是他所能领会的了。

晚餐后，我们离开餐室，又同到客厅去畅谈。等一会儿，有一个铁路上的工人来访问S君，他大概是刚下工的，身上还穿着蓝布的工衣，一双手还是很脏的。S君替我们介绍之后，才知道他是生平第一次和中国人谈话。我从S君和他的谈话里，知道他的意识远不及S君的清楚；他提出了许多问题，S君都不惮烦地替他一一解释。我知道S君是在那里执行教育的任务，是要把他引到进步的路上来，以便加入一条阵线上共同奋斗。这种地方也可以看得出前进工人对于教育大众所担负的教育任务。广义的教育是超越于学校里的授课的方式，是随时随地可以执行这种任务的。我看到S君对于家人的态度，对于工伴的态度，更觉得他的确不愧是个前进的工人。我们谈到深夜，才殷勤握手而别，S君还亲自陪送我一段路。

二七　民众的保卫

我曾经提起过“国际劳工保卫团”，并说这在美国劳工运动中是一个很重要的组织。我现在想谈谈美国“国际劳工保卫团”的大概情形。

“国际劳工保卫团”，英文原名是International Labor Defense，简称为I. L. D.，是美国劳工界用民众力量实行民众保卫的一种组织。美国的支配阶级最怕劳工的组织，尤其是在南方。劳工有了自己的组织，要求待遇改善而被拒绝的时候，最重要的抵抗的工具是集体的罢工。当罢工的时候，劳工方面坚持所要求的条件，资本家方面就利用警察的恐怖政策，利用所私雇的武装流氓，设法破坏劳工的团结奋斗，同时并雇用“工奸”（他们叫做scab）来捣乱。武装流氓往往混杂在工人的纠察队里面，和他们寻衅打架，只要流氓里面放枪弹打死了一人，尽管是他们自己人误打的，总是资本家破坏罢工的最好机会，因为他就立刻拘捕工会的领袖，硬加他以杀人的罪名。尽管有许多人可以出来做证人，证明当这个枪杀发生的时候，这工会的领袖并不在场，却在离开几英里远的工会事务所里。但是这些证人都是参加罢工的工人，而在厂家和当地的法院方面却有许多武装流氓和“工奸”出来证明，诬指这工会领袖确是在场开枪的人。本地律师慑于土劣的权威，不敢出来主持公道，结果便很容易地把工会的领袖送入牢狱，领袖既去，组织松懈，罢工往往不能坚持到底，在厂家方面当然是得到很大的便利。这种情形，在美国的本薛文义亚、西佛纪尼亚、阿海阿、柯罗来都、爱尔巴马等处的煤矿区域，尤其是常有的。但是自从有了“国际劳工保卫团”的组织，各厂家便不能这样顺手了。他们在法庭上原来可以无所不为的，现在却忽然发现有个机关叫做“国际劳工保卫团”的委着律师出庭辩护（如在南方，这种律师都是由北方特请来的），引起全国各处的抗议，执行各种方式的宣传与暴露，组织纠察队等等来和法庭抗争。

以上所举的不过是一个例子。其实这保卫团对于被非法压迫者的保卫，并不限于工人，凡是农民、教员、白种工人、自由职业者等等，无论黑种白种，受到非法压迫，都愿尽力营救，虽则在实际上受非法压迫最厉害的是工人阶级，需要营救最迫切的是工人阶级。

美国的“国际劳工保卫团”成立于一九二五年，设总机关于纽约，分部布满全国，现有八百区部，会员二十万（有个人会员和团体会员两种）。在一九二六年，该团所经手的案件达一百五十件；一九三三年达八千件；一九三四年每月所照料的案件以千计。今日美国各城市的工人敢于公开活动，支配阶级不易妄加诬陷，大半还因为有这个组织的存在。这个保卫团却不仅是一个法律上的协助机关。资本主义的国家法律是为着支配阶级服务的；法庭、法官、检察官、警察——乃至国家的一切机构，都受着支配阶级的控制，所以仅仅在法律上斗争是不够的，该团尤其重要的工作是在组织民众力量，动员民众的力量，用民众的伟大力量来执行民众的保卫。以二十万会员为发动中心的民众力量，布满全国的宣传网，这的确不是一个微小的力量。

这保卫团的组织单位是区部。无论在美国何处，只须有五个或五个以上的工人，赞同该团宗旨的，就可以向总机关注册成一区部。在某一区域有若干区部，即可联合组织分部。在更大的地方，各分部还可再联合组织分会。现在全美国有二十分会。这个保卫团虽有许多前进的分子努力工作，但并不属于任何政党，所以会员里面各党的党员都有。会员不但不限党籍，并且不限民族、人种和国籍。

保卫团遇着工人受到非法的压迫，不但对这个工人本身努力营救；倘他有着倚靠他生存的家属，该团还要设法代为维持他们的生计，替他们解决种种困难，减轻他们的痛苦。

在美国南方的支配阶级要离间黑白工人的联合，而极端压迫黑色工人，向来有个重要的借口，那便是硬诬指黑人强奸白女。在“强奸白女”这个莫须有的罪名下，黑人老的幼的，牺牲掉生命的，总是以千计。这在美国南方的地主们看来，久已司空见惯，丝毫不成问题了。但是自从有了“国际劳工保卫团”，形势就大不同。例如曾经闹得世界闻名的司各资波落案件，有九个黑色小工人，年龄最小的只有十三岁，被诬陷强奸白女，宣判死刑。以九个区区黑色小工人，穷苦无告，哭诉无门，犯着“强奸白女”的滔天大罪，除了结果掉那蝼蚁似的小生命外，本来是毫无办法。倘若没有“国际劳工保卫团”起来仗义执言，扩大宣传，则这向来被大家看作毫无重轻的小小事件，那能激动美国千百万的黑人都奋发起来力争；那能激动美国千百万的白色工人和中等阶级都来参加这个斗争；那能激动全世界的主持公道者都来质问美国政府，替这九个区区黑色小工人呼吁？这个震动全世界的向被看作微小得不足道的小小案件，所以能激动美国到那样的程度，所以到现在美国支配阶级听着还要惊心寒胆，到现在美国劳工界谈起来还要挠起大拇指，认为是劳工界斗争胜利的一种重要标志，并不是仅仅从人道主义做出发点，实在是由于“国际劳工保卫团”的宣传得法，抉出这是美国支配阶级压迫一千多万黑人的象征，抉出这是美国支配阶级离间黑白工人的一种烟幕弹，把这个似乎是小事件的真正内容显露起来，使人们不把这件事看作是几个黑色小孩子的个人的事情，却是有关全体黑人和全体劳工界争取自由的事情。当时这个保卫团并筹款保送这几个小黑人，里面的一个黑色母亲到欧洲各国去演讲宣传。这黑色母亲也是一个穷苦无告的女工，倘若不是得到有力的援助，那里梦想得到可以往欧洲去替自己含冤莫白的儿子做什么宣传？最有趣的是当时美国政府感觉到这种宣传太使美国的支配阶级丢脸，纷纷电令驻在各国的美国外交官竭力禁止，但是有着各国劳工界的有力响应和援助，美国政府也终于无可如何！这可以想见有组织的民众力量是怎样的伟大！

又例如我在上几次曾经谈到的亨顿案件，在二十三天的短时间内，能向全国劳工界——经过五年经济恐慌摧残的劳工界——捐到超出十八万金圆的保金，这也是出于“国际劳工保卫团”的力量。以一个二十岁左右的黑色矿工，无论如何，梦想不到能够拿出十五万金圆的现金，慨然向法庭把自己保出来。在亨顿以前，黑色工人被随便定着罪名，送到“链队”里去受尽惨酷的待遇，真是神不知鬼不晓，谁来理睬这类闲事？但是自有“国际劳工保卫团”出来主持一切，形势便大不同了。不说别的，只说由全国各角落里的苦人儿，为着亨顿的事，写一张明信片表示抗议，就有十五万张这样的明信片纷纷送到白宫里去，堆满了总统的办公室，至于由各机关各团体送去的抗议呈文，一来就是几千人签名的公文，那更弄得白宫慌得手忙脚乱。在美国纽约的联合方场开了大规模的示威运动，要求释放亨顿，不但全国各处的劳工界纷纷响应，同时巴黎柏林（当时“领袖”希特勒还未露脸）等处的劳工界也纷纷响应。

有这样伟大的民众力量做后盾的亨顿，他的英勇的态度也确比常人不同。当佐纪亚的法庭宣判他二十年“链队”惨刑的时候，他立起来说出这样慷慨激昂的话语：

> 你们对于恩哲罗·亨顿尽管任所欲为，你们尽管诬陷他，你们尽管把他押入牢狱里面去，但是还有着几千万的恩哲罗·亨顿随在后面。你尽管能杀死我，杀死一个、两个乃至几十个劳工阶级的组织者，但是你不能杀尽劳工阶级。

我们只要想到佐纪亚是怎样反动的一个区域，只要想到亨顿处在怎样黑暗的一个环境，便可以知道他的这个大胆的公开的宣言，实在是够大胆了！这在美国南方的支配阶级，乃至美国全国的支配阶级听来，一定要吓得目瞪口呆，认为真是人心大变了！

亨顿用了十五万金圆的保金保出之后，保卫团一方面替他准备上诉，一方面资助他到全国各处去演讲宣传。他由华盛顿到纽约的途中，火车所经过的各站，都有整千整百的工人和同情者到站欢迎。最后他到了纽约，纽约的火车站（Pennsylvania Station）简直成了工人的世界！因为到站欢迎这位被判二十年“链队”酷刑的黑色矿工，竟达万人之多，把全车站都占得满满的。等火车驶入月台时，大家都转着眼珠向各车窗里望，望到了那个黑脸，大众就像海裂山崩似的，欢呼叫喊得全座车站好像要坍倒的神气。这个黑色青年刚钻出了车门，摄影记者争相拍照，有些工人争前送花，民众代表团趋前握手慰问，千万人的喉咙里喊着唱着。工界老将迈纳（Robert Minor）把他抬在肩上，在欢声雷动歌声震天的群众中把他接出去。同时旗帜飞扬，军乐大奏，大队向着百老汇路（纽约最热闹的街道）前进，他们一直向前，谁也无法阻挡，百老汇路上的管理交通的红绿灯都完全失却效用了！直冲到了联合方场，迈纳跳上演台，大声向大众说道：“十年以前，我们找不到恩哲罗·亨顿。在那个时候，白色工人里面没有黑色的领袖。今天，我们有了整千整百了，这是全美国黑白工人联合的前奏！”

也许诸君要发生一个疑问，就是亨顿到底干了什么事，值得美国的劳工界对他这样的热烈！他是一个黑色矿工的儿子，八岁就死了父亲，靠他的母亲做女工抚养他，他自己到十三岁就开始到矿里去做工，眼见世界经济恐慌发生之后，资本家的利润仍然照旧地吸取，他们的工资却接连不断地减少，这种情形养成他反抗社会的性格，同时美国支配阶级对于黑工尤其压迫得厉害，使他更深刻地感觉到参加劳工运动的必要，所以到了十九岁，他奋身参加组织失业工人的艰苦工作，不但得到黑色工伴的信仰，而且得到白色工伴的信仰，隐然成为一部分劳工的领袖。在一九三二年的六月间，他在佐纪亚州的爱特兰塔城，因为该州当局竟取消失业工人的救济，他组织了一千失业工人在该城的富尔顿镇法院前示威，要求恢复失业救济。在这一千工人里面，白色工人占了六百，这在向来轻视黑人的佐纪亚州，可算是破天荒的事情，因为一向被白人看作奴隶的黑人，现在竟被白色工人拥为领袖，这是美国支配阶级所认为大逆不道的勾当！亨顿的组织力和领导力，于此也可见一斑了。他所领导的这次示威运动，却得了相当的结果，因为该镇的救济委员会看见形势严重，在第二天就通过一个议案，拨款六千金圆救济失业。可是亨顿的失业工伴虽得到好处，而他本人却被雇主们恨得刺骨，把他抓去，说他犯了叛逆的罪，宣判他二十年的“链队”酷刑！

我们看了这一段的经过，便知道美国劳工界何以把亨顿看得那样重，因为他是不惜牺牲个人，为他的工伴谋利益，这显然是有功于劳工界的。

经“国际劳工保卫团”的努力，我在美国的时候，这件事正闹得全国震动，亨顿的英勇的奋斗能力引起了许多青年的敬爱。我在纽约遇着几位听过他演讲的美国男女青年，都满嘴称赞亨顿有演讲的天才，说他演讲得怎样有条理，声音又洪亮，态度又激昂，实在令人听了觉得感动，甚至有人称赞他的体格的美，容貌的美！我在上几次谈起过的R君，是在美国南方“国际劳工保卫团”的一位重要组织者，他谈到亨顿，也表示倾倒之至。

我所尤其感触的是美国南方的黑人因受着长期的压迫，有不少黑人养成了绝对不抵抗的服从习惯，有人就根据这种表面上的情形，说黑人是奴性天成，无可救药的了！但是换个环境，这表面上的情形，不是不可以改变过来，亨顿便是一个很好的例证。因为参加了劳工运动，因为有了“国际劳工保卫团”做后盾，他便成了一种强有力的组织里面的分子，他便有机会发展他的特殊的能力，他便英勇起来了。

其次我所感到的是我们一方面在“国际劳工保卫团”的

活动里，固然可以看出民众力量的伟大，但是同时却不要忘掉这种力量不是一有了组织就自己会来的，其中还经了许多艰苦斗争的过程，由斗争过程中产生领袖，由斗争过程中得到对付敌人的经验，由斗争过程中获得更大的自由。这实在是可给与争取自由的人们一种极可宝贵的教训。

二八　再经华盛顿回到纽约

我在美国南方视察的情形，在前几次的《忆语》里已说得差不多了。我由塞尔马回到柏明汉，于六月底经华盛顿回到纽约。离开柏明汉时，最难舍的当然是几位美国男女朋友的深挚的友谊。我临走时向他们问通信处，才知道他们不但开会的地方常常更动，住的地方常常更动，就是通信的地方也是要常常更动的。他们在工作上的技术的细密，于此可见一斑。随后M女士终于给我一个通信地址，这地址就是邮政局，他们叫做General Delivery，由她在邮局留下一个姓名，邮局把她所留下的姓名依字母编列备查，以后便可由她自己到邮局取信，不必由邮差送给她，这样一来，她的地址便不会给任何人知道了。可是如果有人知道了她在邮局所留下的姓名，却尽可以到邮局去冒领她的信，因为邮局只照来者所说的姓名付信，并不认人的。所以就是她在邮局所留下的姓名（当然已不是她的真姓名），也是严守秘密，不轻易告人的。我存着这个通信处，到纽约后屡想写一封信去谢谢他们，但是有许多美国朋友知道南方情形的，都劝我如果没有特殊事件时还是不写的好，因为非常反动的南方，对于纽约来信是检查得很严的。

我临走时，他们都紧握着我的手，许久许久不放，再三叮咛郑重而别。十几天相聚的友谊，竟使我感觉到是几十年患难交似的。为着环境的关系，他们当然都不能到车站来送别，所以我是一个人到火车站去的。我起先并不知道由柏明汉往华盛顿的火车有两种，一种是装有冷气管的（他们叫做air-conditioned），一种没有，有的要加多几块钱车费。我只注意到华盛顿的时间，糊里糊涂地买了一张“冷气火车”的车票（买的时候并不知道），无意中尝尝美国较近才有的“冷气火车”的滋味。上车的时候，是在夜里，气候还不怎样热，但是进了火车，就觉得格外的凉爽。我“阿木林”似的，最初很觉得诧异，何以气候变得那样快，后来仰头看到车里壁上的广告，才恍然知道这是美国新近的“冷气火车”，才知道是此生第一次坐在有冷气管的火车里，不禁惊叹物质文明的日新月异。同是“冷气火车”，仍然是黑白分明，即白人乘的那几节车，黑人不敢进来，黑人是另有一节车的。我是非黑非白的黄种人，但依例却坐在白人的车里，这是在以前就说过的。我屡次看见黑人上车后跑错了，直闯到白人的车里来，但是当他们的头一钻进之后，知道错误，立即飞快地回头，有的不提防地向里走了几步才觉察，觉察后就三步作两步地向外奔，好像犯了什么罪恶似的，那种踉跄的滑稽态，初看起来令人觉得好笑，但是仔细思量之后，却是很可悲悯的。这种不平等的待遇，在精神上是有着很大的刺激，黑人里面略有觉悟的人没有不对你表示痛心疾首的。黑人所以遭到这样的惨遇，无非因为他们是被克服的民族，我看着这样的情形，想到自己祖国当前所处的境遇，真是百感丛集，在火车里一夜都没有睡着。我买不起卧车票，原来是预备坐着打瞌睡的，这样引起了万端的心事，想来想去，连瞌睡都打不成了。挨到天亮，等一会儿，由窗口望见炎日当空，烈光四射，可是因为车内有着冷气，还是凉飕飕的，没有想到外面气候已热到什么程度。但是因为一夜没有睡，心绪又不好，也没有想到坐在这冷气里有着怎样的受用。

下午到了华盛顿，一踏出了车门，才感觉到外面气候的奇热，和车内比起来好像是两个世界。我的疲倦的身体，好像在炎夏从冰箱里拿出来的什么东西，一冷一热，在刹那间趋于极端，倏然间觉得头昏目眩，胸际难过得厉害，勉强提着一个小提箱，孤零零懒洋洋地走出车站，简直好像就要立刻昏倒似的。我心里想这样死去，未免死得太冤罢，赶紧转一个念头，勉强跑到车站附近的一个小旅馆里去，一踏进房里，就不顾一切地躺在床上，好像昏去似的躺了两三小时，才渐渐地恢复转来。

在华盛顿因为要调查侨胞的生活，又耽搁了两天。在华盛顿的华侨约有六七百人，也有所谓唐人街。其实不过在一条街上有着十几家中国人开的店铺。在唐人街的一般现象是洗衣作、菜饭、中国式的药材铺和中国式的杂货店。华盛顿也不能例外。这里有一家较大的杂货店，店面有着似乎中国庙宇式的建筑，漆得红红绿绿的。据陪我同去视察的朋友说，这家铺子的老板是华盛顿唐人街的一个重要领袖，娶了一位美国妻子。我们去看他的时候，已近午时，他才从床上起来。我和他谈谈当地侨胞的状况，提到赌的情形，他说最近赌这件事可说是没有的了。一踏出了他的门口，陪我同去的那位朋友就不禁失笑，因为他是很熟悉当地情形的，并且很知道那位“重要领袖”的生活；据他所知道，那位“重要领袖”到午时才起来，就是因为他前一夜是赌到深夜才睡觉的！我说大概做“重要领袖”的人不得不顾面子，可是欺骗不过熟悉内部情形的人。

赌在唐人街的流行，当然也有它的原因。美国人要想发财，可以在做“大生意”上转念头，中国人因资本微薄的关系，虽有极少数的三两个人也走上这一条路，但是大多数都不过是做小生意的，从小生意里发大财是很难的，于是往往视赌博为发财的唯一捷径。而且他们缺乏相当的娱乐，赌博也是一条出路，所以有许多都在这里面寻觅他们的桃源。但是在那里的赌博却也不是一件很简单的事情，因为是有着“堂”的“领袖”们包办的。由这里面引起的纠纷，往往发生所谓“堂斗”。“堂斗”发生的时候，美国的当地官署势必出来干涉，于是在“堂”方面便派出所谓“出番”者（据说就等于“外交家”），和美国的当地官署接洽，用运动费来和美国的当地官署狼狈为奸，他便可从运动费中大赚其“康蜜兄”（佣钱或回扣）。这种“出番”当然是“肥缺”，所以都是由“堂”的“领袖”担任。因此“堂斗”发生，便是“领袖”们发财的机会。既是“斗”当然需要打手。这类打手，他们叫做“斧头仔”；追究这名词的所由来，是因为在数十年前，他们用的武器是斧头；后来物质文明进步，有手枪可用了，但是他们在名词上还是同情于复古运动，所以仍用旧名。这类打手最初多为失业的人，由堂的“领袖”时常借钱给他，债务渐积渐多起来，无法归还，便须听受“领袖”的指挥，遇着有事需要打手的时候，便被使用。打死一人，还可得到酬报一千元或五百元。打死别堂的“领袖”，可得到酬报万元。

据说在华盛顿半年来（就当时说）也有了几个中国妓女，堂的“领袖”们不但包办烟赌，而且也包办妓女，所以堂的“领袖”往往也就是老鸨！“领袖”这个名词竟有机会和老鸨连在一起，这真是“出乎意表之外”的一件奇事。美国因受经济恐慌尖锐化的影响，近年来妓女的数量大增，因人数大增，出卖的价格也不得不特别减低。据说在华盛顿的美国妓女（美国没有公娼制度，所以都是私娼），从前一度春风须四五个金圆的，近年已减低到两个金圆了；但是在那里的中国妓女因为不是“自由”的身体，多受一层剥削，仍须四个金圆，不能和美国妓女竞争，生意也不及以前了。

我和华盛顿相别了，但是我和华盛顿相别的时候，不及对于柏明汉的那样依恋不舍，虽则华盛顿比柏明汉美丽得多。这无他，因为在柏明汉所遇着的几位美国男女朋友的深挚的友谊使我舍不得离开他们。我由华盛顿回到纽约的途中，坐在火车里，种种念头又涌现在脑际。最使我想到的当然是这次在美国南方所看到听到的关于“变相的黑奴”的生活。在美国的劳工大众受着他们资产阶级的榨取和压迫，诚然是很厉害的，关于这方面的种种情形，我以前和诸君也谈过不少了。但是在美国的黑人（最大多数都是属于劳工阶级）所受的榨取和压迫更厉害得千百倍，因为他们在表面上虽称美国为他们的祖国，但是他们的民族实在是整个的处于沦亡的地位，他们在实际上实在无异做了亡国奴。所以他们在法律上、经济上、文化上以及一切的社会生活，都不能和美国的白种人立于平等的地位。在美国南方贯穿十几州的所谓“黑带”；黑色人口只有比白种人口多，但是因为等于做了亡国奴，人口虽多，还是过着那样惨苦的生活。可见领土和主权不是自己的时候，人数虽多还是无用的。这是我们所要注意的一点。黑人里面有不少觉悟的前进分子，已在积极主张“黑带”应该自立，成立一个独立的黑国，这件事说来容易，要真能使它实现，却是一件很难的事情，因为既经没有了的领土和主权，要再得到是很难的。这是我们所要注意的又一点。想到这种种，已使我们做中国人的感到汗颜无地了。我回想所看见的黑人的惨苦生活，又不禁联想到在中国的黄包车夫（或称洋车夫）的生活。老实说，人形而牛马其实的黄包车夫生活，比美国南方的“变相的黑奴”的生活，实在没有两样！我们只要想想，在炎日逼迫之下，或是在严冬抖战之中，为着一口苦饭，几个铜子，不得不弯着背脊，不顾命地奔跑着，这样的惨状，人们见惯了，也许熟视无睹，但是偶一回想，就是那些在“黑带”做“变相的黑奴”的苦作情形，也不过这样吧！都是把人当牛马用！我坐在火车里独自一人默念到这里，虽然这躯壳是夹坐在“白”的车厢里，望望那“黑”车里的黑人们，却不免感到说不出的惭愧，因为大多数中国苦同胞的“命运”（做苦工过着非人生活的当然还不限于黄包车夫），并不比他们高明些！

回到纽约了，好像回到了临时的家乡，但是再耽搁一星期又要和它离别了。在离别前，除继续搜集研究材料外，对于那里的华侨情形，也做了比较详细的调查。

关于纽约唐人街的情形，我以前已略为谈过了，现在只想再谈谈关于组织方面的大概。我在上面提及“堂”，在纽约有所谓安良堂与协胜堂。推溯这两“堂”之所由来，听说最初到美国去的华侨格外穷苦，加以美国移民律限制的苛刻，各人当然都无力带妻子同去，成为无家可归的人。穷苦和无知又往往结不解缘，他们在偷闲的时候便聚赌，一言两语不合便在赌场里打架。后来有些人积下了一些钱，由不顾一切的穷光棍而变为有些钱的商人了，于是为着他们自己的利益计，觉得有镇压一班穷光棍的必要，便联合他们的一派组织安良堂，一班穷光棍也组织协胜堂以为抵抗。所以最初协胜堂颇有反抗压迫的意味。但是后来各堂各占一街（在纽约的唐人街就只有两条街），认为各有各的势力范围，包庇烟赌和娼妓，同样地由少数人所操纵而腐化起来。华侨的总组织有所谓中华公所，中华公所的董事会在表面上是由各团体（主要的是各会馆）分派代表，及所选出的主席、书记和通事所组织，在实际上却是由两个主要的团体轮流主持，一个是宁阳会馆，由最占势力的台山人组织的；一个是联成公所，是由台山以外的数十县的广东人和少数他省人组织起来的。所谓主席、书记、通事等等，都由这两团体轮流分配。所谓“堂”却在后面操纵各团体，由此操纵中华公所的一切。就一般说，堂是任何人可以加入，会馆则有的以几县的区域为范围，有的以族姓为标准，有的在一个会馆里还分派。简单说一句，他们的组织还是道地十足的封建的遗物。堂的“领袖”以前称会长，中国“革命”后主席盛行，他们也改称“主席”，各堂内还分有小派。

两个“堂”各据一条街，做各个的势力范围，例如有甲堂的人在乙堂的势力范围内开一家店，乙堂便出来干涉，甲堂同时要出来保镖，先来调解，讲条件，条件讲得不合，便是堂斗的导火线，大家派出打手来打个你死我活。这种“地下”的权力是出乎美国警察势力范围之外的。堂斗厉害的时候，唐人街都不得不罢市，美国人也相戒不要到唐人街的范围里面去。受损失最大的当然是华侨群众；无论谁胜谁负，群众都得不到什么好处，分赃的好处只是归于少数所谓“领袖”。在只求安居乐业的华侨群众是用不着堂斗的，是不需要堂斗的，但是因为组织为少数人所操纵，只得眼巴巴望着他们胡闹；这好像国内的老百姓用不着内战，不需要内战，而军阀们却用内战来为少数人争权夺利一样。大多数的华侨群众都是很勤俭刻苦的老实人，徒然供少数人的榨取剥削罢了。美国的劳工界的组织，如全国总工会及若干分会之类，也在少数官僚化的人们的手里，近数年来美国劳工运动的重要趋势是“群众运动”（rank and file movement），就是要把组织从少数人手里夺回到群众自己的手里来。其实华侨的组织也有这种的必要。华侨的组织不健全，当然不就是大多数华侨的不兴，犹之乎美国劳工组织的官僚化，不就是大多数美国工人的不兴，这是要分别清楚的。据我所知道，纽约华侨的团体中有个新兴的衣馆联合会，已有四千家衣馆加入（纽约一向有华人开的衣馆六千家），还在继续进行，便是一个由群众自己组织的团体。可见“群众运动”在他们里面也略有端倪了。

二九　美国青年心理的转变

我回到纽约后，又耽搁了一星期，但是在这一星期里面却特别忙，第一件事是谈话忙。我在莫斯科暑期学校里所认识的美国男女青年，有好几位是在纽约，他们纷纷相传安生由南方回来了，今天有几位约吃晚饭聚谈，明天有几位约吃早餐聚谈，热闹得什么似的。他们不但自己参加，不但邀我所已认识的朋友参加，并且约些我不认识的朋友同来畅叙。这却不是我个人有什么吸引力，却是因为我刚从南方回来，对于他们有着相当的吸引力。什么缘故呢？这需要一些解释。

诸君看过我的《萍踪寄语》第三集的，想还记得这“一群孩子们”。他们都是二十岁左右的天真活泼的可爱的青年。他们有的是刚从大学里出来，因为美国经济恐慌尖锐化的缘故，一踏出了校门，立刻就加入了失业的队伍。有的虽还在大学里求学，但是眼看着已毕业的同学都在彷徨歧途，没有出路，也都感到自己前途的可危。有的年龄比较略大的，已踏进了职业界，但是因为在目前这样的社会里，职业失掉了保障，随时有失业的危险，所以也常在慄慄自危的境况中过日子。于是这“一群孩子们”都感觉到美国的社会制度有根本改造的必要，虽则他们在最初不知道走那一条路好。后来他们有机会到苏联去看看，在那里看到了另一个世界，在事实上给与他们一个很大的刺激。他们看到本国有许多人因经济困难而中途辍学，在那里所亲眼看到的是教育免费，实业学校和大学还给学生以津贴；他们看到本国有许多青年失业，在那里所亲眼看到的是学校里的学生，在毕业的一年前就有位置定好了，有时还有几个随你选择；他们看到本国劳苦大众的生活每况愈下，在那里所亲眼看到的是一般人民的生活程度一天天在提高。这些都是事实上给与他们的教训，所以他们回国以后，大多数都加入美国最前进的政党努力，至少都成了一个同情者。美国最前进的势力是以纽约为大本营，近几年来已逐渐侵入了顽固不化的南方。因此他们对于南方的情形都很注意，虽在书报上知道了一些，但是有人到那里视察了一番，将亲眼看到的情形告诉他们，他们是要感到极浓厚的兴趣，尤其是关于他们的同志们在南方努力劳工运动的种种斗争的情形。

你可以想像得到，他们倾耳静听着南方同志艰苦奋斗的事实，个个都睁大着眼睛，现着入神的微笑，那种兴奋的态度，实在是可以意会而不可以言传的。我有一次和他们谈到南方在那样的艰危环境中居然开成了“五一”劳动节的大会，他们竟不约而同地一致立起来欢呼！

这“一群孩子们”对内积极努力于解放劳苦大众的工作，无孔不入地从各方面扩大革新的势力，对外反对侵略和压迫弱小民族。他们对于中国的民族解放运动都有深切的兴趣和恳挚的同情。他们常常提起以中华民族的伟大力量，土地那样大，人民又那样多，一旦翻过身来，给与世界的前进动力，不知道要伟大到什么地步！甚至他们希望中国赶快“翻身”，由此也可以间接地影响到美国革新运动的提早成功。他们的这种热望，一方面使我感到无限的兴奋，觉得我们真该格外努力，一方面却使我感到莫大的惭愧。

使我觉得惊异的是这“一群孩子们”里面，有好几个是住在纽约的公园路（Park Avenue），这是美国百万富翁的住宅区。换句话说，他们的父亲是百万富翁，而子女却是努力于改革社会制度的斗士！其中有一位S女士，常以她的父亲在公园路的宏丽邸宅里的大客厅供同志们开会议的使用。他们在这样的大邸宅里面开会，尽管高谈阔论，可以无所顾忌。有一夜他们借她的客厅开大会招待古巴的学生，我也被邀去参加。我们知道美国资产阶级投资于古巴达十五万万金圆之多，美帝国主义侵入古巴的程度可以想见，古巴简直可以说是美帝国主义的一个半殖民地了。自世界弱小民族解放运动的怒潮一天天高涨以来，古巴的学生救国运动也在积极地发展着，虽则我们平日在黄色的新闻纸上得不到什么详细的消息。说来有趣，美国的支配阶级紧紧地抑制着这半殖民地的解放自立，而他们的思想转变了的男女青年却努力帮助古巴的学生运动！那一夜S女士在家里那样讲究的大客厅里开的大会，就是招待由古巴来的一个学生代表。她在前两天就写了一封信给我，说明这个会的意义，叫我无论如何必须到会。我当然准时到了，到会的人很多，总在二百人左右，都是青年。当这位古巴学生报告的时候，大家围坐着倾听，椅子不够，有好些人就挤坐在地板上，彼此都高高兴兴地很自然地听着。在这个会里面，黑种人有一个，黄种人也只有一个，其余的都是白种人，但是在那样的空气中，种族的成见是丝毫也不存在的了。使你感觉兴趣的是许多美国的青年男女听到这位古巴学生代表报告到美帝国主义压迫古巴榨取古巴最激昂的地方，掌声屡次如山崩海裂似的爆发起来！他们这个时候的心目中只有侵略者和被侵略者的观念，没有什么美国和古巴的界限。这当然不是说他们就不爱国，但是他们的思想转变之后，便把爱国和爱侵略分开来。我自问我是从被压迫的“弱大民族”来的，比这位从被压迫的弱小民族的古巴来的学生代表，实在惭愧得多，而同情于这位古巴学生代表的心理也特别深刻，所以当他报告完毕的时候，最先跑过去和他握手慰劳的，我也是其中的一个；S女士建议大家随意捐些款项帮助古巴的学生救国运动，大家都很慷慨地捐输，我的行囊虽窘迫，但也勉力捐了几块金洋。

在前进的美国青年里面，既然有些是出身于公园路，他们的父母对于他们的态度怎样，也许是一个有趣味的问题。关于这方面，我可以举一两件事实来谈谈。

在这里面有一位K女士，曾经有几次邀我到她的家里去吃晚饭。她的父亲是一位大厂家，她的母亲却是一个自由主义者，她自己虽还未做美国最前进政党的一个党员，对于革新运动却是一个道地十足的同情者。她没有弟兄，没有姊妹，是她的父母的唯一的女儿，她受到父母的钟爱是不消说的。她要参加美国全国学生同盟去游历苏联的时候，她的父亲极端反对，说那是极危险的地方，青年是万万不可以去的，他为着爱她起见，所以无论如何，不许她去。但是她无论如何，非去不可。结果她的父亲用不给旅费的办法来做消极的抵制。可是那位自由主义的母亲却对女儿大表同情，虽不敢对丈夫明说，却私下帮助女儿成行，这样她才去成功。她未去以前，只是要看看，但是不看则已，一看竟看成同情者了！她回国以后，在谈话里常常和她的父亲格格不相入。幸而有一位自由主义的母亲，常常在中间“打圆场”，不然的话，也许要不可收拾了！我记得有一夜在她的家里晚餐，她的父亲也在座。她偶然称赞苏联的婚姻制度，说那多么自由，她的父亲笑着插进几句话怪好笑，他说：“畜生的婚姻更可羡慕得多！”他的女儿急着问：“为什么？”他不慌不忙地答一句：“那更自由得多了！”这一句话竟引起了一大顿父女间的大舌战！在旁观战的我虽很和婉地帮助K解释几句，但觉得这样闹下去不好，只得用诙谐的口吻问K：“你何必这样着急！究竟已有了爱人没有？”她努着嘴摇头。我说：“那末这个问题何妨从长计议？”大家才从笑声中谈到别的地方去。

还有一位朋友叫保柏，我在《萍踪寄语》第三集里曾经提起过，就是在莫斯科和苏联女青年贝拉发生恋爱，同在莫斯科的民事注册局结过婚的。他的母亲是再嫁的，他的后父是一个大规模的衣厂的厂主。他的母亲很能干，很健谈，帮助她的丈夫经营业务。她为人很精明，还说不上什么自由主义者，所以还比不上K女士的母亲。但是因为她很精明，对于合理的话，她还能虚心加以考虑，不是一味拒人于千里之外的。保柏是她的独子，她对于这个独子的唯一希望是能够承继他的后父的事业（他的后父没有别的子女）。但是她现在知道她的儿子的志不在此了，所以常感到苦闷。后来她看见她的儿子立志很坚，一定要参加党的工作（他回国后即加入美国最前进的政党做青年党员），她也不绝对地要反对，只是劝她的儿子在目前不要做得太厉害，以免学业受到影响。在美国政党是可以公开的，他原可公开地做政党党员，但是反动的势力仍然随处潜伏着，在好些大学里面，当局往往用别的借口，开除他们所不愿意容纳的青年。保柏的大学学程还有一年的工夫，他的母亲深怕他因参加革新运动太积极，弄得不能毕业。她对我说，她尽可以同情于保柏为大众努力的志愿，但是新社会不是一朝一夕可以立刻实现的，在理想未实现以前，仍非极力得到自食其力的本领不可，天下断没有饿着肚子可以努力于工作的。她的话当然不是全无理由。但是保柏却也未尝不可以振振有词。他说在事实上已有整千整万的青年毕业后无事可干，所以毕业不毕业没有什么关系。因此他们母子两人往往在见面接吻之后，坐下来谈不到几句，一触及这个问题，就不免引起激烈的辩论。我好几次在他们的家里共餐叙谈，总是极力在他们中间排解。平心而论，这个母亲确还算是一个相当贤的母亲，因为在她的谈话里可以看出她对于这个独子的志愿实很有着相当的同情，所耿耿于怀的是望他不要把学业抛到九霄云外，要把自立的能力弄得充分些。这在原则上实在是不妨加以谅解的，至少是后辈对于前辈不必在这上面辩驳。所以我觉得保柏的态度也有些不对，因为他对于苦心孤诣的母亲一句话都不让。我究竟因为比他长了几岁，对于他的志愿尽管同情，对于他的母亲却用着很和婉的解说，对于她的苦心也表示了相当的同情。这位母亲因为她的儿子态度的过于强硬，对于我的比较的和婉，竟大加欣赏，屡次对她的儿子说："你应该学学你的这位好朋友的榜样才好。"保柏在背后却大大地埋怨我，说我在谈话的时候应该用全力帮他，不该对母亲也表示同情。我对他说，我们对于前辈只须在最重要的关头不放松，此外不必伤前辈的感情。保柏渐渐地也谅解我的意思，并且也稍为改变了他自己的对于母亲的态度。

保柏的父亲待我和保柏的母亲待我一样好，但是他对于这个儿子的态度却比母亲坚决。他还是要念念不忘的希望保柏能继承他的事业。他屡次对我说，现在人心大变了，我辛辛苦苦地干了几十年，把事业做得有那样大的规模，得到了那样多的经验，却不值得年青人（指保柏）的一顾，竟自作主张，把老子的话不算作一回事了！他每次谈到这里，就不免要再三慨叹。慨叹什么？慨叹他不该让他的儿子到苏联去游历了一次！他认为什么毛病都是从这里出来的！

美国的青年近几年来因事实的教训所推动，在思想上的进步确是一件值得注意的事实。我们知道以前美国青年的人生观是要发财，发了财便可以尽量地享用，把那时的心理和现在一心要为大众努力的志愿比较比较，便知道相差得太远了。

我所遇着的许多美国男女青年虽不能概括全部分，但是就我经历所知，再参考美国各处蓬蓬勃勃的青年运动的情形，很可以说这是美国下一代的人民的趋势，这种趋势的一天天扩大，对于美国的前途，乃至对于世界的前途，都有着很重要的关系，这是无可疑的。在这个正在滋长着的萌芽里面，潜伏着美国革新运动的伟大力量，这实在值得我们的特殊注意。

我在各处游历视察，最不舒服的是认识了若干可敬可爱的朋友之后，不久又要和他们分别，我不久又要和纽约的各位朋友告别了。

我打算于七月初由纽约西行，经旧金山回国。这条路是要由东而西，穿过美洲的一条很长的路程。如乘火车，要闷坐四五天，不但受着无谓的苦，而且要在时间上也实在耗费得可惜。正在踌躇的时候，事有凑巧，保柏听说我将要动身，便跑来看我，说他的母亲允许他买一辆旧汽车，让他在暑假中往西去旅行，而且要在西部乡村里去做些组织农民的工作。他说如果我有意和他一同乘汽车西行，他是很欢迎的。我觉得这样又能给我以沿途视察的好机会，比之闷坐在火车里四五天好得多了，便欣然表示同意，和他于去年七月六日离开了纽约。以后的情形，让我另行报告罢。

三〇　由大瀑布到大工厂

我决定于七月六日和保柏一同乘汽车由纽约出发。那天午饭后他开着自备的汽车到我的寓所门口，我早把箱子零物收拾好了，他到后，帮我把箱物搬上汽车，放在车后的车箱里，我们两人便并肩坐着出发，由他自己开车。我们的路线由纽约向北，由热闹的街市而渐入旷野的公路。在美国用汽车旅行是一件很便利而愉快的事情，因为他们的公路实在造得好，都是柏油路，平坦广阔，贯通全国，两旁树荫夹道，汽油站随处都是。有许多地方不必住旅馆，有人家把余下的房间出租，门口贴着intourist的招贴，里面清洁讲究，价钱比旅馆便宜得多。大概双榻的房间每夜一圆半到两圆金洋，单榻的房间每夜只须一圆。保柏虽是富家子弟，但是使我诧异的是他比我会打算盘得多，每夜停下来的时候，他总是要寻得最便宜的房间住下，而且要两个人住在单榻的房间。不但住房间而已，一切的事情都会打算盘。我和他一同旅行，不但得到他的许多指示，而且还省了不少的费用。（虽则他在自己国内，这次西游也是第一次旅行，但是他究竟是本国人，一切都比较的熟悉些。）

我们第一夜在纽约州的首都爱尔奔尼（Albany）歇息。爱尔奔尼是在纽约州东部的中段，我们第二日便由这里折而向西，望着奈哥拉大瀑布（Niagara Falls）所在地的柏佛罗（Buffalo）开驶。这样自东而西的穿过了纽约州，于当夜八点钟达到了世界著名的奈哥拉大瀑布。引起我们兴趣的是我们的汽车还在离开瀑布好几里，就听到瀑布的吼声！到了那个地方，我们急急把汽车安顿之后，虽已上了灯火，仍赶到瀑布前面去欣赏一番。游览的人数十成群，在那山崩海裂似的澎湃声前惊叹着。这个大瀑布分为两部分：较大的部分在左岸，叫做马脚瀑布（Horseshoe Fall）；这部分的瀑布高一百五十五尺，阔达二千六百尺。还有一部分在右岸，即称美利坚瀑布（American Fall）；这部分的瀑布高一百六十五尺，阔约一千四百尺。这大瀑布的水是很清的，映着阳光，格外美丽，格外显出自然界的伟大的美。左岸是属于加拿大的翁塔利奥省（Ontario），右岸是属于美国的纽约州。两方面的政府并在瀑布的周围开辟公路，种植树木，更增加环境的美。我和保柏都觉得当夜匆匆一看，未为满足，所以找了一个人家歇息一夜，第二天又游览了半天。我早已准备好通过加拿大境的护照，所以可以到两岸任意纵览。在大瀑布下有汽油船备游客乘着在瀑布附近驶过。游客在船上须穿着他们备好的厚油布罩衣和厚油布罩帽，因为汽油船驶过瀑布前面时，水花飞溅，要使乘客全身尽湿。尤其有趣的是他们在大瀑布奔过的岩石中凿成山洞，在洞里接近大瀑布的地方开成方形的大窗，大瀑布的水在窗口汹涌着往下奔，站在大窗里的人好像置身水帘洞里面，煞是好看！游客要到这洞里去看，也要穿着他们备好的橡皮靴、橡皮外套，并戴上橡皮帽，因为洞里是很潮湿的，逼近瀑布的大窗口，更是水花四溅，一不留神，大浪花向你直冲，回避不及。入洞的时候，是由电梯向地下降落下去的，洞里装有电灯，所以并不黑暗。汽船和山洞，游览的都要另买票子。我们乘了汽船，又钻了地洞，畅快地游了半天。我们都是初次来游的，所以具着同样的惊奇的情绪，在地洞下的大窗口时，尽量挨近瀑布的“怒潮”，好像置身狂澜里面，和保柏只能在水花朦胧中相视而笑，彼此说话都听不见了。

据说到这个大瀑布游览的，每年总在二百万人以上。但是我们仔细观察那些游客，多是所谓有闲阶级；这个现象不免引起我和保柏在苏联名胜雅尔他所见的回忆。在雅尔他，你可以看到工农大众以及一般工作者享用名胜的快乐景象，这当然不是在今日的奈哥拉大瀑布所期望得到的。我在这里特加“今日的”这个形容词，因为看到美国革新运动在这几年来的猛进，依这个大势所趋，奈哥拉大瀑布开放给大众——大众都可有闲暇和力量来享受这个自然界的伟大的美——并不是没有这一天的。保柏是非常热心于美国革新运动的一个青年，他表示和我有同感。

我们在七月七日的下午离开奈哥拉大瀑布。我们的其次的目的地是福特汽车公司所在地的底初洛意。由奈哥拉大瀑布到底初洛意，原可有两种走法，一条是沿着美国境走，一条是沿着加拿大境走；这两条路都可沿着伊利湖（Lake Erie）走。我们因为要借此机会多看看加拿大的地方，所以决定沿着加拿大境走。我们觉得加拿大的公路不及美国的好，田地也不及美国境内田地的碧绿。汽油站也不及美国境内的多，我们其初不知道有这样的情形，未曾充分地装满汽油，途中很怕汽油不够，后来还算好，未曾陷入困境。我们长时间沿着光平如镜的伊利湖驶着，清风徐来，碧绿无际，驶了半天，还没有走完，天已经黑暗了下来，于是在一个沿湖的小镇，叫做圣汤墨斯（St. Thomas），找了一个人家过夜。我们歇下来的时候，已在夜里十一点钟了，大家洗了一个澡，还看到当天的本地的日报，叫做《托朗吐明星日报》（*Toronto Daily Star*）。圣汤墨斯是个小地方，只有一万六千余人，和翁塔利奥省的首都托朗吐相近，所以就看首都出版的这个日报。据这个报上的公布，每日销数有二十五万份之多。托朗吐的人口不过五十万，一家报的每日销数就有二十五万份，可以窥见那里人民教育程度的比较的高。依此比例，中国应有每日销到二万万份以上的日报！

在这天的《托朗吐明星日报》上看到关于美国煤油大王洛克佛勒的一段消息，说他最近（指当时）做九十六岁生日那一天，取得人寿保险金五百万金圆（$5,000,000）！一个人的保险费竟达五百万金圆，合华币有一千六百余万圆之多，这数量总算是可惊的了。在同一报上的同日的消息，说翁塔利奥省有六百处的“失业救济营”（即失业者做苦工糊口的地方）因待遇苛刻，全体罢工。要求的条件是每天要吃三顿。做着苦工，连饭都吃不饱，这是怎样的一种情况！再和一个人的保险费收入达到一千六百余万圆的事实对照一下，这又是怎样的一个世界！保柏对着这样的消息，握着他的拳头，咬着牙根表示他的愤慨。

怪有趣的是看到当天这个报上的评论，居然提到中国的民权保障同盟！这篇评论的题目是《民权的暗淡》(*The Twilight of Civil Liberty*)，这大概是该报站在舆论的立场，替加拿大的人民作民权的呼吁。那里面有这样的几句话："就是在中国，据记者知道，也还有个民权保障同盟，我们希望加拿大对于民权的保障，不要后于中国才是。"我看了之后，叫保柏也看一下，他也很兴奋地表示奇异，说这是多么凑巧！

我们于七月九日上午十一点钟离开圣汤墨斯，仍沿着伊利湖向西南进行，傍晚到底初洛意。我们此时已由纽约州，经加拿大的翁塔利奥省，踏进了密歇根州（即底初洛意所在地）。我们到这个地方的目的，是要看看福特的汽车厂。该厂原设有参观招待处，但是如有相当的人介绍，更可以看得详细些，所以我在事前已设法得到一封介绍信，替我们介绍的是在纽约的一位朋友，写给福特厂里的一位工程师。我们到了之后，先去找这个工程师。他倒非常殷勤，答应第二天介绍我们到厂里去参观。他是一个极端崇拜福特的人，几于把他看作“万家生佛”似的，保柏和我听了，都不禁目笑存之，因为我们知道他的脑袋里所积蓄的毒素不是一朝一夕的事情，一时和他也讲不明白，所以在那个时候不想对他有所辩难。

奈哥拉是美国的最大的瀑布，福特汽车总厂可算是美国的最大的一个工厂。这总厂的面积达一千英亩以上，所用的工人有六七万。此外在美国还有三十四处分厂，工人总数也有五万人。全部工人共达十万人以上（据说最盛的时候共有工人近二十万人）。这十几万人劳动者的血汗，便是造成拥有二十万万金圆财产的大资本家福特的来源！他在三十年前（一九〇三年）初建立汽车厂的时候，额定资本十万金圆，实收资本只有二万八千圆。到一九二四年有企业家愿出十万万金圆购买他的厂，被他拒绝。在一九二七年，有人估计该厂的营业值十五万万到二十万万金圆。当时据《纽约世界报》（*New York World*）所估计，福特的收入每一分钟约有二百金圆，每一小时一万一千四百十五金圆，每天二十七万三千九百七十六金圆，或每年约有八千万金圆。福特汽车厂素以高工资自负，说每天平均工资有六块金圆，这种自负的实际情形，下面再谈，即以此六块金圆而论，每日赚六块金圆，工作五十年之久，还要一万一千五百个工人，才赚得到十万万金圆！福特初办该厂时，有一个名叫格雷（John S. Gray）的投资一万零五百金圆，十六年中所分得的股息和股本便有三千六百六十万余金圆；依他所投的资本计算起来，年利竟达两千一百七十分！（2,170%）他所得的利润，比福特所得的可谓渺小得不足道，福特剥削所得的可惊，更可以概见了（后来福特连小股都买去，成为完全独占的公司）。福特汽车厂不但是汽车厂而已，有自己的铁矿，有自己的煤矿，有自己的森林，有自己的铁路（仅在厂内的铁轨已有九十二英里长！），还有自己的轮船。

我和保柏于九日的清早就如约到这个美国第一——同时也被称为世界第一——的汽车厂去参观。我们因为有人特为介绍，所以看得特别仔细。当然，我们并没有工夫看遍，只能看看比较重要的几个部门。据说那天被我们看到的，其中有两个部门，平常是不大肯给来宾看到的：一个是熔铁工场，一个是翻砂工场。我们看到这两个工场的时候，所得的感触也特别的深刻，因为这两个工场里面的工人工作特别的苦；炉火逼人，不可向迩，而工人在炎热逼迫之下，头面和全身都流着像豆一样大的汗，有的身上烧焦，甚至溃烂，还包着纱布，埋头苦干。有许多眼白都变成红色，眼泪总是横溢在眼眶里，同时还要用极紧张的速率工作着。这两部门的工人几于全部是黑人，过的简直是非人的生活。其他各部门的工作，虽不及这两部门的惨苦，但也都是紧张得很。我们知道福特汽车厂的一个重要特色是用“皮带运送”（belt conveyer）的急速办法；用机器来就人，不是由人来就机器：例如工人排列着做工，每人专做一个部分或一个机件，一个做完，这东西便由皮带自动地运送到第二人的前面，他必须很紧张地接着做他的部分。这样，工作的速率不能由工作者自定，是由自动的机器逼着你非快不可（该厂共用着三百五十五英里长的皮带运送机）。这是剥削工人的所谓“赶快”的办法，我在以前曾经谈过，想诸君还记得。用着这样的“赶快”法剥削，表面上虽说是八小时的工作，实际上都等于十小时或甚至十二小时的工作。因此在表面上，福特厂的工资虽似乎比别的地方高，在实际却同样地，或更厉害地，榨取着工人的膏血。福特靠着这十几万工人的血汗，得到了二十万万金圆的财产，在替他创造这巨富的工人们，现在是处在怎样的境遇呢？自从经济恐慌发生以来，他任意一大批一大批的开除工人；前三四年（大概是在一九三二年），有一次被开除的工人结成“饥饿队”，用和平的方法，带同妻子，到他的厂前要求工做；如无工可做，也要求酌给失业救济，以延残喘。你想这位“万家生佛”的福特先生用什么方法对付？他所雇用的警察竟不加警告，对向后退的失业工人和他们的家属妇女们开机关枪扫射！后来工人们替死者举行集团丧葬，这是多么惨酷的事实！

我们看完了工场之后，还到经理办公处去“巡阅”一番，那里面不但光线充足，空气新鲜，而且都装有最新式的冷气管，走进去使人觉得十分阴凉，不知道是在夏季，和刚才所看见的工场情形，尤其是熔铁工场和翻砂工场，简直好像有着天堂地狱之别！

保柏参观这个工厂的时候，他的好奇心、研究的兴趣和愤慨的情绪，都和我有同感。这是因为他对于美国社会制度的真相，能用最前进而正确的社会科学原则，加以客观的视察和判断。他和我共同考察和共同研究的时候，他的态度全是把我们彼此看作人类的一员，一点不含着替美国现实有所掩饰的意思。我们回到寓所之后，还共同讨论了好些时候。我深信保柏这样的视察，必能使他对于美国现社会有着更深刻的认识，并能增加他对于革新运动的信心与勇气。

三一　又看到几个“大”

我们于七月十日下午两点钟离开底初洛意，沿着密歇根州的南部，朝西向着伊利诺爱州的芝加哥开驶。中途因汽车出了毛病，在索斯奔德（South Bend）的一个汽车行里修理了一两小时，继续开行。因为要赶到芝加哥去会齐一位预约的朋友，所以这一夜全夜开行到天亮。整夜地乘着汽车赶路，这在我算是第一次。美国的公路造得很好，我以前已经说过；就是在夜里，乘着汽车来往的也不算少，所以虽在静寂的深夜，仍不算怎样孤单。不过近城镇的公路上有路灯，过于偏僻荒野的地方便没有路灯，就是有也很稀少，所以在夜里开车却需要特别熟练的技术。汽油站在夜里也一夜开着，门口有着特别令人注目的电灯。我们一直开到十一日的上午五点钟，才到了我们的目的地——芝加哥。

保柏这次西游的计划，只到明纳索塔州（Minnesota）的明尼爱普利斯（Minneapolis）为止；他打算在这里勾留两三星期，参加关于组织农民的工作，随后便要回到纽约去。他这样的路程，只占到我的路程的一半模样，所以我要预先打算过了明尼爱普利斯之后，另有伴侣一同到旧金山去。事有凑巧，在纽约时就另有一位美国朋友叫做纪因的，他已约了一位好友同乘汽车旅行，旧金山是他的最后目的地，而且说汽车里还有一个空位可让给我用，不过他的动身日期比我和保柏的略前，所以他先走，约我们在芝加哥相会。纪因也是参加过美国全国学生同盟到苏联去视察的，我在莫斯科和他认识，我们同在莫斯科暑期学校听讲过。他所学的虽是医学（在当时还有一年毕业），但是对于新社会运动也具有异常高的热忱；他虽不是美国最前进政党的党员，却是一个道地十足的同情者。有他接下去做旅伴，那是再好没有的事情，所以我在纽约的时候便和他约好。不料我们到芝加哥以后，按照原约的旅馆地址去找他，却找不着。大概是因为他等候我们过久，先往明尼爱普利斯去了。我们既遇不着他，便先在芝加哥进行我们自己的程序。

我们到芝加哥停车的时候，天刚刚亮。我们找着一个小旅馆，先由我定下了一个房间，把零物放置之后，即匆匆出门访友。保柏是美国最前进政党的青年党员，他先要到党部去看看。我也陪他一同去，因为调查劳工的情形，这往往是一个最好的地方。他和他们虽也不相熟，但是因为同志的关系，晤见倾谈之下，便一点没有什么拘束，和久交的好朋友一样。尤其有趣的是那里有一位黑同志（黑人，美国只有在最前进政党的各机关里，黑白两种人才有平等服务的机会），非常殷勤地对保柏说，他的家里可以让他住一夜，无须再住客栈。特别会打算盘的保柏对于这位黑同志的热心招待，完全接受。所以那天夜里，我住原来定好的那个旅馆里，他却欣欣然跑到那位黑同志的家里去享受他的招待。不料第二晨他跑回旅馆来看我的时候，竟叫苦连天！原来那位黑同志家里破烂不堪，床铺上东破一个洞，西缺一块板，尤其难受的是臭虫彻夜“操演”不绝，以致他不但没有睡着，而且他的那两个臂膊也特别膨胀了起来！我仔细看看，他的有一边眼皮上似乎也出了毛病！保柏当然不肯埋怨那位热心招待的黑同志，他只是同情于那位黑同志的艰苦生活，愈感觉到革新运动的必要。

连日看了美国的最大的瀑布，最大的工厂，到芝加哥后，又看了美国最大的报纸，它的大名也许是诸君所耳熟的，就是《芝加哥论坛报》。这个报自称是“世界上最伟大的报”，这自称是否正确，虽还待考，但是它在美国可算是最大的报！而且是最富的报，那是无疑的，虽则它同时也是美国一个最最反动的报！

《芝加哥论坛报》在英文又简称为《论坛报》，它的四百五十六尺高的三十六层摩天高楼巍然建立于芝加哥的密歇根路（Michigan Avenue）。在地面之下还有七层，专备印刷、藏纸、发电机等等之用。这所雄伟的建筑用了九千余吨的钢铁，一万三千余吨的石头。每日在这个大厦里工作的有三千五百人，其中有三千人是专为《论坛报》工作的，其余的五百人是房客和房客的雇员。所以这个报馆简直好像是一个小小的城市。这个小小的城市有一个图书馆，一所邮政局，两所电报局，此外还有许多店铺。这报馆里面的工作完全电机化，印刷机固然是用电，就是五十二镑重的铸成的铅版由铸版机装上印刷机，也都是用电机运送的。几百吨重的纸，也是用电机运送。此外他们并且利用电机把新鲜空气输入各部分的办公处或工场里面去。报纸印好之后，也是用电机自动地运送到邮包间或发报处。每星期出版五百万份。

这个报的附属事业很广大。它在加拿大有三千方英里的森林，备造纸的用。有自备的轮船把斩下的木头运到翁塔利奥省的索罗德（Thorold），利用奈哥拉大瀑布的水力，在自备的造纸厂里把木料制成报纸，然后用轮船或火车运到芝加哥。我们去参观该报馆的时候，他们先请看一小时的电影，就是表演由森林而木头，由木头而报纸的种种制造过程。在那里面你可以看到他们所有的森林的广大，造纸厂的宏伟。（这个影片曾在上海开演过，想上海报界同人也有不少人看过。）

看完电影之后，该馆有穿着讲究制服的招待员引导你到各部门去参观。那天我们遇着的招待员刚巧是美国某大学的毕业生。他是一个比较“开明”的青年，毕业未久，还有多少朝气，被我和保柏渐渐探得他的话语，知道该报馆最忌有新思想的青年，凡是比较前进学校毕业的学生，他们决不录用；比较有一点新思想的青年，他们也避若蛇蝎。

芝加哥除了一个最大的报外，还有一个最大的屠场，叫做Union Stock Yards。据说这屠场也是世界上最大的一个。这里的大量屠杀也是尽量利用机械。最龌龊和最艰苦的工作也多由黑人做。杀起猪来是几千只一杀。由黑人继续不断地把一只一只猪的两后腿挂起来，由自动机把这个挂着的猪运送到第二处，另有黑人手上拿好一把尖刀向溜过来的猪喉一刺，那只猪再由自动机向前送，按着次序，去毛的去毛，挖肚的挖肚，肢解的肢解，都是利用着各种的机械，加上极狭窄的分工的人力，不到两三小时，一只活泼泼的猪，已可装好罐头或用其他方式运上火车了！那个拿着尖刀刺喉的黑朋友，我看他一生恐怕就只学得那一刺的技能！未刺以前，猪好像自动地溜过来就他；既刺以后，猪又好像自动地溜开他。我觉得在这个屠场里面，也用了福特汽车厂里所用的“皮带运送”机的“赶快”法，虽则一方面是把汽车的各部分用机械和极细的分工逐部造成拼好，一方面却是把一只畜生的各部分用相类的法子逐部割开或拆散。这屠场的剥削工人，和有组织的工人团体对于这屠场的抗争，也是美国劳工运动中时被提及的一件重要的事情。

在这屠场里看到杀牛，先把巨大的锤在牛脑上猛击，把牛打昏倒下，然后再进行其他部分的手续。这“打倒”的手续也是用着很迅速的方法，排着队伍的牛继续不断的在一个狭弄似的黑暗中向前跑，跑到一段，旁有一门，在那门口就有个巨锤，把它打昏，从这个门边跌出来，便立刻有自动机把倒下的牛运走，以备继续进行其他部分的工作。猪的后脚被挂上时还知道急叫几声，像牛的这样死法，更是死在糊里糊涂中！

在芝加哥看过了两“大”，我们便于十三日的下午三点钟和它告别了。我在临走前，从旅馆的楼上乘电梯下去，准备到帐房间去结帐的时候，开电梯的那个美国人还不知道我就要走，轻声问我要不要女子！我问他什么女子，他笑着答说是“良家妇女”（family girl）。我虽无意于“欣赏”什么“良家妇女”，却因好奇心，问他多少代价，他再笑着答说：“只要五块钱。”我说我不想要，因为我立刻就要动身。我下去之后，刚巧保柏来了，我把这段“新闻”告诉他，他摇头叹息。这在他当然又是一种不胜愤慨的材料。

我们十三日离开了芝加哥后，沿着威斯康辛州（Wisconsin）的东部向北进发，经该州的密尔瓦基（Milwaukee）折而西，穿过该州，至十四日的下午八点钟才到明尼爱普利斯。这个时候天暗得迟，才近傍晚。保柏原得有介绍信，可住在参加农民运动的同志的家里去，并劝我和他一同去住。我这次西游，对于美国农民运动的调查，原是我此行的程序里一个重要的项目，能得到机会和参加农民运动的人们接触，倒是一件很好的事情，所以便欣然接受了保柏的建议。我现在很愉快地回想着，当时这个机会的确给我很大的益处，因为我借此能够碰到美国农民运动的几个最前进的健将和领袖，由此获得不少关于这方面的可贵的材料。

保柏所找的那位同志是一位女的，名叫麦夏尔（Bertha Marshall），是一个已结婚的青年女子；她虽有了一个孩子，还在襁褓之中，但是她对于农民运动却非常出力，是美国最前进的农民集团名叫联合农民同盟（United Farmers League）的健将之一。我们到她的家里之后，由她殷勤招待，亲密得简直好像是家人姊弟一样。保柏和她也是第一次见面，不过有可靠的同志作恳切的介绍而已，可是因为思想上的共鸣，志趣上的相应，精神上的融洽，一见面就那样亲密殷勤，看着令人歆羡感动。我因为是保柏的好友，也承她以同志看待我。她看见我们两人长途风尘，面孔和衣服都蒙着尘土，赶紧到橱里拿出雪白的大毛巾，新的香皂，备好热水，叫我们盥洗一番，再三叫我们不要拘束。洗好了之后，她又忙于留我们同吃晚饭，同时还忙着告诉我们关于农民运动的情形。她那样精明干练和热烈的情绪，一和她接近就完全感觉得到；我简直不觉得她是一个初见面的陌生的朋友，却好像和她相处了好几年似的！我们同用晚餐的时候，同座的还有三个青年女子，都是热心于美国的革新运动和农民运动的同志。我们的谈话材料都集中于农民运动的概况。据说关于美国农民的组织，较重要的有所谓庄园协会（Grange）、农民组合（Farmers Union）、农民假期会（Farmers Holiday Association）、联合农民同盟。庄园协会偏重在改良农业方法。农民组合偏重于提倡合作社事业。农民假期会的工作一向重在设法延请律师和巨商替农民和保险公司及银行之间任仲裁之责。这两个组织的性质偏于改良主义。只有联合农民同盟是最富于抗战性的。一九三二年由各地农民组织的代表会议选出全国农民行动委员会（Farmers National Committee for Action），旨在促成各种农业组织的联合战线，对于当前的切身问题作积极的斗争。她们还谈到经济恐慌尖锐化之后，农民所受到的种种痛苦的事实。有人平常想到美国的青年女子，也许以为不过讲究舒适奢华的个人主义的生活，但是听到这些妙龄女子对于农民问题讲得头头是道，如数家珍，判断正确，主张切实而适合于当前的需要，竟使人觉得那样的认识和思考简直不像能出自这样天真烂漫而稚嫩的青年女子的口里！美国青年心理的转变，在这种地方也很可以见微知著了。

晚饭吃完了，话也谈了不少，麦夏尔女士又忙着替我们设法住宿的地方。上面提及的三个女子当中，有一个名叫玛利，她的父亲名叫柯勒尔（Harry J. Correll），他原来也是联合农民同盟的健将，而且是更重要的人物，他就是这同盟的干事（或译称书记），这时正因公在外埠奔走。玛利自告奋勇说她可和她的母亲同睡，把她自己的卧室让出来给保柏和我住宿。她的好意，不待我的思索，保柏已很迅速地接受了下来。我们在明尼爱普利斯的住宿的问题便这样解决了。

我们到了玛利的家里，不客气地占用了她的卧室。她只是一个十七八岁的女子，听说还在高中求学，但是在她的卧室里，随处可以看见不少的前进的书报，虽则女子的性格总是特别爱美的，那里面也夹着不少美的图画和相片，有的悬在墙上，有的排在桌上或橱上。不但她是一个热情可敬和蔼可亲的富于革命性的青年女子，后来知道她的老母也是一个异常同情于革命的妇女。她的全家简直是一个革命的家庭！我和保柏都赞叹不置。她们总是很殷勤地留我们用早餐，虽则午餐和晚餐我们都在外面吃，因为我们白天总是在外面奔走着。

我们第二天上午跑到联合农民同盟的办公处去看看。在那里固然碰着麦夏尔和她的共同努力着的几个同志，但是尤其使我们惊喜的是我们竟在那里无意中碰着纪因！大概这种地方是前进的人们所喜到的，所以十分同情于革新运动的纪因踏进了明尼爱普利斯，也跑到这个地方来。我们不但碰着了他，还承他介绍了从纽约同来的好友赛意。原来联合农民同盟正在筹备开一个大会，有数千个的信封待写，纪因和赛意都自动地在那里帮他们写信封。我和保柏也留下来加入他们的工作，各人很起劲地大写其信封。我固然是一个偶然的客串，没有多大意义，虽则我有机会替这种新运动做一点事情是很愉快的。至于这些自动尽义务的青年们，却含着很重要的意义。我以前曾经谈过，在纽约可以看见有不少男女青年自动尽义务推销前进的报纸《每日工人》，以及其他为革命集团干着种种尽义务的事情。这些青年们虽在旅行的途中，遇着工作的机会——替新运动干些任何工作的机会——他们就自愿地抽出一些时候，欣欣然来干一下；虽机械的工作像写写信封，他们也很高兴地干着。我觉得这种自动的精神是最值得我们深思的。我被他们的这种精神所感动，居然也随着保柏在那里尽了一整天的义务。

夜里回到寓所，知道柯勒尔先生回来了。纪因和赛意也来访问我们了，我们便和柯勒尔围着倾谈。除了我和纪因外，他们都是党同志。柯勒尔有五六十岁了，头发已斑白，诚恳而热烈，和他的爱女及爱妻一样。我实在觉得他的可敬可爱。他殷殷问了关于中国民族解放运动的情形，表现着十分深切的同情和希望。他还指示我和纪因西行的途径，并替我们写了好几封得力的介绍信。

三二　美国青年运动

十五日夜里，我们几个人和柯勒尔谈到深夜，参加的除保柏和我外，有纪因、赛意、柯勒尔夫人和她的爱女。我们围坐在那个小小的客厅里，谈笑风生，简直忘却了时间。保柏依原定计划，决留在明尼爱普利斯，不日即转赴乡间去工作。我和纪因及赛意便于十六日的下午两点钟离开这个地方，不得不和这一群可敬可爱的朋友们告别了。

纪因和赛意都不过是二十几岁的青年。说来凑巧，他们两位有一点都和保柏相同，都是富家子弟，却都富于革命的精神。纪因的为人，我在上面已略为提及，赛意也同样的是个非常可爱的青年。他是德国种，移植到美国的，满头的黄金色的嫩发，一对特别绿的眼睛。他真够得上沈钧儒先生所常说的两句话，叫做“主张坚决，态度和平”。他的认识非常正确，判断非常敏锐，待朋友却非常和爱。纪因研究医学，赛意却研究法律。他们对于父亲虽都亲爱得很，像纪因每天要打一个电报给父亲报平安，并略述途中情况，但是他们谈到资本主义社会对于劳动者的剥削，却毫不客气地把他们父亲的剥削方法和盘托出，“如数家珍”，作为引证，因为他们的父亲也都是资本家！这真是一件怪有趣的事情。

他们两人都于七月四日在底初洛意参加过第二次美国青年大会（Second American Youth Congress），他们这个时候正从那里开完了会来的。这个青年大会，在美国民众运动里面占着很重要的位置，我本来也打算去看看，可惜因为其他事务的羁绊，未得如愿，现在遇着这两位朋友，却听到不少关于这个会议的情形。

这次青年大会有三四千代表参加，代表美国各地青年一千三四百万人之多，规模之大，可算是美国有史以来青年聚会的空前盛况。数量之广，为前此所未有，这还在其次，再从质的方面看，更重要的是这次青年大会的代表是不分宗教，不分人种，不分职业，不分党派；包括教堂、学校、矿、工厂、农场、工会里的青年，以及各地其他青年团体所推选的代表：换句话说，也可以说是美国青年运动联合阵线的成功。而且选举是用民主制度，先由各城镇开大会选举，然后再由各地推派到大会里来，该会是在底初洛意城举行，所以该城的委员会比各区的委员会尤为繁忙，于是特在该城组织一个规模较大的委员会，称为七十六人委员会（Committee of 76），主持一切。在七月四日这一天，在底初洛意举行大会外，并举行青年大示威运动，随后又接连开了三天的各组会议，晚间举行各种游艺会。这大会所决定的议案并非徒托空言，却由各区的“继续委员会”（Continuation Committees or Councils）积极推行，同时唤起全国青年，来积极参加。

美国原无所谓青年运动，在“繁荣”时代，青年们只是各有各的发财思想，在经济恐慌初期，还只是各以个人的立场谋自身问题的解决，直至数年来资本主义社会的内部矛盾日益尖锐化，才震动了全国青年的心弦，一天天觉悟起来，知道这非用集体的力量来谋集体的解决，于是要求“社会的和经济的正义”（social and economic justice）的青年运动便渐渐地汹涌起来了。所以有人说，像这次美国青年在底初洛意开的青年大会才是美国的真正的青年运动的信号！这句话是否真确，可分析他们这次大会的目的和主张，知道大概。我深信美国的青年运动不但和美国的将来有着密切的关系。

就是和世界的将来，也有着重要的影响，所以很值得我们的注意。

美国青年大会的主要目的有三：（一）唤起青年自己的注意，由青年自己集合起来研究美国青年在今日所遇着的重要问题，再由彼此自由交换理想和意见，决定实行的程序，期望解决这种种问题。（二）执行所决定的程序，使在行动上表现出来，同时使全美国的青年对此事加以深切的注意；这样执行的责任，由本会的各区“继续委员会”以及其他种种附属机关担负起来。（三）巩固一切青年的联合，无论是犹太人或异教徒，天主教徒或清教徒，黑人或白人，本地生的或是外国生的，乃至美国的青年和其他地方的青年，劳动阶级和中等阶级的青年——他们的问题往往互有关联，在许多地方简直有完全相同的。此外，美国青年大会是积极同情少数民族的；虽则在一方面在习惯和理想上是含着美国的特色，但是却要坚决地反对狭义的国家主义，热烈地拥护一切民族平等的国际主义。我们如再对这三个主要目的加以相当的研究，便知道第一目的显然是注重青年用集体的力量来解决青年的切身问题；第二目的是注重实行，注重行动而不以空言为满足，而且要唤起全国青年来共同实行；第三目的是主张全国青年的大团结，并且要和别国青年共同携手奋斗；至于宣言反对狭义的国家主义，热烈拥护各民族平等的国际主义，那显然是对于侵略的帝国主义提出了抗议。帝国主义国家的下一代的主人公在思想上有着这样的动向，这不是很值得我们注意的吗？

目的还比较的抽象，请再进一步看看他们的主张：（一）用有组织的示威行动来反抗战争。他们知道帝国主义的侵略战只是替“贪得利润永不厌足的独占者”（profit greedy monopolists）军火商人，以及他们的走狗们巧取豪夺罢了。他们以为反战不应等到战争已经来时才反对，必须在现在就用有组织的示威行动来反战，例如群众大会、示威游行和其他集体的行动等等都是，这样一来，能使备战的人们知道青年们——备战者视为将来炮灰的青年们——对于反战态度的坚决。此外对于军火工业的工人罢工，也要予以有力的拥护，对于青年集中营（所谓C. C. C.）的军事训练也要极力反对（这是帝国主义预备侵略战用的，这和中国反抗侵略的军事训练当然又当别论）。（二）反对法西斯主义。美国资本主义社会的内在矛盾日益尖锐化以来，劳工阶级的反抗力量也一天天膨胀起来，于是资产阶级的压迫也一天天厉害起来，戴着假面具的法西斯主义运动也渐渐地露头角了，这和青年们的文化前途及思想前途都有残害的危机，所以他们也要唤起全国青年的特别注意，用集体的力量来反抗。（三）要求工农界工作青年生活的改善。他们主张工人有自由权利加入他们自己所选定的工会，用“集体交涉”争取工人生活的改善，反对一切政府的机关每遇劳资争执时总站在雇主方面来压迫工人。此外并要求政府对青年亦须有失业保险。反对童工，也是其中的一项要求。最后关于教育方面，要求增加教育经费，要求学校师生的思想自由。（四）坚决主张一切人种，一切民族，在政治和社会方面都立于平等的地位，造成美国国家大部分基础的黑种人——劳工阶级——也包括在内。该会特别指出美国宪法所保障的人民对于言论出版结社自由的权利，反对对于这种权利的任何方式的损害或减少。该会要极力保持一切人民都应享受的公道、平等和良好的生活。他们认为这种权利都是一七七六年七月四日《独立宣言》（*Declaration of Independence*）里所郑重声明的；为着这个《独立宣言》，他们的祖宗是经过流血的牺牲的。他们所以选定七月四日开大会，也是有深意的，因为这一天正是《独立宣言》宣布的纪念日。

美国全国青年为表示对于战争和法西斯主义的抗议，在一九三五年的四月十二日举行全国学生一小时罢课的广大行动，自愿参加者逾二十万人，引起全国的深刻注意，使反动派为之惊心动魄，美国青年大会也是积极进行这件事的一个重要集团。

我们谈了第二次美国青年大会的大概情形，看到代表一千三四百万青年的三四个代表所提出的主张和他们以后所要努力推动的倾向，对于美国青年运动的前途，应可得到更明了更深刻的认识吧。

纪因和赛意还津津有味地告诉我一件事。他们说在开会最后一日的夜里，数千人正在举行一个跳舞会，以志别情，有两个会员——一白一黑——同到附近一家咖啡店去喝咖啡，但是那位黑同志被那咖啡店所拒绝，白的黑的都不服，同时和那里的店主争辩起来，说黑的也同样付钱，有何理由可以拒绝？可是人种的成见在底初洛意原来也是很厉害的，所以咖啡店主仍用很强硬无理的态度拒绝，置他们的抗议于不理。他们两位黑白同志于气愤之余，立刻奔回大会里报告，正在跳舞的同志们立刻动员整千的会员在那家咖啡店的前面左右列成纠察队（他们所最说得津津有味的picket line），不让人们进去喝咖啡，使那家店的生意大受影响。那店主赶紧报告警察局，不一会儿大队警察来了，但是警察的队伍虽大，仍远不及青年纠察队的大。纪因说得更有趣：他说在纽约的警察对于这类的大示威看得惯了，所以还能镇定应付，底初洛意这个地方，在这一大班青年光顾以前，根本就从来少看见过这样大队的青年在马路上示过什么威，所以他们望着莫名其妙，弄得目瞪口呆，不知所措，竟立在旁边作壁上观，眼巴巴地望着这许多青年们列成队伍在咖啡店门口来往梭巡着，大呼其口号！后来还是咖啡店主自己向那位黑朋友道歉，并泡好一杯咖啡给他喝，才算了事，大队才凯旋地大踏步回去。这在他们——这班热烈公正的青年同志们——认为是应该的、当然的。他们不是主张各民族都要平等吗？他们不是主张黑人在美国也应该享受平等待遇吗？他们既这样主张，所以在行动上便要这样干。纪因和赛意虽都是白种的青年，但是因为他们在思想上的转变，便深深地觉得民族是应该平等的，便很自然地认为黑人也应该享受平等的待遇，不仅是在嘴上说空话，而且是在行为上有着实际的表现。我的意思不在称赞这两位青年朋友；我所要指出的是世界上各民族——尤其是被帝国主义所压迫蹂躏的民族——要获得解放，和世界上反侵略的最前进的思潮和阵线，是有着密切的联系。为着我们民族解放的前途，我们应该加入世界上侵略的思潮和阵线呢？还是应该加入世界上反侵略的思潮和阵线呢？这在略有常识的人们应该是不成问题的，但在事实上却仍有人要故意往死路上跑，这是很可痛心的事情，这种人的迷梦，是我们所要设法唤醒的啊！

三三　美国农民的怒潮

关于美国的农业，我所谈过的关于美国南方的情形，尤其是关于变相的农奴的生活，已为诸君所知道了。我这次由纽约西行，还想多观察一些关于美国农民运动的概况，幸而遇着柯勒尔先生，得到不少的指示，并承他介绍，亲到两个农家去住宿，且由他们引导着视察了一番，这在后面就要谈到，现在先将美国农业的整个概况略加说明，以便参证。

美国全国的农业区域，因土壤气候等等的差异，由此而农产品的种类也有所偏重，根据这种天然的差异，大概可分为五大农产区（他们叫Crop Belts）。这五大农产区的界限虽然不是绝对的，但是因为各区各有它所偏重的农产品，是显然可以特成一个区域的。第一个区域是棉产区。这个区域北自北卡罗立纳州（North Carolina）起向南至墨西哥湾（Gulf of

Mexico）止，东自大西洋起向西至新墨西哥州（New Mexico）的东边止。这个棉产区里的十一州所产生的棉花总量占全美国棉产品的百分之九十八，占全世界棉产品的百分之六十，每年产品的价值约在十万万金圆以上。这几个州里的人口以农村居民为特多。例如特克塞斯州（Texas）的全部人口中有百分之五十九是农村居民，密西锡披州（Mississippi）的全部人口中竟有百分之八十三是农村居民；其余的各州人口中的农村居民都在这两极端的中间数量。这个南方区域（即产棉区）比别区有个特色，便是农村居民的数量独多，约达一千三百四十余万人（实数为13,458,868），占美国全部农村居民中百分之四十四，贫农也最多，是农民生活状况最苦的地方。由这个区域产生的棉花，占全美国出口百分之十五，占全国农产品出口百分之三十。由这个区域每年十万万金圆的棉产品里所括下的利润，便是供奉南方船业和银行的大亨，以及大地主的财源所由来。变相的黑色农奴和“穷白”的惨况，也是这个南方区的另一特色。关于这方面的情形，在我以前所记的游历南方的情形，已经谈过不少，这里恕不赘述了。

在美国中北部有五州的区域是产麦区。这五州是垦塞斯（Kansas）、纳卜拉斯加（Nebraska）、南达柯塔、北达柯塔（North Dakota）和蒙塔纳。这个平原区域的干燥地带只宜于大规模的机械化的农业，而不宜于小农，自从金融资本利用大规模的机械方法，小农已大半被排挤，勉强挣扎的也受机器公司的重重剥削，债台高筑。据统计所示，小农把田地全付抵押的由百分之五十二增到百分之六十七，由自耕农一降而为金融资本家的奴役，将微小的收入付与银行，已经捉襟见肘，再加上繁重的捐税和机械公司的债务，简直是活不下去！他们没有办法，只有改业，但在经济恐慌的局面之下，所谓改业，只是加入失业的工人队伍，站在“面包队”里面去（面包队，他们叫Breadline，等于我国的对贫民施粥）。试举蒙塔纳一处的情形为例，据说十年以来，该处原有的三万的产棉农民，已逐渐减至一万四千人。这余下的农民也是不免破产的，他们所以还被金融资本家容留下来，只是因为他们仍勉强替债主做奴役，借此苟延残喘而已。这个区域的农村居民总数约有二百二十余万人（实数为2,284,990）。

产麦区的西面有七州是畜牧区。这七州是新墨西哥、阿立索纳（Arizona）、柯罗来都、郁塔、纳伐达、外屋明

（Wyoming）和爱得侯（Idaho）。这是山地和沙漠的区域，所以灌溉特别重要。就经济的观点说，这在美国农业区域中算是比较不重要的区域。这个区域虽占着全美国土地的百分之二十三点五（23.5%），但是农村居民只占全国农村居民百分之三（实数934,124人），可用的农地只占全国农地百分之四点六（4.6%）。但就是这样小部分的农业，还靠着有四万万金圆的金融资本在这区域里经营灌溉的计划，方始可能。灌溉的水源是山地和沙漠区域的农业所需要的重要条件。金融资本家就抓住这一点，把持着巨大的水源，从租用这水源的小农手里榨取他们的利润。在这区域里，畜牧场是一种主要的农地。例如美国每年所养的百分之三十的羊就出自这个区域。在这个区域里，资本主义方式的生产特著，这只要看美国农业雇工有百分之三十七点二（37.2%）是用在这个区域里，便是一个佐证。这些雇工除被雇用于大规模的畜牧场外，还有一大部分是被雇用于甘蔗糖业。柯罗来都州的许多县，便是这甘蔗糖业的重要地点。在这些地方就用了二十四万人的雇工，种植十九万四千亩的甘蔗。在该区垄断甘蔗糖业的当然也是大老板，例如大西糖业公司（Great Western Sugar Co.）。这一业里的雇工大多是墨西哥人，所受的待遇异常苛刻。每人每天的工资只有两角钱。在一九〇九年到一九二七年的时期内，甘蔗的价格增高百分之六十，而工资却只增加百分之二十五。但是在一九三一年，甘蔗的价格跌下百分之十八，公司便立刻下令减低工资百分之二十二！在一九三二年，公司又下令减低工资百分之四十。工人忍无可忍，曾引起激烈的工潮。这个区域的农民生活和其他区域有着同样的特点，那便是破产、抵押、被没收、自耕农降为雇农、农业工人贫困生活的加深等等。

在产麦区的东面和产棉区的东北面，便是一般的和牛奶业的区域，占了二十二州的地方。就全美国的地势说，这个区域是在美国的东北部。这个区域有个特色，不是其他区域所同有的，便是农场和工厂很错杂地混在一处；在这一区里，最大的城市、商埠、工业及制造业的中心，和散布各处的二百六十五万八千个农场夹杂在一起。这一区是最旧的农业区，在今日仍有一千二百五十万的农村居民靠农业过活，但是这一区的重要性，却因为夹着六千五百万的工业工人在各大城镇的并存，使人们不很觉得。在这二百六十几万个农场里面，有百分之七十五的农场都养牛供给各大城镇所需要的牛奶。这个区域虽仅占全国土地面积百分之二十四点五（24.5%），但是居民的数量却占全国人口百人之六十三。在美国东方每方英里平均人口一百六十人，在山地和沙漠的区域，同等的面积却只有平均人口四点六（4.6）人。人口这样密布，牛奶的需要似乎应该是继续不断的。但是自从经济恐慌以后，牛粮的成本增高而牛奶售价却低落，农民便不得不出于抵押借债；同时经过商人的仍须从中取利，城市工人因失业和低微的工资，买不起牛奶，整千的孩子只得废除这种必须的养品。还有许多农民因为他们的“剩余”牛奶的价格比运输的船费还要低，不得不把整千加仑的牛奶倒给猪吃。一方面有所谓“剩余”牛奶，一方面却有饥饿的孩子：这也是资本主义的一种象征！

在这东北区内，除牛奶业外，还有其他各种农业，如玉蜀黍、猪、水果、菜蔬等。总计起来，这一区的农产品收入竟占全国农产品收入的百分之四十七点五（47.5%），几乎占了全国的一半！但是小农和中农受着经济恐慌的酷烈打击，破产的厄运随处作祟，已有百分之九十一的小农和中农因抵押无法赎回，把田地归到大银行家和保险公司的手里去了。

最后要谈到太平洋沿岸的水果区，包括美国西部的三州：加利福尼亚、奥利贡（Oregon）和华盛顿。在农业上用资本主义的方式剥削劳工，这在美国西岸比其他农业区域达到更高的阶段。在各农场上工作的，几有一半是雇工，共计约有二十五万人，都是靠时季工作为生的。其中有墨西哥人、菲律宾人、日本人；再加上包裹厂和罐头厂（都属于水果的部门）的三万工人，便构成这一区里的农业的普罗列特利亚。除这些雇工外，在这一区里有小农二十万人，其数量仅略次于雇工，所占的土地都是次等的。他们因为成本的昂贵，捐税的繁重，债务和抵押的利息，都一天一天地陷危境。此外有五万农民，有着最好的果园，每亩值数千金圆，从前有一时期可号称富有，近数年来也渐有破落的。除个人的农民外，还有许多资本雄厚的公司，雇用大量工人，尤其是墨西哥和东方的工人，作残酷的榨取。

因为这一区里面的冬季短而且气候温和，灌溉也容易，宜于种植水果，所以资本倾向于西岸山谷，投资于水果业的不少。因为资本的倾流，种植的土地面积也更被尽量地利用；在这区里每亩生产的价值约比其他农业面积增加百分之四十。在一九三〇年时，华盛顿和奥利贡两州生产了全美国苹果产品三分之一。加利福尼亚州生产了全美国的柠檬和杏仁，全美国百分之九十九的桃子，百分之八十九的枣子，百分之六十七的橘子等等。但是后来因经济恐慌愈益尖锐化，水果业大老板们所垄断的所谓“合作社”为着要增高价格起见，竟把整万的果子树烧毁，把整千箱的桃子毁坏。据统计所示，仅就加利福尼亚一州而论，在一九三〇年所毁坏的水果竟约达十四万万磅之多（1,391,200,000 Pounds）！如把这些果子分散给一千万的失业者，每人可分得一百三十四十磅的很好的水果！但是因为大老板们要争取利润，认为这也是“剩余”的产物，宁愿毁坏而毫不顾惜。一九三一年的收成少一些，只毁坏了近五万万磅的水果（492,000,000 Pounds）；但是如拿来分散给一千万人，每人也还可以分得四十九磅。

罗斯福总统的农业政策所谓A. A. A.（即Agricultural Adjustment Act，或译农业调整律），就以奖励减少出产为中心。就表面上看来，减少出产，政府酬给与“利润金”（profit payment），但实际上只是帮助了大老板，苦了中农和小农！因为大老板即毁去了一部分的产品，除得到所谓“利润金”外，其余仍有大部分留下的产品，可大涨其价，他们更可从中大获其利，况且“利润金”只有大老板拿的，雇工是没有份的，佃农也没有份的。至于小农中农呢？因为生产强行减少，成本飞涨，即有人拿到些微的所谓“利润金”，也远在成本之下，只是更加速地破产，更加深地陷入了贫困。于是他们为挣扎生存计，不得不抵押，不得不大借其债。一九二〇年，全美国农民债务七十八万万余金圆（$7,837,700,000）到一九三〇年就增加到九十二万万余金圆（$9,241,390,000），到一九三五年又增加到一百三十万万余金圆（$13,000,000,000）！结果，他们饿着肚子替金融资本家做奴隶都来不及！所以你到美国任何农村里面去和他们谈谈，无论他们的思想有前进和落伍的分别，但是一提到华尔街，没有一个不切齿痛恨的。

全美国的农村居民共计约有三千万人，这从上面所谈过的五大农区已可以知道的了。据统计所示，美国在一九二九年，农民六百万人里面（农村居民包括农民的家属等等，这只是指农民），有三百万人是贫农（每年收入在一千金圆以下的）；有二百五十万人是中农（每年收入在一千金圆和三千九百九十九金圆之间的）；有五十万人是富农（每年收入在四千金圆及以上的）。又据统计所示，五十万的富农仅占全国农民中八分之一，而收入却几占全国农业收入的半数。穷农虽占全国农民中的半数，而收入却只占全国农业收入的七分之一。自一九三〇年以后的趋势，愈少数量的富农所分受的农业收入愈大，穷农和中农所分受的农业收入愈小（所谓农业收入，是指农产品的价值和A. A. A.计划中的“利润金”等）。在一九二九年，每农家的一年平均收入（即将全国的农业收入用全国农家的数量来除）是一五八四金圆（$1,584），却有三百万贫农农家的一年平均收入是五五〇金圆（$550）；换句话说，只有全国每农家的一年平均收入的三分之一。一九三四年每农家的一年平均收入降为八八〇金圆（$880），依三分之一算，每贫农之家一年平均收入只有三〇〇金圆（$300），还债、付息、纳捐等等，都要在这里面开支，全家生活之苦，可以想见了。在表面看，美国政府也有所谓“农业救济”（farm relief），但是在实际上，这“农业救济”的款子有百分之九十四都到债主的手里去（也就是金融资本家的手里去），只有百分之六到农民的手上，这能救济了什么呢？最有趣的是A. A. A.宣布了要减少“剩余”农产品，同时因为贫民走投无路，又宣布美国有着三百万的“剩余”农民！

但是“剩余”农民的“毁坏”究竟不能像毁坏“剩余”农产品那样容易，这却是一件多么棘手的事情！据一九三五年的统计，A. A. A.禁绝了美国耕地四千万亩的收成，但是同时美国农业部却宣布全国粮食的缺少，据经济学家的研究，不但不应该减少四千万亩耕地的收成，而且还应该增加四千万亩耕地的收成，才能够使全国人人得到相当充足的粮食！这样看来，所谓“剩余”农产品，所谓“剩余”农民，究竟作何解释，可以不言而喻了。

人的容忍究竟是有限度的。美国的农民其先还想用苦干的精神来恢复“繁荣”，或静待时机的转好，但是后来看到剥削阶级之愈逼愈厉害，觉悟到改良主义的希望是很渺茫的，便也不得不往抗争的一条路上跑；他们并知道要获得抗争的胜利，必须运用集体的力量，于是在一九三五年的三月间，便有四百个农民代表在南达柯塔州的西乌获尔斯（Sioux Falls），开农民紧急救济会议（Farmers Emergency Relief Conference），集拢各种农业的组织，造成农民的联合阵线。在他们所通过的议案里面，直斥金融资本家的掠夺农民生计的暴行，要求政府对于农民应给与生产信用借款，以便重兴农业，等到收获可以顾到农家最低生活之后，再归还政府。同时因为政府既屡次允许银行及大公司取销对政府的债务，农民也要援例取消已往所借的畜牧食料和农产种子的借款。其次反对牺牲小农中农而偏护大老板的A. A. A.计划。最后决定由该会联合全国各农民组织，用行动来保护他们自己的利益。他们已渐渐走上了集体实际抗争的道路了。

三四　两个农家的访问

上次和诸君所谈的，可以说是关于美国农业和农民生活的鸟瞰，现在要略再谈谈访问农民领袖的情形。

我于七月十六日下午和纪因及赛意离开了明尼爱普利斯，于当日下午八点钟到南达可塔州东北角一个小镇叫做克勒尔城（Claire City），再到离开这个小镇约二英里的一个小村里面去，访问一个农家姓乌华斯特的（Walstad）。美国小农村里的房屋是零星散布在农田中的，很不容易找。幸而住在小农村里的居民大概因人家不多，彼此都是相识的，所以在途中问了几次路上的行人，由他们的指示，在田陌间转了几个弯，由赛意下车去问了几家，就找到了乌华斯特的家里。说来有趣，这个农家的全体都成了最前进政党的热心分子，一父两子和两个媳妇都成了农民运动中的健将！他们当然都加入了联合农民同盟。大的儿子有三四十岁了，名叫克勒伦斯（Clarence）。我们到的时候，正看见克勒伦斯在房间里的一架油印机上大印其印刷品，预备发给本村各农家的。他的妻子也在旁边帮忙。他们和我们大谈了许多有名无实的“农民救济”的种种黑暗内幕。不一会儿，他们的老父由田间回来了，他的弟弟也由田间回来了。老父名叫康特（Kunt），六十几岁了，弟弟名叫纠利爱斯（Julius），年龄看去有三十几岁，克勒伦斯没有子女，纠利爱斯却有着一大群小把戏，大概有五六个，由两三岁到六七岁，庭院里和饭厅上（同时也就是客厅）都被他们吵得怪热闹。老父喜欢说笑话，顾盼这些孩子们笑着说，你不要看不起他们，这些宝贝都是未来的青年党员啊！他听说我们都是由纽约来的，那是很远的地方，他又说笑话，说：“你们从那样远来，到底是不是反动派弄来的奸细，我真有点担心！”当然，这只是说笑话，有柯勒尔的介绍，他们不会疑心我们是什么奸细，全家都十分殷勤地招待我们，特别烧了好菜请我们吃晚饭。夜里把小把戏们挤到一只床上去，留出一个床来给我们过夜。

康特很感慨地告诉我们，说他数十年的血汗积蓄，原来已有了二三万金圆存在银行里面，后来因银行关闭的狂潮，完全丧失，一无所有，他的妻死了，现在就和两子同居，分受一点有名无实的所谓“救济”。他说他们所住的这个小村里有七八百人口，农民苦干得像奴隶一样。在以前繁荣的时代，一个勤俭自守的农民还可有数百元或数千元储蓄在银行。那时地价一天高一天，每亩地价约达一百二十五金圆。但是一九二九年以后，地价竟跌到每亩二十金圆，现在虽有一部分农民仍糊里糊涂，仍想靠苦干来挽回厄运，但是已有一部分农民觉悟，认为非联合起来抗争是无济于事的。这位老农不但认识正确，而且对于革命理论也谈得头头是道，听说他的书也看了不少，我和纪因及赛意都为之惊叹。

纠利爱斯也是一个很有趣的人物。你看他穿着农民工作的衣服由田间回来的时候，似乎有些土头土脑的样子，但是你如开口和他谈谈，便知道他一点也不土！原来他也是农民运动中最英勇的一个分子。当夜刚巧在附近农村的一个小学校里（就只有一个房间的小学校）约了几个农民开会，我们也乘着这个机会跟他去看看。他有一辆蹩脚的福特旧式汽车，开起来在马路上隆冬隆冬响而特响，他一面开车，一面告诉我们，说有人喜欢称道美国农民有汽车，这个破烂的车子就是一个标本，坏了没有钱修理，连汽车号牌也没有钱去付捐。我问没有汽车号牌，如果被查了出来，要不要被罚。他说在这样尴尬的时代，那里顾得许多！他并说在乡间人少，大概可以混混；偶然开到城里去买东西，只得设法把车子停在警察看不见的地方，有的警察虽看见了，也马马虎虎。他用很滑稽的姿态和口气说着，我们听了都不由得大笑起来。

我们在路上隆冬隆冬了好些时候，在黑暗中已到了准备开会的小学校。已有几个人先到了，都暂在小学校的外面空地上等候着。一阵一阵地有农民开着车子源源而来。车子都不比纠利爱斯的高明，有的只是陈旧不堪的货车，隆冬隆冬的声音就更大。有许多农民连田间工作的衣服都来不及换，就那样穿在身上来赴会。人都齐了，同进小学校里去开会。到会的约有三四十人，有三个女的。纠利爱斯也起来发表意见，他立到讲台上去，居然滔滔不绝地讲了半小时的话，说得很有条理。他不但能演讲，而且在行动上也很英勇。本村有农民因银行逼债，要把他全家驱逐出屋，纠利爱斯等特招集多数农民出来阻止。这农家虽赖群众的力量，仍得暂时住着，但是纠利爱斯却大受反动派的嫉忌，曾经被绑去毒打过一顿，可是他的热心于农民运动，仍然是很积极的，并不因此而有一点退却。他在不久以前也曾被推举加入美国农民代表团去参观过苏联。据说当时有十六国的农民共派一百六十个代表去苏联视察，美国也是其中的一国。他回国后还写了一本小册子出版，报告他在苏联的见闻。我问起他对于苏联的感想，他回答得颇为有趣，他说："我在那里看不见像美国这样在饥饿线上打滚的农民生活。我在那里也看不见有人把农民从他的家里驱逐出来。我在那里也看不见有农民常常惴惴恐惧要失掉他的家和农场。我在那里也看不见有剥削者和被剥削者。我在那里所看见的只是工人和农民为着他们自己的国家努力工作着，他们所造成的结果就是他们自己享用得到的。"

我们在乌华斯特家里睡了一夜，第二天早晨起来之后，康特告诉我们，说隔壁村里有两个大学女生，是由东部来到农村里帮助农民运动工作的。等一会儿，她们两位因也听见我们到的消息，虽素不相识，却乘着她们自己的很讲究的汽车来看我们了。她们原来是同胞姊妹，一个叫白黛，一个叫琼恩，年龄都在二十左右，生得非常娇美。一个还在大学求学，一个已毕了业在纽约新闻界任事。她们都出身富有之家，同时加入了最前进的政治组织，对于农民运动有着非常的热忱，乘着暑假时期，自备了一辆汽车，同到农村来尽义务的。她们常常用着自己的汽车替农民团体分送印刷品，或接送较远地方赴会的农民。美国青年活泼健谈，有她们来，我们这一群突然增加了更愉快的空气。她们当天下午还要到附近各村去散发印刷品，我们三人也加入她们的那辆非常讲究的汽车去帮了半天的忙，午饭和晚饭都同在一个附近的小菜馆里面吃。这两个女青年对于中国的民族解放运动也有着浓厚的兴趣和深刻的注意，向我探问了许多话，那种热诚是很可佩的。美国的男女青年为着革新运动的推进，情愿尽义务来干，像这两个妙龄女子，也是一个例子。

我们当晚八点后离开这个小农村，行到十二点钟，在一处“木屋”里歇息一夜。这个“木屋”是我随便创译的，原文是Cabin，是一个一个小的木屋，用木板造成的，每个木屋只有一个或两个房间（大多数只一个），往往在一个路旁的草地广场上建造一大群这样的木屋，四面用竹墙或其他式样的矮墙围起来。除了我以前曾经提及的人家出租给旅客的房间外，这类木屋也是预备给旅客住的，里面有着床榻及简单椅棹的设备，并另有一个木屋装有新式浴盆及抽水马桶等，以备旅客使用，价格比旅馆便宜。美国农民住宅还多数没有电灯，没有浴室和抽水马桶等等卫生设备，乌华斯特的家里也这样。我们几个人到了这木屋里，愉快地洗了一个澡，舒舒服服地睡了一夜。

第二天早晨（七月十九日）八点钟，我们又上征程了，直开到夜里十点钟，又到同州的另一个小村，叫做雪菲尔德（Sheffield），那里有个农家姓爱尔斯（Ayres）的，是柯勒尔介绍我们去访的第二个农家。乌华斯特那里是种麦，爱尔斯却偏重在畜牧，尤其是牧羊。屋子也不同，前者所住的是一般的平屋，后者所住的却是旧式的木屋，他们叫做log cabin，里面虽分有几个房间，外面看过去却好像是一根一根树木叠成的，至少墙上是有着这种的样子。里面地上虽铺有漆布的地毯，但是没有自来水，没有电灯，没有浴室，没有抽水马桶，却和乌华斯特那里一样。我们到的时候已经不早了，主人姓爱尔斯，名轰默（Humer），很殷勤地出来招待我们，和他的妻子和唯一的女儿陪我们同用晚餐以后，又同在木屋的门外，围坐在地下谈到深夜才睡。我们三个人就在他的客厅里搭着三架帆布床睡。第二天因为要赶路，黎明即起，看他起来亲手在牛旁捏新鲜牛奶给我们喝。轰默年约四十来岁，也是农民运动中的前进分子，境遇似乎比乌华斯特略为好一些，所以他的妻子和十四岁的女儿都穿着得比较讲究些，也有一辆福特旧式汽车，虽也并不高明，但比乌华斯特的好得多了。他用着自己的汽车陪我们去看了好几个畜牧场，并带我们去另一个农家里去吃中饭，参观他的家庭，那人家有三个成年女儿，她们和轰默的女儿都成了前进政党的青年党员，对于我们都格外有着同情的态度。轰默对于A. A. A.减少畜牧数量的办法，也深致愤慨。他是第一次看到中国人，他的家属也是第一次看到中国人，但是他们待我的诚恳殷勤而又自然，却好像是老朋友一样。轰默更非常健谈，而且诙谐百出，令人绝倒。据他告诉我们，那个区域还多少保存着最初移民时的习俗，遇有争执的事情，彼此打一架；谁的膂力强，打得赢，谁就占便宜，什么法律不法律，还不大通行！我们看见轰默的体格魁梧，都想他一定也是一个好打手！他的那个爱女虽只十四岁，生得非常健康美，好像十七八岁的小姑娘；将来大概也是一位女打手吧！

我们于七月二十日的下午五点钟和他们握别，当夜十一点钟开到外屋明州西北部的一个小镇叫可地（Cody），又在"木屋"里过夜，第二天早晨（廿一日）六点钟即起程，直驶世界最著名的最大公园——黄石公园（Yellowstone National Park）。

三五　黄石公园和离婚胜地

黄石公园真够得上一个“大”字！它的面积共有三千三百五十方英里，长达六十二英里，阔达五十四英里，占外屋明州的西北部，并朝北伸入蒙塔纳州二英里余。公园的四面都有大森林包围着。公园的中央有着八千尺高的火山高原。里面有溪有湖，有怒涛汹涌的温泉，尤其吸引游客的是喷出高达一百五十尺的温泉，好像放花似的。据说每六十五分钟即喷出一次，每次喷泉能持至四分半钟。还有温泉洞，继续不断地发出惊人的吼声。此外还有一个奇景是奇大无比的山岩被河流劈开，河流已干，而两旁壁立千仞的危岩却巍然可见，这岩谷他们叫做Grand Canyon，两旁石壁高达八百尺至一千一百尺，阳光反映，美更无匹。这个公园里并有不怕人的熊，见人不避，亦不妨害，听说可从游客手上吃东西，但是非胆子大的人仍未敢尝试。

我们穿过这个奇大的公园之后，于当天下午七点钟达到郁塔州西北部的盐湖城（Salt Lake City），这里有十四万余人口，算是一个较大的城市，街道店铺都很讲究，附近有个盐水湖，是完全盐水的，有许多人到那里去游泳，我们三个人也去尝试了一下。钻下水去游泳一会儿，露出身来，满身就都散布着亮晶晶的盐花，游完后要到湖边特设的淡水淋浴，把身上的盐水冲洗干净。我游到较深的地方，不留神喝了一大口盐水，咸得要命，弄得好久不舒服。由盐湖城再西行，要经过一个长途的沙漠，白天炎热非常，要在夜里启程，所以我们在廿一日这一天大游其盐水湖，到当夜十点三刻钟才向沙漠进发。这个整夜就在两边沙漠茫茫中向前开快车（仍有很好的公路），虽在夜里，气候仍比白天热得多，除开车的一人外，其余两人都大打其瞌睡。第二日（廿二日）早晨开到纳伐达州的西部一小镇叫做爱锁（Love Lock），因为一夜的疲顿，找到一个“木屋”，大家赶紧洗了一个澡，一睡就睡到下午三点钟才起来。廿三日上午八点钟离爱锁，下午四点钟到世界著名的离婚城利诺（Reno）。

利诺是在纳伐达州西部的一个镇，人口约一万八千余人。这小小的一个地方，所以闻名于天下的，就是因为那是一个离婚最容易的地方。我们到了之后，最注意的当然也是这件事，但是当天已晚，第二天才去参观当地的法庭。这里的法庭几乎是包办离婚的案件，因为别的地方遇着离婚感到困难的就跑到这个地方来解决。而且解决得真快！每件案子只有寥寥数句话，十分钟左右便可结束，所以我们坐在法庭旁听席上不到半小时，已看到三四起的离婚案件结束了。所看到的几个案子，都是女子来离婚男的，而且只原告到案，被告不到案，也没有什么辩论。在这样法庭上做律师，真是便当之至！来离婚的女子，有半老的徐娘，有老太婆，也有青年女子。有一个青年女子在庭上已达到了离婚的目的，退庭时热泪竟夺眶而出，怪伤心似的！不知道她是追念前尘影事而不禁伤心呢？还是别有不足为外人道的苦衷？这却不是局外人所能猜度的了。庭上有个律师名叫章生（Kendrick Johnson），因为他以前交过中国人做朋友，对于中国人特别有好感，看见在旁听席上有个中国人的我在，竟引起他的注意，退庭后就来找我谈话。在法庭上匆匆未能尽意，约他午餐后再去访问他一谈，他答应了，我们午后便按时同到他的事务所里去谈，由他那里知道了不少关于离婚的情形。

在利诺进行离婚的法律手续有个重要的条件，便是须先在该处住了六个星期。住了六个星期，然后可以根据下面的九个理由中的任何理由起诉：

（一）在结婚的时候即不能人道，在离婚的时候还是这样。

（二）自结婚后即犯通奸，仍不为对造所宽恕者。

（三）任何时候，任何一造为对造所有意遗弃达一年时期者。

（四）犯重罪或不名誉的罪。

（五）酗酒的习惯，任何一造自结婚后即犯此恶习，以致对于家庭的维持发生影响。

（六）任何一造有极端的虐待行为（精神的或身体的）。

（七）丈夫忽略供给生活上的一般需要达一年时期者，惟此种忽略须不是由于丈夫贫穷的结果。

（八）在起诉前的两年内犯了神经病。

（九）两造分居已达五年的时期。

如果被告虽不愿亲自出庭争辩，但却委托律师出庭，那末在六个星期的时期届满之后，亦可由法院立即开庭判决。如果被告既不愿亲自出庭争辩，也不委托律师出庭，那么在文件送达被告之后，须再等候三十天，然后才可以开庭审问。这样算起来，住了六个星期，还有加上三十天，不过六个星期一定要住在本地，至于那三十天，原告是可以随意离开利诺的。倘若被告的住址不明，无法传达，那末必须把传票登在本地的日报上，每星期登一次，连登四个星期，末期登出之后，还要再等候三十天，然后才可以开庭判决。这样算起来，住了六个星期，加上四个星期，又须加上三十天。但是同样地，也不过六个星期一定要住在本地，至于那随后的四个星期和三十天，原告也是可以随意离开利诺的。

必须住在本地六个星期，有提出证据的必要；离婚原因如果是神经病也有提出证据的必要。除这两点在法庭上须举出事实为证据外，其余一切都无须举出事实为证。这也是替要求离婚者大开方便之门！这里的法庭一年开到底，一点不间断，要离婚的无论何时都可以光顾，这也是替有意离婚者大开方便之门！如果起诉者要求关门审判，禁止旁听，法庭也可以“唯命是听”，把一切旁听的人和新闻访员都拒之门外，这又是“服务”得多么周到？就是两造都有错，但是法庭仍可为着错得少的一造准许脱离，所以离婚的成功总是有把握的！

据统计所示，一九三四年在利诺离婚的案件达二千六百六十五件。依该处法庭所给与的种种便利，这数量似乎还不算怎样惊人，这是什么缘故呢？我想一定是经济的问题。我在纽约时，亲见有某机关的一个女书记，早就想到利诺去提出离婚，但是要请假六个星期，要在利诺住六个星期，要出律师公费，要出诉讼费，还要算算来往的一笔路费——这种种都是她不得不费些工夫筹谋一番的。听说她皇皇然凑足了千余圆，才敢动身到利诺去。简单说一句，无论怎样便利，还只是替拿得出钱的人谋便利，没有钱的人免开尊口。因此，据说利诺的“营业”近几年来也很受到经济恐慌的打击。

这种地方，律师业当然很发达，以人口不过一万八千余人的小镇，听说律师竟有八百人左右之多！

不但律师们沾光，利诺的旅馆业以及其他部分的商业，也都把旅客们当“洋盘”看。我们是过路客，并不是要来离什么婚的，但是无意中也做了一次小“洋盘”！事实是这样：我们到的第二天早晨，我和纪因因为头发已太长了，一同出去剪头发。跑进一家很平常的理发店去剪。在纽约剪发，像这样的小店，每人不过两三角或三四角钱就行，但是我们在这里剪完之后，每人却须付七角半，我们两人出了店门，都面面相觑，现出诧异的样子。所谓利诺原来就是如此！

三六　劳工运动的先锋

我们于七月二十七日中午到旧金山。由纽约到旧金山，经过了十州的境域，由利诺到旧金山的一段山路，公路在崇山峻岭中盘旋而过，丛林蓊郁，清泉潺潺，风景绝佳，气候更和暖爽快，令人舒适。美国西岸码头工人的团结和奋斗的精神是最可敬佩的，他们是美国劳工运动中最英勇的先锋，对美国劳工运动前途有着非常重要的关系。我到旧金山最注意的是这件事。但是因为纪因和赛意要约我先到洛杉机（Los Angeles）去参观好莱坞，所以到的当天下午五点钟就同赴洛杉机。一到洛杉机，最使我觉得异样的，是那里的房屋都大半是巧小玲珑，红红绿绿的颜色明艳夺目，好像置身美丽的图画里，尤其是好莱坞和它附近的区域。在莫斯科所遇着的那班美国“孩子们”里面，有两位青年朋友的父亲是米高梅摄影公司的大股东。他们虽还都在大学里求学，这时暑假，他们都在家里，所以我们到了洛杉机，很承他们殷勤招待。说来似乎奇怪，这两位青年朋友的父亲是富翁，他们自己却都是热心于美国革命新运动的前进青年，暗中即在父亲所经营的事业里帮助工会的组织和进行！第一夜他们就介绍我们到一个工会的会议去旁听。第二天一同去参观米高梅摄影公司。范围非常广大，里面的设备有山有水，有街市，有商店，都是预备摄制影戏用的。最有趣的是那里的山，看上去好像危岩峭壁，实际却是由人工用厚纸造成的，上面居然有青苔，有树林。许多店也是假的，只有门面的装饰，门后即一无所有。当然，有的房屋需要有内部的，如跳舞厅或其他房间厅堂之类，那就也有这样的设备。今天这处有个大菜馆，也许过几天因另有需要，一变而为一座大戏院！街道有的模仿威匿斯，有的模仿罗马。有一处是曾经用作摄制《块肉余生记》一片的，就有模仿英国的街道。我们就同在这英国式的狭街窄巷里跑了一番。我们平日在电影上每看到船在大海怒涛中的挣扎，那危险的情形，使看的人惊心动魄，但在这摄影公司里却只是在一个大池里面弄的把戏。这大池里有船，惊风骇浪是用机械把水从高处往船上倒下来的。并看了他们正在摄制的一幕电影。电影原是近代文化的一种重要工具，但是美国也握在资产阶级的手里，所以技术尽管高明，而内容总是歪曲事实，意识多浅薄，这是诸君所知道的。关于报酬方面，据说大概一般演员每星期七八十金圆，明星每星期在五千金圆以上，导演每星期也有五千金圆，每本剧本或小说约自一万五千至十二万五千金圆，根据剧本或小说写成电影剧情的作者每星期约有二千五百金圆。

纪因和赛意决由洛杉机由北而东，另走一条新路回纽约，所以我和这两位好友是要在这个地方分别了。他们都很多情，坚要留我多聚几时，所以我们三十日才回旧金山。离别的前一夜，大家谈到深夜，第二天黎明，他们老早就起来送我上火车。我们一东一西，离得这样远，别后不知何时才有再见的机会，彼此想到这里，都感到深深的怅惘。但是有什么办法？只得好久紧握着手，郑重告别。

我回到旧金山后，第一件事就是要调查视察该处码头工人的团结奋斗的情形。码头工人，他们称为longshoremen，现在全美国码头工人约有二十五万人，以东岸（以纽约为中心）和西岸（以旧金山为中心）为大本营。

这二十五万人中竟有百分之八十五失业；但在旧金山，却全体有业，这是由于旧金山码头工人团结奋斗的结果。在他们的奋斗史中，以一九三四年七月的大罢工为最严重的具体表现。但是在未谈及这件重要事实以前，我想先谈谈码头工人的一般情形。

所谓码头工人，是指替轮船装货卸货，由货栈把货物搬到船上，或由船上把货物搬到货栈里面去。他们运货当然用货车，但是搬上搬下仍用得着人力。这种工作是很辛苦的，也是有危险性的；而且在资本主义制度下的码头工人只是所谓“临时的工人”（casual laborer），这就是说他不知道什么时候一定有工作做。他每天老早就要起来，七点钟就要到码头后面的街上踯躅着，准备被雇。但是不一定靠得住，有时被工头雇去，有时轮不着。虽轮不着，但是他还须在那里荡来荡去地等候着，因为如有第二只船来了，也许还有工作的机会。但是轮船不像火车，火车还有时脱班，轮船到的时间更难有一定，所以他往往要等到深夜，——也许还仍然得不到工作，只得垂头丧气地回到贫民窟里面去！除了这种无定生活的苦痛之外，也受着一般工人所同遭的厄运，就是在经济恐慌尖锐化的情况之下，资本家只有更加紧地剥削工人，用“赶快”的方法，使工人拼命；在较短的工作时间内榨取等于较长时间的效果，这样一来，失业的人更多，即有业的也等于过着奴隶的生活了。所以用工人组织的力量来争取待遇的改善，是劳工运动的主要目标。但是要争得组织的权利（即组织自己的工会），也是美国工人很艰苦的一种奋斗工作。就是争到了组织的权利，往往工会的上级职员官僚化，不但不为工会的群众（即一般工人们，他们叫做rank and file）谋利益，反而用流氓的手段，利用私党把持工会，和老板们合作来干涉或捣乱工人们的奋斗！美国全国总工会的官僚化，我在以前曾经略为谈过；美国劳工运动的最近趋势是要把工会组织的实权抢回到自己里面产生出来的真正领袖——能代表群众谋利益的领袖，这种运动他们叫做the movement of rank-and-file's control——这在以前也曾经略为谈过了。这种情形和倾向，在研究旧金山码头工人的劳工运动时，也是值得特加注意的要点。因为美国的全国码头工人总工会——叫做国际码头工人协会（International Longshoremen's Association）——这工会的会长名叫来恩（Joseph P. Ryan），便是一个官僚化的“领袖”，他把持了这个工会已经八年，专门替资本家压迫工潮，出卖工人的利益，同时在工会里植党营私，用流氓的手段和侦探的阴谋，把持工会。但是在另一方面，旧金山的码头工人的群众里面却产生了一个众望所归的真正领袖，名叫卜立哲斯（Harry Bridges），他被选举为国际码头工人协会的旧金山分会会长。同时被选举为海工联合会旧金山分会会长（这个联合会不仅包括码头工人，水手等等也在内，范围较广）。卜立哲斯和来恩的最大异点，也是最容易看出的异点，便是他仍然做着码头工人；他的收入和生活状况仍然和任何码头工人一样（不但他自己，凡是他的一班同志都这样）；他专为码头工人群众谋利益。在别一方面，来恩却过着官僚化的生活，和一般码头工人群众隔离；他的薪水每年达一万五千金圆，而在西岸的码头工人，虽在一九三四年大罢工以后的工资，每人每年还不过二千圆或以下的金圆；他不但不为工人群众谋利益，反而帮助资产阶级来压迫工人。结果，同是美国的码头工人，东岸的码头工人所得的待遇便远不及西岸的码头工人。东岸由来恩主持了八年，码头工人每星期只赚得工资十块金圆，有的时候才赚得十六块金圆。他们仍过着无定的生活，时常要受到流氓的恫吓，要受到来恩所把持的机构的压迫。卜立哲斯被公举为西岸的领袖，不过一两年，西岸码头工人每人每星期的工资，就有三十五金圆到四十金圆，不像东岸那样有的工人每星期做六十小时，有的一点工作都没有。在西岸一切码头工人都有工做，每人每星期至少可以得到三十小时的工做，每日只要做六小时，每星期只要做五天；每件货物以前重到二吨至四吨的，现在只许重到一千八百磅；每群工人至少须雇十六人；如果有病或死亡，都有规定的医药费和埋葬费。西岸码头工人也不必受种种勒索或不公的苛刻待遇，每个人都得到平等的待遇。他们不必在下雨或寒冷的天气，还要在码头上等工作做。他们有着自己工会所主持的雇用事务所（他们叫做hireling hall），由该所用很适当的方法支配工作。在这样的制度下，"工奸"没有存在的余地，失业也没有了。

但是这种种待遇却是经过他们团结奋斗的结果，不是坐享其成的。他们经过十四五年的奋斗。自一九一九年起，他们经过好几次的罢工斗争，虽都因为联合阵线做得不好，又被官僚化的"领袖"出卖，所以都遭到惨败；然而在实践中所得到的教训和经验却是很丰富而极可宝贵的。自从他们用种种方法推翻了旧金山分会的官僚化的领袖，公推卜立哲斯和他的一班同志出来领导之后，才着着胜利。

一九三四年七月间的大罢工，虽仍被来恩等用种种阴谋破坏，但是参加这次大罢工的别业的工人虽只支持四天，而码头工人因团结巩固，又得到真正领袖的英勇主持，坚持了一星期，终得到相当的结果。旧金山码头工人的英勇奋斗，成为全美国劳工运动的模范，这在美国，是研究劳工运动的人们所公认的。

我曾经到他们的雇工事务所去参观。这事务所里有大厅，里面四边都有椅子，有几百个码头工人在这里等候出发工作，因为他们当时立刻就要派到的。我去时，他们的领袖卜立哲斯刚巧因事赴华盛顿去参加会议，由他的助理许密特（Henry Schmidt）招待谈话，并由他陪着参观。他穿着粗鲁的衣服，粗手粗脚，老老实实，完全是个工人的模样，同时忠实诚恳和蔼能干的精神和态度却引起我的敬意。我们一踏进了那个大厅就有数十工人围着我们问这样，谈那样。他们都欣欣然笑容满面，有的拍着许密特的肩背，叫着他的小名亨利，表现出很自然而亲密的样子；有的笑眯眯地问我："你看！这是我们自己的事务所，多么好！这岂是以前在码头上流荡着的情形可比？"旁边有一个工人大声笑着插句这样的话："你看我们的亨利多么好！"许密特也很和蔼地夹在里面周旋着，并告诉他们“这是由中国来的极表同情于美国劳工运动的新闻记者”。他们那种高兴的友爱的神情，实在使我受到很深的感动。我暗中想，这种情形，以前只在苏联看见过。他们里面有的忙着阅看他们自己的机关报，叫做《联合会的呼声》(*Voice of the Federation*)，报名下面有一句标语很有意思：“对于一人的伤害就是对大家的伤害。”(An injury to one is an injury to all.)这实在是他们所以获得胜利的团结精神的写真！

讲到美国的劳工运动，有一件发生于旧金山的冤狱也值得附带地谈到。这是美国研究劳工运动人人知道的穆尼(Thomas J. Mooney)案件。他是二十年前就热心于劳工组织的一个铁厂工人，是当时劳工界的一个非常英勇的领袖，于一九一六年，被畏恨他的旧金山的资产阶级所诬陷，说在当年国防纪念日那一天的炸弹案是由他犯的，甚至用贿赂买证人来证明他的罪状。其先他被判死罪，引起全美国和世界劳工界的抗议，改判无期徒刑。但是后来发现贿赂证人的铁证，证明穆尼的冤枉，因案已判决，依加利福尼亚州的法律，只有由州长特赦之一法；可是州长因受资产阶级的阻挠，始终不肯特赦，现在已关于牢狱里二十年了，年龄已近五十岁了！这个案件虽为时已久，在今日仍然是美国劳工界时常提起的一件痛心的事实；直到现在，他们还在继续设法营救他，从种种方面去推动州长执行特赦。这个冤狱和亨顿的案件同样地引起了全美国劳工界的愤慨。我在旧金山时曾经去访问穆尼的家属，遇着他的妹妹和兄弟，特对他们慰问了一番，并请他们把我的敬意转达给穆尼。

在旧金山还参观了那里的唐人街（或中国城），规模比纽约的更大，占了好几条街，但是几年来的商业已逐渐被日本人所侵夺。例如在大路（Grand Avenue）原来都是中国商店，但现在中国商店只剩九家，而日本商店却一家一家增加，已有四十家之多。这种商店大概都卖东方的杂货，如丝织品及漆器等等。日本货比中国货便宜得多；例如我自己看见，一件日本人造丝的寝衫（dressing gown）只售一圆七角半美金，一件中国的丝寝衫却要售二十五圆美金，质地尽管不同，表面上看来却差不多，因为日本货也制得很精致，上面也有着很好看的绣花，这在经济恐慌的今日的美国，销路当然要比中国货畅得多；甚至中国人开的商店为营业起见，亦不得不兼售日货，这是很可痛心的。我曾和旧金山的侨胞唐锡朝先生详谈美国华侨的前途，他认为华侨必须设法参加美国的劳工运动，才有光明的前途，我觉得他的意见是很正确的。

我于八月九日由旧金山乘胡佛总统号回国，一到船上，踏入房间，就有一封电报在那里等我，拆开一看，原来是纪因和赛意的来电，祝我一路愉快，平安到家；他们大概预算我此时刚可上船，所以直接打这个电报到船上来慰问；他们的至诚的友谊深深地铭在我的心坎里！

三七　美国的殖民地——夏威夷

美国的殖民地，除了菲律宾外，要轮到夏威夷了。我于八月十四日的早晨七点钟到夏威夷的首都火奴鲁鲁，和几位旅伴上岸租了一辆汽车，畅游了一整天。这是一个旅行者所喜到的名胜，不但有很好的海滨游泳场，而且碧绿的山坡，一望无际的茵草，丛林四布，鲜花怒放，四季常春，所以有人称为“太平洋的天堂”（paradise of the Pacific），在表面上看来，似乎名不虚传，但是如果仔细研究一下，便知道未必尽然。

夏威夷群岛共有岛屿二十个（只九个岛上有居民），面积共为六千四百九十九方英里，人口共为三十八万余人（308,507）。但是这三十八万余人里面，这群岛原来的主人公（即夏威夷土人）却占极少数。当十九世纪初叶，美国的传教士——侵略殖民地的先锋队——开始钻到这些岛上的时候，据估计夏威夷土人约有二十万，但是自从“文明”传进去之后，《圣经》和梅毒盛传各地，大肆其虐（传教士成为该群岛的大资本家和政治的操纵者，详见后），到今日，夏威夷土人余下的只有二万余人（22,230），占全部人口百分之六还不到！据艾尔卿（W. B. Elkin）所调查，说夏威夷死亡率之所以高，重要的原因有二——恶疾和其他疾病。梅洛（David Malo）关于夏威夷的记载，也说花柳病在该群岛的人民间极为盛行。他们两人都说花柳病都是那些宣传“文明”的先生们输入夏威夷群岛的。后来传教士和美国的商人合作，“文明”的范围愈益扩大，把资本主义的剥削制度也输了进去！土人不胜梅毒和残酷榨取的蹂躏，到一八九三年的时候，土人仅残余五万八千人左右，比四十年前少去了一半，到今日更少，只有二万余人了！

今日在夏威夷最有势力的帝国主义者都是以前到该地的传教士的“世家”，大姓有刻苏（Castle）、苦克（Cooke）、包尔温（Baldwin）、亚历山大（Alexander）、哲德（Judd）和杜尔（Dole）。这里面因为到得最早而尤其有势力的，是刻苏和苦克。这两家的“上帝的传达者”（messengers of God）看到商业资本的时期已经成熟，就设立刻苦有限公司（Castle & Cooke, Ltd.），同时操纵政治。第二代的“刻苦世家”看见商业资本的时代将去，工业资本的时代到来，他们就用种种取巧的办法大买其土地，大规模地种植甘蔗，改善交通工具如货船等，大做其糖业。同时因为他们的政治势力，于一八七五年和美国订立互惠条件，准许夏威夷的糖免税入口。这样一来，在美的夏糖入口大增，免税后第一年入口就两千万吨。一八八七年最高增至二万万吨以上！于是巨大的利润尽往“刻苦”的财库里滚。但是要使他们的糖业获得更大的保障，他们更作进一步地出卖土人的阴谋，于是在一八九八年，索性纵恿美国吞并夏威夷，进一步巩固他们的“文明”！今日夏威夷政府在实际上只是“刻苦”营业的一个支部而已。

他们的糖业发达，生产飞涨，土人死亡加多，劳工不免缺少，自一八五三年后开始输入中国的“苦力”，据说第一次数量是三百六十四人，五年合同，每月工资仅仅三块钱。这便是所谓“猪仔”，等于奴隶。但是中国人不惯于做奴隶，慢慢地由甘蔗场溜出去做别的生意，如杂货铺、肉铺、酒店或其他商业。他们欢迎中国人去是去做“苦力”的，如今不愿安于“苦力”的地位，却给与他们不少的麻烦。到了一八九八年，美国并吞夏威夷之后，就用法律禁止中国人入口，转而求供于日本人。于是日本人大批地来，可是也不愿久做奴隶，也渐渐溜去做其他商业，至一九〇七年，美日成立了所谓“君子协定”（gentlemen’s agreement）也禁止日本人再来。但是已来的不易赶出去，现在日本人共有十四万六千余人（146,189），占该群岛人口百分之三十八。大老板们又须另外设法找奴隶了，输入了好几千俄人、西班牙人、坡托里科岛人（Puerto Rican）、高丽人等等，但是场主也不能把他们久留在甘蔗场做苦工，于是转而求供于菲律宾人。在一九二九年，输入的菲律宾人达一万一千余人（11,628），都是男的，没有女的。（大概输入的工人都是男的，极少有家眷同来，娼妓的奇多和梅毒的广播，这也是一个因素。）据一九三二年的统计，该群岛人口中最多的是日本人，其次是菲律宾人，共有六万五千余人（65,515）。中国人只有二万七千余人（27,235）。日本人和菲律宾人都有他们的工会组织，所以资产阶级虽压迫得厉害，而劳工界的反抗也一天天高涨起来。

在夏威夷，糖业是最大的营业，共用工人达十万五千人，几占全部人口三分之一，近几年每年产糖约八百万吨。他们利用机器制糖，一九〇〇年每人每年可制糖六点七吨（6.7），一九二九年增至二四点二二吨（24.22），自一九〇〇年以来，生产力增加了四倍，但是这种效果，于劳工界是毫无益处的。工资还是照旧，每日总在一元以下。自一九二九年以来，工资更被大大地减少。每日工作时间通常十小时，每日工作至十二小时的也有。仅糖业一项投资共一万七千五百万金圆（$175,000,000）。

夏威夷顶大规模的农业利润，除糖外，便是波萝蜜（pineappies）。这一项的投资也有三千万金圆（$30,000,000），工人约有万余人，工资和糖业工人一样的苦。可是少数资本家的利润却很有可观；以三十四万人口的地方，每年被资产阶级所榨取的利润竟有二千五百万金圆之多。“刻苦”的“寡头政治”不但垄断糖蔗和波萝蜜两大农业，成为他们的专利，而且也垄断夏威夷的金融，夏威夷有十九个银行，除一个中美银行（Chinese-American Bank）外，都在“刻苦”的掌握中。一九三〇年股息多到三分利。

夏威夷的土地也是由少数人所垄断专利的。像波萝蜜大王杜尔（James Dole）就有着林乃岛（Linai）全岛的土地——九万亩之多！因为糖业和波萝蜜业在这里是替帝国主义者榨取利润的两种农业，而土地又握在少数帝国主义者的手里，于是他们便限定土地只许种这两种东西，不许分营其他的农业。这样一来，食粮都要由他处输入了；就是纺织业、鞋业或其他相类的轻工业，在这群岛上也都没有立足之地；差不多除了糖和波萝蜜之外，什么日用品都要由他处输入的！这种情形，阻碍了这群岛的工业化（这是帝国主义对付殖民地的一个方式），并使一般劳苦大众的生活费用增高，促进他们的穷困。

我们在游览火奴鲁鲁的时候，在田间看到许多甘蔗和波萝蜜大农场的盛况，也许只知惊叹于生产的丰富，但是稍稍研究一下，便可知道这后面实含有这样多的把戏，隐伏着多少的被榨取的膏血！

夏威夷除做了美国大老板的剥削胜地外，在太平洋的未来战争中也占着很重要的位置。火奴鲁鲁的真珠港（Pearl Harbor）便是太平洋上设备最完善的一个军事根据地，美国对这件事已用了五千万金圆；依海军部的计划，还要再用一万万金圆。这里不但是太平洋上海军的一个重要根据地，并且也是陆军空军的根据地。我们想到国际风云的紧张，日美的矛盾，日帝国主义对中国和苏联的逼迫，便知夏威夷在军事上的重要性是很显然的。美国目前在夏威夷的驻军约有三万人。

将开船时，在船上送客的人群里面无意中遇着一位华侨邝君，对他略为问起火奴鲁鲁侨胞的近况。据说该处日本人有六七万，华人只有一万余。华人事业，关于饭馆和洗衣，只有逐渐消灭，无发展希望，尤其是洗衣自有公司组织利用机器之后，手工更难支持。此外最多的要算开杂货店，约有一二百家，但最近趋势，亦多被日本人所开的杂货店抢去生意，因为日货价格低贱，销路易畅。至于次一代的青年，多升学，毕业后即不愿经营父兄的旧业，但是因为经济恐慌，得业却也不易。他觉得非祖国振作有为，侨胞也受到严重的打击，前途是很暗淡的。

我在船上的房间里，原来只有一人独住，经火奴鲁鲁后，加入了一位青年朋友梁君，他的家即住在火奴鲁鲁，这次是要回香港的学校里去继续求学。他的家人也在火奴鲁鲁开杂货店。据说这种杂货店最大的有四五家，小者无数，但是生意都大不如前。他的意思，最大的原因也是由于日本人的激烈竞争。日货特别便宜。例如毛菰，中国货每磅要售两元七角五，日本货每磅却只售一元二角五。又例如绿豆原为中国特产，但是日本人仿效种植，中国货每磅要售五仙，日本货只售两仙。虽然日货的绿豆比中国货较差，不及中国豆大，但是因为有了他们贱货的竞争，中国货却不免受到打击。此外中国特产品最重要的有八珍梅，日货没有，但现在日本人已派人往中国广州去学习制法，将来他们成功后，又要来打击中国货了。他的结论是中国杂货店在夏威夷恐怕也没有什么前途。我安慰他说，中国必有光明的前途，所以侨胞也必有光明的前途，不过这光明的前途，不会自己来的，必须我们共同努力，促成它的实现。

韬奋生平与著述简表

1895年　11月5日（农历乙未年九月十九日）出生于福建永安。祖籍江西余江。原名恩润，乳名荫书。韬奋为其笔名。

1900年　全家迁往福州。父亲为他“发蒙”。

1909年　考入福州工业学校。

1912年　到上海南洋公学下院（附小）读书。

1914年　升入南洋公学中院（附中）读书。

1915年　在《学生杂志》上首发文章。

1917年　升入南洋公学上院（大学）电机工程科学习。

1919年　开始在《申报·自由谈》上发表文章。9月考入圣约翰大学文科三年级，主修西洋文学。开始试译杜威的《民本主义与教育》。

1921年　7月毕业于圣约翰大学。先后在厚生纱厂、上海纱布交易所任英文秘书，在申报馆帮助处理英文函件。

1922年　担任中华职业教育社编辑股主任。

1923年　《职业教育研究》由商务印书馆出版。与叶复琼结婚。

1925年　《生活》周刊创刊。从第1卷第2期起，为之撰写文章。

1926年　10月接办《生活》周刊。从第2卷第1期起开辟《读者信箱》专栏。与沈粹缜结婚。

1928年　译作《一位美国人嫁与一位中国人的自述》由《生活》周刊社出版。

1929年　译作《一位英国女士与孙先生的婚姻》由《生活》周刊社出版。

1931年　《小言论》第一集、译作《一个女子恋爱的时候》由《生活》周刊社出版。

1932年　《生活》周刊销数增达155000份。7月生活书店正式成立。参与发起筹办《生活日报》。《最难解决的一个问题（信箱汇集之一）》

由生活书店出版。

1933年　参加宋庆龄、蔡元培、鲁迅发起的“中国民权保障同盟”，当选为执行委员。7月14日，从上海乘意轮佛尔第号流亡国外，先后到达意大利、瑞士、法国、英国，随程撰写通讯《萍踪寄语》。《韬奋漫笔》《小言论》第二集、第三集由生活书店出版。

1934年　考察法国、比利时、荷兰、德国，到苏联访问考察。《萍踪寄语》初集、二集由生活书店出版。

1935年　赴美，对美国社会做深入考察和研究。8月27日抵达上海。《大众生活》创刊。与沈钧儒、马相伯等组织上海文化界救国会。《萍踪寄语》三集由生活书店出版。

1936年　11月与沈钧儒等救国会领袖在上海被捕，后移至苏州看守所羁押。在看守所动笔撰写自传《经历》。《大众集》《坦白集》由生活书店出版。

1937年　7月韬奋等“七君子”获释。11月乘轮前往香港。《读书偶译》《展望》《经历》《萍踪忆语》由生活书店出版。

1938年　主编《抗战》《全民抗战》等。

1939年　4月当选为生活书店总经理。译作《从美国看世界》《苏联的民主》由生活书店出版，《韬奋时事论文集》由中流书店出版。

1940年　《事业管理与职业修养》由重庆生活书店出版。

1941年　2月秘密离渝，流亡香港。撰写长文《抗战以来》，连载于香港《华商报》，8月由华商报社出版部结集出版。

1942年　香港沦陷，流亡广东等地，考察苏中、苏北抗日根据地。

1943年　耳疾恶化，诊断为中耳癌，回上海治疗、手术，以化名不断转换医院。

1944年　开始撰写《患难余生记》。7月24日晨7点20分逝世于上海医院。10月1日重庆各界隆重召开追悼大会。11月22日延安举行追悼大会。